AF222488

FRANZISKA STEINHAUER

Fluch über Rungholt

EIN DORF IN SÜNDE Die Bewohner einer kleinen Insel in der Nordsee haben im 14. Jahrhundert jeden Anstand verloren. Unzucht, Prügeleien
und Vergewaltigungen sind an der Tagesordnung. Auch der Pfarrer hat seinen
Glauben an das Gute in seiner Gemeinde längst verloren.

In jüngster Zeit ist die Gemeinde durch drei Leichen in Aufruhr gebracht.
Zwei Frauenleichen tauchten nackt im Moor auf. Eine kleine Wunde auf Herz-
höhe deutet auf Mord hin. Und an einem grauen Wintermorgen wird Arnft,
einer der Torfsieder, tot in einem Bottich aufgefunden. Ruhelos sucht man die
Mörder. Die Bewohner von Rungholt verdächtigen Silja, die Engelmacherin.

Der Pfarrer versucht verzweifelt, die Seelen von Rungholt zu retten und
sieht sich dabei mit zahlreichen Intrigen unter den Dorfbewohnern konfron-
tiert. Und so muss er darauf vertrauen, dass Gott das Schicksal der Menschen
in die Hand nimmt.

© Michael Helbig

*Franziska Steinhauer lebt seit 1993 in Cottbus. Sie studierte Pä-
dagogik mit den Schwerpunkten Psychologie und Philosophie.
Ihre psychologisch fundierten und ausgefeilten Kriminalroma-
ne ermöglichen dem Leser tiefe Einblicke in pathologisches
Denken und Agieren. Mit besonderem Geschick verknüpft
sie dabei mörderisches Handeln, Lokalkolorit und Kritik an
aktuellen gesellschaftlichen Entwicklungen. Ihre historischen
Romane zeichnen sich durch gut recherchierte Details und eine
besonders lebendige Darstellung des jeweiligen geschichtlichen
Hintergrundes aus. Ihr breites Wissen im Bereich der Krimi-
naltechnik erwarb sie im Rahmen eines Master-Studiums in
Forensic Sciences and Engineering an der BTU in Cottbus.*

Bisherige Veröffentlichungen im Gmeiner-Verlag:
Der Werwolf von Hannover – Fritz Haarmann (2017)
Todessehnsucht (2016)
Brandherz (2015)
Wer mordet schon in Cottbus und im Spreewald? (2014)
Die Stunde des Medicus (2014)
Kumpeltod (2013)
Zur Strecke gebracht (2012)
Spielwiese (2011)
Sturm über Branitz (2011)
Gurkensaat (2010)
Wortlos (2009)
Menschenfänger (2008)
Narrenspiel (2007)
Seelenqual (2006)
Racheakt (2006)

FRANZISKA STEINHAUER

Fluch über Rungholt

Historischer Roman

GMEINER SPANNUNG

Dieses Werk wurde vermittelt durch die
Literarische Agentur Thomas Schlück GmbH, 30827 Garbsen

Die automatisierte Analyse des Werkes, um daraus
Informationen insbesondere über Muster, Trends und
Korrelationen gemäß § 44b UrhG (»Text und Data Mining«)
zu gewinnen, ist untersagt.

Bei Fragen zur Produktsicherheit gemäß der Verordnung
über die allgemeine Produktsicherheit (GPSR) wenden Sie
sich bitte an den Verlag.

Besuchen Sie uns im Internet:
www.gmeiner-verlag.de

© 2017 – Gmeiner-Verlag GmbH
Im Ehnried 5, 88605 Meßkirch
Telefon 0 75 75 / 20 95 - 0
info@gmeiner-verlag.de
Alle Rechte vorbehalten

Lektorat: Claudia Senghaas, Kirchardt
Herstellung: Mirjam Hecht
Umschlaggestaltung: U.O.R.G. Lutz Eberle, Stuttgart
unter Verwendung eines Fotos von: © https://commons.wikimedia.org/
wiki/File:Jacob_van_Ruisdael_-_Rough_Sea_at_a_Jetty_-_Google_Art_
Project.jpg und https://commons.wikimedia.org/wiki/File:JBAM_078b.JPG
Druck: Zeitfracht Medien GmbH, Industriestraße 23, 70565 Stuttgart
Printed in Germany
ISBN 978-3-8392-2016-0

Für *sie*.
Ihr Tod reißt eine bleibende, schmerzende Wunde.

Und überall Friede, im Meer in den Landen.
Plötzlich wie Ruf eines Raubtiers in Banden:
Das Scheusal wälzte sich, atmete tief.
Und schloss die Augen wieder und schlief.
Und rauschende, schwarze, langmähnige Wogen
Kommen wir rasende Rosse geflogen.
Trutz, Blanke Hans.

Ein einziger Schrei – die Stadt ist versunken.
Und Hunderttausende sind ertrunken
Wo gestern noch Lärm und lustiger Tisch,
Schwamm andern Tags der stumme Fisch.
Heut bin ich über Rungholt gefahren.
Die Stadt ging unter vor fünfhundert Jahren.
Trutz, Blanke Hans?

Zwei Strophen aus »Trutz, Blanke Hans« Detlev Freiherr
von Liliencron, 1882

1

DIE WELLEN WARFEN sich brüllend gegen die Küste, der niedrige Himmel war durchgehend dunkelgrau und schwarze Wolken rasten vorbei, als versuchten sie, sich vor dem tobenden Wind in Sicherheit zu bringen. Die von Meer und Regen über das Land gepeitschten Tropfen bildeten eine schlierige Dunstwand über dem alten Moor.

Es war eisig kalt.

Die Menschen verkrochen sich am liebsten in ihren Häusern, wärmten sich am Feuer. Nur wer musste, wagte sich vor die Tür.

Roerd Asmus, Pfarrer von Rungholt, hörte das wütende Anrennen des Wassers und wusste, dass dieser Zornausbruch der Elemente nichts Gutes bedeuten konnte. Eifrig kratzte die Feder übers Papier. Seine Predigt für den nächsten Sonntag geriet zum flammenden Ausdruck seiner Bemühungen, den Menschen in Rungholt ihre Ausschweifungen und Sünden vor Augen zu führen, um Schlimmeres von der Insel und den Seelen der Bewohner abzuwenden. Der Sturm, die Brandung, die Missernte – alles mahnende Zeichen, deren Entschlüsselung ihm nicht sonderlich schwerfiel. Diesmal konnten sie sich seinen Worten nicht länger verschließen. Schwungvoll schrieb er von notwendigen Änderungen im Verhalten der Gemeindemitglieder, verdorbenen Charakteren, Verschwendungssucht, Eitelkeit und vielem mehr, für das die göttliche Strafe zu erwarten sei. Roerd wusste, wie er seine Forderung nach Reue und Umkehr mit der Aussicht auf Rettung verknüpfen musste: Verzicht würde letztlich reich belohnt. Der Tinte gelang es kaum mehr, mit seinen Gedanken Schritt zu halten.

Doch plötzlich ließ ihn die Erinnerung an ein zufällig mit angehörtes Gespräch innehalten. Es kursierten neue Gerüchte über Hans und den Kreis. Wartete er, Hans, der gnadenlose Mörder, nur auf eine neue Gelegenheit, seine Mannen erneut zu entsenden? Neulich hatte der Pfarrer in der Gemeinde flüstern hören, es sei hohe Zeit, der um sich greifenden Ketzerei erneut zu begegnen. Diesmal der Katastrophe vorzugreifen. Asmus war ein durchaus mutiger Mann, doch mit dem Kreis legte man sich besser nicht an. Was sollte er tun, wie sich verhalten? Wäre es gut, eine Warnung vor dem Aufflammen des Ketzertums auf Strand, insbesondere in Rungholt, in die Predigt einzuflechten? Oder war es nicht viel eher seine Aufgabe, mahnende Worte zu finden, die alle Gläubigen von Irrwegen der Verfolgung Unschuldiger abzuhalten vermochten? Selbst auf die Gefahr hin, selbst in den Fokus der Ketzerjäger zu geraten?

Aus dem Nebenraum drangen die ruhige Stimme seiner Wirtschafterin und das laute Schluchzen Wittas zu ihm herüber. Lenkten sein Denken in eine neue Richtung. Das arme Kind. Hatte gerade erst die Schwester verloren und konnte sich mit deren Tod nicht abfinden. Gerade Tilda!, hatte sie geschrien, was von uns bleibt, ist ein kalter Körper im Armengrab! Reingeworfen und vergessen!, heulte sie. Natürlich verstand er ihre Trauer. Die Schwestern hatten sich sehr nahegestanden. Und hätten doch unterschiedlicher nicht sein können. Tilda, die Schöne, die Anspruchsvolle, die Unbeugsame, Unbescheidene. Witta, die vom Schicksal verachtete, deren Gesicht grob und hässlich war und deren Seele ohnehin meist im Dunkeln wanderte. Immerhin war sie von körperlicher Belastbarkeit, was in Zeiten wie diesen ein Segen für die Familie war, die keinen Sohn mehr hatte. Er sah aus dem Fenster. Sicher, wenn junge Frauen starben, war das besonders tragisch und traurig. Ein schrecklicher Unfall. Das war zumindest die Sicht auf die Dinge, die er sich schließlich zu eigen gemacht hatte, um überhaupt ein Begräbnis zu ermöglichen. Andere sprachen gar von Selbstmord. Doch aus welchem Grund hätte die wilde, schöne Frau ihrem Leben ein Ende setzen wollen? Nein, nein, schloss er diese Überlegungen ab, ein Unfall war wahrscheinlicher. Witta musste eben lernen, den Schmerz zu überwinden.

Der Sturm heulte ums Haus, das Feuer brannte unregelmäßig, qualmte. Asmus rieb sich die tränenden Augen, kehrte mit neuer Konzentration zur Predigt zurück.

Bei diesem Wetter war selbstverständlich niemand, der noch klar denken konnte, ohne Kleidung unterwegs.

Deshalb war der ungebetene Anblick für Arne doppelt verstörend.

Helle Haut hob sich beinahe leuchtend von der Umgebung ab, die Haare, aus dem Zopf gelöst, wanden sich als wilde Mähne um den Kopf, bewegten sich lebhaft in der stehenden Lache, vom Wind gezaust, als seien sie ein lebendiger Teil des Körpers.

In diesem Fall der einzige lebende Part.

Arne stürmte ins Unterholz.

Erbrach sich hinter einem Baum, der bestimmt zwei Mal älter war als die Tote.

Dann schlich er sich zurück. Streckte die Hand nach dem bleichen Körper aus. Versuchte, nicht die Brüste anzusehen, eine Begegnung mit den glanzlosen Augen zu vermeiden.

Kalt.

Alles, was er berührte, war frostig wie die Umgebung.

Natürlich kannte er die Frau.

Enken. Vom Brennerhof.

Man suchte bereits seit zwei Tagen nach ihr.

Und nun hatte *er* sie gefunden. Ausgerechnet.

Sie war nicht die Erste.

Vor wenigen Tagen erst hatten sie die andere entdeckt.

Nackt!

Wie jetzt Enken.

Mit einer kleinen Wunde in der Brust.

Arne warf einen letzten Blick auf den Körper.

Dann rannte er zurück zur Warft, um den anderen von der Toten zu erzählen.

2

»Vater? Entschuldigt die Störung, ich weiß ja, Ihr arbeitet um diese Zeit. Darf ich Euch etwas fragen?«

Der hochgewachsene, schlanke Mann sah von seinem Schreibtisch auf, rückte die weiche blaue Kappe zurecht und strich die Ärmel des blauen Mantels über die Ellbogen hoch.

Einen Moment lang starrte das Mädchen auf die sanften Locken in den braunen Haaren des Vaters, die weich bis auf die Schulter fielen. Solche lustigen Kringel hätte sie auch gern gehabt, sie beschloss die Zofe der Mutter danach zu fragen, wie man sie auch in ihre Haare würde zaubern können.

»Nun, Käthe, was ist denn so wichtig, dass du mich bei der Arbeit unterbrichst?«, erkundigte er sich freundlich und ein breites Lächeln nahm dem markanten Gesicht etwas der Härte.

»Verzeiht bitte, wenn ich Euch beim Schreiben störe. Aber, wisst Ihr inzwischen, wann die nächste Lieferung kommen wird?«, antwortete sie artig.

Joachim von Eichwald schüttelte mit bedauernder Miene den Kopf. »Tut mir leid, Käthe. Bisher habe ich keine Nachricht erhalten.«

Das blonde Mädchen stampfte bockig mit dem Fuß auf. Trampelte dann ungeduldig auf dem Boden herum, zupfte den Vater am Ärmel der Jacke. »Ich warte doch schon so unendlich lang!«

»Ungeduld ist keine Zier!«, mahnte der Vater und lächelte seine hübsche Tochter milde an. »Auch nicht in deinem Alter!«, ergänzte er schärfer und bedachte das Mädchen mit einem strafend-strengen Blick, wie es von einem guten Vater erwartet wurde. Seine dunklen Augen zogen weiter in Richtung Rute, die stets in Griffweite lag. Immerhin hörte die Kleine daraufhin mit dem Zappeln auf.

»Aber Vater! Es kann doch nicht sein, dass das Schiff noch immer nicht im Hafen liegt! Sollte es nicht schon vor Tagen einlaufen?« Trotzig schob das Kind die Unterlippe vor. »Ich möchte ihn doch so gern!«

»Das weiß ich ja«, beruhigte der Vater, hob seine Tochter auf den Schoß. »Im Alter von acht Jahren bewegt sich die Zeit nicht schnell genug, nicht wahr? Mir dagegen könnte alles ruhig etwas langsamer gehen. Das Wetter ist schlecht, die Schiffe kämpfen draußen gegen mannshohe Wellen. Es kann dauern.«

»Aber Vater, sie werden doch Vögel mitbringen?«

»Das denke ich schon. Wenngleich der Winter keine gute Jahreszeit dafür ist. Hoffen wir, dass es auf der Reise nicht allzu stürmisch und kalt war. Du weißt ja nun sehr gut, dass dein singbegeisterter Freund keine kalte Luft verträgt.«

»Ja.« Das Mädchen senkte den Blick. Schuldbewusst. »Ich habe das nicht mit Absicht getan. Das wisst Ihr doch. Noch einmal wird es nicht passieren, das verspreche ich!«

»Mit Versprechungen soll man vorsichtig sein, Käthe. Der so fröhlich singende Vogel ist gestorben, weil du eitel warst. Du hast ihn über dich selbst vergessen. So ist er in der eisigen Luft erfroren. Lass dir das eine Lehre sein.«

Tränen standen in den Augen der Tochter. Fast bereute der Vater seine harten Worte. Doch als ein listiger Zug über das Gesicht der Kleinen huschte, wusste er, dass er sie besser hätte richtig bestrafen sollen. Sie würde sich um ihr neues Spielzeug ebenso wenig scheren wie um das letzte.

»Euer Falke sitzt doch auch hier bei Euch. Nicht in der Nähe des Feuers, sondern neben Eurem Tisch. Ich ahnte ja nicht …«

»Mein Falke ist ein hiesiger Vogel. Er ist an die wechselnde Witterung gewöhnt. Selbstverständlich jagt er auch im Winter draußen. Dein Vogel jedoch kam aus einer wärmeren Region.« Der Vater erhob sich, trat neben die Sitzstange des Raubvogels, strich zärtlich und mit grenzenlosem Besitzerstolz über die Schwingen des Tieres, das sich diese Art von Zuwendung offensichtlich gern gefallen ließ. Wohlig schmiegte es sich in die warme Hand. »Dieser Falke ist mir wichtig. Deshalb sorge ich dafür, dass es ihm an nichts fehlt, Käthe. Weder an Nahrung noch an Wärme und Schutz.«

Als er sich unerwartet umwandte, bemerkte er die trotzigen Blitze aus den Augen der Tochter, ihre Wut, ihre Ungebärdigkeit, die knapp unter der Oberfläche auf einen Ausbruch zu lauern schienen.

»Geh zu deiner Mutter und sieh, ob du ihr bei etwas behilflich sein kannst!«, forderte er mit harter Stimme.

Das Kind trollte sich widerwillig.

»Natürlich, natürlich«, murmelte der Vater unzufrieden, »es ist ein wenig zu früh, wirklich eine Ehe zu stiften. Aber ich sollte zusehen, dass sich recht rasch eine Haube für sie findet. Vielleicht der Sohn von Eckehard aus Husum … Als ich ihn das letzte Mal sah, hatte er sich ganz gut entwickelt. Sicher, auch er braucht noch Zeit, eine gute Weile zum Reifen. Aber dennoch. Ich könnte einen unverbindlichen Brief an Eckehard schreiben, ein bisschen über die Familie erfragen. Mit etwas Glück wünscht auch er sich eine baldige Verbindung. Immerhin ist der Knabe nun schon fast ein Mann. Und unsere Geschäfte würden sich gar wunderbar ergänzen … Gerade jetzt, wo die Handelsbeziehungen zu Kiel sich so gedeihlich entwickeln. Wohin das führt, wird sich erweisen, schließlich paktierte man dort bis vor Kurzem mit Piraten. Aber man wird sich gewiss mühen, denn die Hanse ist für ehemalige Freunde der Seeräuber verschlossen. Ja, ja. Nun handeln sie eben mit uns!«

Entschlossen griff er nach Papier und Feder.

Die Kleine war in die Gemächer der Mutter gelaufen, wie der Vater ihr aufgetragen hatte.

»Na, hast du ihn gefragt?«, erkundigte sich die knochige Frau am Frisiertisch unfreundlich.

Kopfnicken.

»Antworte mir anständig! Oder habe ich einem zu großen Huhn das Leben geschenkt?«, fuhr die große Frau sie an, sah im Spiegel zu, wie die Zofe die langen, zu Zöpfen geflochtenen blonden Haare ihrer Herrin zu Widderhörnern wickelte.

»Ja, Mutter. Wie Ihr es mir geraten habt.«

»Und?« Das strenge Gesicht wurde noch eine Spur kantiger, der Blick aus den grauen Augen stechend wie Eissplitter.

»Es wird eine neue Lieferung geben, wenn das Wetter es zulässt. Und er trug mir auf, beim nächsten Vogel achtsamer zu sein. Was ich ihm auch versprach.« Käthe setzte ihre Worte ordentlich, um die Mutter nicht weiter zu erzürnen. Mit unabsehbaren Folgen für ihren eigenen Tag, wie Käthe nur zu gut wusste.

Ein rascher Blick der Mutter zur Seite hätte die Bemühungen der Zofe beinahe zunichtegemacht. »Ach? Das hast du?«

Der drohende Unterton entging dem Kind nicht.

Es schrumpfte förmlich, schnurrte auf die Hälfte der Größe zusammen.

»Ja.«

»Nun, beim letzten Mal auch schon, nicht wahr? Du bist ein böses kleines Ding! Redest deinem Vater zum Munde, um deine Wünsche erfüllt zu bekommen! Ihn magst du täuschen, mich jedoch nicht.« Die mit Schwung geführte Rute verfehlte den Arm der Tochter nur knapp. Käthe zuckte zusammen. Nicht zu heftig, das hätte den Zorn der Mutter nur angefacht.

Die Zofe warf dem Kind einen warnenden Blick zu.

Steckte dann das zum Horn gewickelte Haar auf der linken Seite ebenfalls fest, reichte ihrer Herrin die Rise.

»Eigentlich schade, dass ich nun die ganze Pracht unter so viel Stoff verstecken soll, nur weil ich verheiratet bin«, seufzte die Mutter und beobachtete, wie die Zofe geschickt alles arrangierte, die Rise vor dem Hals drapierte. »Mein Hals ist lang und ebenmäßig. Dennoch verstecke ich ihn vor den Blicken anderer. Wahrlich schade. Schließlich ist sein Anblick keine Beleidigung fürs Auge wie der meiner Amme. Krötig und faltig.« Sie verzog angewidert das Gesicht.

Die Miene der Bediensteten blieb ausdruckslos. Schließlich gehörte es nicht zu ihren Aufgaben die mangelnde Wahrnehmung der Realität durch ihre Herrin zu kommentieren.

»Das blaue Kleid? Oder habt Ihr Euch doch für das rote entschieden?«

»Nun, Liese, wir bekommen Besuch. Ich werde also tragen, was zum Wams meines Gatten passt.«

»Er trägt Blau.« Die Zofe knickste.

»Gut, so werde ich auch das blaue Kleid wählen. Es ist von schwerer Qualität, wird also auch wärmen. Darunter das weiße Oberteil und ein passendes Tuch. Und gib mir das Band, das mein Gemahl mir von seiner letzten Schiffsreise mitbrachte. Diese Schläfenringe, die man dort bei den Slawen trägt, sind so wundervoll gearbeitet, wir werden auf jeder Seite zwei davon in die Schlaufen hängen. Das erfreut mich bei den langweiligen Gesprächen, denen ich beiwohnen muss. Geschäfte! Nun ja. Ich muss nur gelegentlich nicken und ansonsten die Aufgaben der Gastgeberin tadellos erfüllen.«

Liese reichte ihrer Herrin die Schläfenringe, deren kleine glitzernde Einhänger für funkelnde Effekte sorgen würden, und legte Frau von Eichwald das Band an.

»Und, Liese, ich werde dazu die Kette mit den großen Edelsteinperlen und den Schellenanhängern anlegen. Schließlich kommen hochrangige Partner, da darf es ein wenig mehr Schmuck sein.«

Die prächtige Kette wog schwer in der Hand der Zofe.

Voller Bewunderung ließ sie die linsenförmigen Perlen durch ihre Finger gleiten, strich zart über die kleinen Glöckchen und die Verzierungen der Lunula-Anhänger.

»Nun mach schon!«, fuhr die Hausherrin sie an. »Wir haben keine Zeit zu vertrödeln! Es sind noch einige Dinge zu regeln, damit es ein perfektes Essen wird!«

»Jawohl!«, Liese knickste.

Käthe beobachtete die Szene aufmerksam. Überlegte, ob es wohl gelingen konnte, ungesehen aus dem Raum zu verschwinden. Leise schob sie sich an der Wand entlang.

»Der Kamin im Esszimmer ist bereits angeheizt?«

»Jawohl, Herrin. Das wurde bereits heute bei Tagesanbruch veranlasst.«

»Käthe! Versuche es gar nicht. Ich sehe alles!«

Enttäuscht verharrte das Mädchen bewegungslos, ließ dann die Schultern hängen, fügte sich in das Unvermeidliche.

»Besser ich hätte statt deiner einen Sohn geboren. Du verursachst nur Ärger und bist niemandem eine Freude!«

Käthe schluckte bitter.

Als sie aufsah, begegnete sie dem tröstenden Blick Lieses. Wenigstens Liese mag mich leiden, dachte das Kind trotzig, sonst wäre ich wohl vollkommen verloren.

»Die Köchin weiß Bescheid, sie habe ich bereits vorgestern in die Folge der Speisen eingewiesen.« Elisabeth von Eichwald hatte sich der Zofe wieder zugewandt, die Tochter bereits vergessen. »Den Wein hat mein Gatte ausgewählt, den noch lebenden Fisch wird man heute direkt aus dem Fass auf dem Markt erwerben – er wird wirklich fangfrisch zubereitet und sehr wohlschmeckend sein. So ist denn alles wohlgeordnet.« Ihr kaltes Auge streifte Käthe, die sofort erstarrte. »Bleibt nur noch dieses Problem zu lösen. Sie soll uns nicht im Wege sein, Liese. Sie stört bei diesen Gesprächen nur. Und da heute Markttag ist, wünsche ich nicht, dass Käthe das Haus verlässt. Du weißt, dass sie stets nur Unsinn im Kopf hat. Kümmere dich darum, dass sie unter Aufsicht bleibt – zu jeder Zeit. Du besorge mir Thymian und Majoran zum Kauen bei der dicken Kräuterfrau, du weißt schon, welche ich meine, nicht wahr? Es ist kaum mehr als ein Rest in der Dose.« Sie zog die Lippen auseinander, warf einen Blick auf die teilweise schwarz verfärbten Zähne. »Ich möchte heute wohlriechend den Gast begrüßen. Das wird den Rest vollkommen aufbrauchen. In der Zeit deiner Abwesenheit überlasse Käthe auf gar keinen Fall der Köchin, die verwöhnt sie nur, steckt ihr Leckereien zu. Gib sie der Waschfrau an die Hand, die kann Kinder nicht ausstehen. Dort ist sie sehr gut aufgehoben.«

Die Tochter senkte den Kopf. Kämpfte gegen aufsteigende Tränen. Die Waschfrau war eine grantige Person, die keine Gnade kannte und deren steinernes Herz sich nicht erweichen lassen würde.

Widerspruch war zwecklos, könnte die Lage nur verschlimmern.

Ihre Mutter war nicht zögerlich und würde sehr schnell beide schlagen, die Zofe und die Tochter, sollte sich eine von ihnen nicht an die Anordnung halten.

3

DER MANN, DER SICH meist diskret im Halbdunkel hielt, beobachtete die Menschen, die den Schankraum mit ihm teilten, lauschte auf ihre Gespräche. Hörte die Würfel über den Tisch kollern, den Streit der Männer über Gewinne und Verluste. War angespannt und aufmerksam.

Eine tote Frau im Moor.

Die zweite Frauenleiche innerhalb kurzer Zeit erregte auch die sonst gleichgültigsten Gemüter.

Er selbst hatte sie schon gestern gefunden, aber aus gutem Grund darauf gewartet, dass ein Rungholter sie entdeckte. Schließlich war sein Erscheinungsbild durchaus ungewöhnlich und mochte dem einen oder anderen sehr fremdländisch und allein deshalb suspekt vorkommen. Da war es allemal besser, nicht aufzufallen. Er kannte diese Art Situation zur Genüge.

Ein Blick in die Scheibe, vor der es wegen der aufgezogenen Unwetterwolken fast so dunkel war, als sei die Nacht hereingebrochen. Die einzige noch verbliebene Glasscheibe. Die anderen waren im Laufe weniger Wochen bei Prügeleien zu Bruch gegangen und von Eichwald würde seine Großzügigkeit nicht noch einmal an die ungehobelten und undankbaren Gäste der Schänke verschwenden. Sie wurden durch Tierhäute ersetzt.

Neugierig musterte er sein Spiegelbild.

Schon seine Augen.

Fast schwarz. Unergründlich. Geheimnisvoll.

Die feinen Züge, das schmale Gesicht, die feingliedrigen Hände, die schlanke Gestalt – all das unterschied ihn unübersehbar von den »Ureinwohnern«.

Hellhäutig und blond war er natürlich auch nicht.

Rätselhaftes würde womöglich einen Verdacht auf den Besucher lenken. Vorsicht schien angebracht.

Jedes Mal, wenn jemand die Tür öffnete, wehte der Hauch des Winters herein. Das prasselnde Feuer konnte nicht schnell genug Wärme nachliefern. An den groben Tischen hockten derbe Kerle, die sonst die Kähne abluden. Heute waren allerdings nur zwei Schiffe angekommen, da gab es nicht ausreichend Arbeit für alle, wenngleich nach dem großen Sterben starke junge Arme an allen Orten eher fehlten. Shahid mochte die Gerüche nicht, die in der Gaststube hingen. Schweiß, Meerwasser, Dreck und Kälte. Manche dünsteten auch Zwiebel- und Knoblauchgestank aus. An einigen Tagen war es so stark, dass er mit Übelkeit zu kämpfen hatte.

Er fror.

Rauchschwaden waberten durch den Raum, wenn der Wind die Wolken zu sehr in den Abzug drängte. Der Qualm legte sich schwer auf die Brust, machten das Atmen schwer. Allgemein setzte dann wildes Husten ein. Manch einen trieb es gar vor die Tür, um Luft zu bekommen.

Lautes Johlen. Gelächter, Stühlerücken. Shahid sah nicht hin. Er wusste, dass einer der Würfelspieler alles verloren hatte, den gesamten Einsatz.

»Hallo, Shahid, da seid Ihr ja! Hätte ich mir gleich denken können, dass Euch diese Art Wetter nicht angenehm ist.« Ein eher grobschlächtiger Mann hatte den Schankraum betreten, seine schiere Größe und seine Statur zogen die Aufmerksamkeit der anderen auf sich. Nach einem nervösen Blick auf den Neuankömmling wandten sie sich eilig wieder ihrem Essen zu, froh, dass er sich nicht um sie scherte.

»Oh, Hauke! Nun, was soll ich sagen? Regen und Sturm. Mein Gemüt bevorzugt Sonne und Wärme. In meiner Heimat regnet es höchst selten – und wenn es stürmt, braust Sand über den Boden, färbt gelegentlich die flirrende Luft gelb. Doch mit Licht und Wärme ist bei Euch um diese Jahreszeit nicht zu rechnen. Das wusste ich natürlich.«

»Ist ein raues Land. Aber insgesamt lebt es sich doch wirklich gut hier!« Hauke grinste, war offensichtlich hoch zufrieden.

Shahid nickte zurückhaltend. »Bettwärmer. Ein Wort, dass mir bis Rungholt nicht geläufig war«, lachte er dann. »Heiße Steine unter der Decke!«

»So erweitert unser Wetter Euren Wortschatz. Bestens. Ich habe gerade einen der Hafenarbeiter aus der Schänke kommen sehen. Wieder einer von denen, die ihre gesamte Kleidung beim Wirt verpfändet hatten. Eine mitleidige Seele hatte ihm eine Decke geliehen, damit er nicht völlig nackt nach Hause laufen muss. Das Glücksspiel treibt so viele in den Ruin!« Das grobe Gesicht Haukes verzog sich angewidert. Die auffallend wulstigen Lippen verzogen sich abschätzig und die klobige Nase ruckte auf- und abwärts. Seine grauen Augen, die in deutlichen Fettfalten lagen, funkelten übellaunig. Würfelspiele waren nicht nach seinem Geschmack. Als Geschäftsmann wusste er, dass man die mühsam verdienten Gelder zusammenhalten musste, und so war sein Verständnis für die Spieler sehr gering.

Der gewichtige Mann plumpste endlich auf einen der Wirtshausstühle und sein Gegenüber befürchtete einen Moment, das ächzende Möbelstück könne unerwartet alle viere von sich strecken. Eine Wolke aus dem Geruch nach nasser Wolle und rauem Winter wehte den Gelehrten aus dem Orient an, der unauffällig den Atem anhielt.

Hauke beugte sich zu Shahid vor, senkte die Stimme. »Sie haben eine Leiche gefunden. Wieder eine tote Frau. Enken. Ihr wisst, dass man sie schon suchte. Sie lag im Moor, sah aus, als schlafe sie friedlich. Nackt. Sagt Arne.« Dabei unterstrich er seine Worte gestenreich mit den Pranken. »Er war der Erste, der sie entdeckte.«

»Keine Verletzungen?«, erkundigte sich der fremdländische Besucher, beugte sich seinerseits ebenfalls neugierig über den Tisch und seine Augen brannten sich in die des Dicken.

»Nun ja, so mancher der Männer spricht von einer kleinen Wunde in der Brust. Aber Blut hat keiner gesehen. Also kann die Verletzung wohl nur ein Kratzer gewesen sein. Mag sein, sie haben nicht so genau hingesehen ob ihrer Hüllenlosigkeit.« Hauke drehte seine Wollmütze in den klobigen Fingern. »Vielleicht ist sie gestürzt und hat sich am Gestrüpp die Haut aufgerissen. Ihr wisst schon, straucheln und dann mit der Hand abfangen. Da kommt man schon mal mit dem harten Zweig von irgendeinem Busch in unangenehm heftigen Kontakt.«

Shahids Mundwinkel zuckten.

Waren hin und her gerissen zwischen abschätzigem Grinsen und freundlich aufforderndem Lächeln.

»Sie war nackt, hat Arne gesagt? Hat man die Kleidung gefunden? Oder glaubt Ihr, sie sei ohne aus dem Haus gegangen?«

Diesmal lief Hauke puterrot an. »Nichts«, flüsterte er dann. »Keine Faser am Leib. Und nichts etwa als Stapel oder gar wild verstreut in der Nähe.«

»Bei der Kälte ohne Kleidung? Wie kann das zugegangen sein? Ich weiß ja, es gibt im Norden Völker, die im Winter in beheizten Hütten sitzen und dann nackt in den Schnee laufen. Aber das ist mir bisher in dieser Gegend gar nicht aufgefallen. Gibt es diesen Brauch hier ebenfalls?«

»Nein. Es ist nicht üblich. Manche möchten es einführen – aber bisher …« Der Sprecher zuckte mit den Schultern. »Ist nicht die Weise der Rungholter, gemeinsam so, wie der Herr sie erschaffen hat, in heißen Holzhütten zu kauern. Wir bleiben lieber angezogen. Aber ich habe gehört, dass dieser Ritus sehr gesundheitsfördernd sei.«

»Wie erklärt man sich dann, dass Enken vollkommen unbekleidet war?«, kehrte der andere hartnäckig zu diesem rätselhaften Aspekt zurück. »Sie wird wohl kaum gewürfelt und verloren haben.«

»Nein, nicht doch! Bei uns würfeln Frauen nicht.« Hauke war der ironische Unterton völlig entgangen. »Und selbst wenn, käme wohl niemals eine auf den Gedanken, ihre gesamte Kleidung zu verpfänden. Das ist ausgeschlossen. Bisher wissen wir dieses Rätsel noch nicht zu lösen. Wäre sie ein Torfstecher, so könnte man denken, ein bisschen zu viel Alkohol habe dieses Verhalten verschuldet. Aber Enken? Nein! Eher ist zu befürchten, dass sich plötzlich ihr Verstand verwirrte. Bei ihrer Großmutter trat das auch auf, sie musste im Haus eingesperrt werden, damit sie sich nicht leichtfertig in Gefahr für Leib und Leben begeben würde.« Hauke nickte vehement, um seine Worte zu bekräftigen. »Sie fing an, mit Verstorbenen zu sprechen, und behauptete, riesige Tiere säßen draußen vor dem Fenster und starrten ins Haus hinein. An manchen Tagen versteckte sie sich unter dem Stroh, damit die Tiere sie nicht sehen konnten. Es muss eine schlimme Zeit für die Familie gewesen sein.« Er seufzte schwer. »Nach dem großen Sterben haben viele Rungholter den Verstand verloren. Das Leid wegen der vielen Toten, das Elend, weil die Ernährer oder Mütter fehlten. Bei einigen wurde es mit der Zeit besser, bei anderen blieb die Besserung aus.«

»Bleiben wir einstweilen bei Enken. Wenn sie bekleidet aus dem Haus ging – wovon Euren Worten nach also auszugehen ist –, muss ihre Kleidung zu finden sein. Entweder in der Umgebung des Fundorts oder anderswo.« Bei ihrem Mörder, dachte Shahid, schwieg aber noch zu diesem Verdacht.

»Wir werden die Familie fragen müssen, wenn Ihr meint, dieser Punkt sei von besonderer Bedeutung. Bisher hat das ja niemand getan. Selbstmörderinnen treiben mitunter sonderbare Dinge. Tilda trug auch nichts am Leib.«

Tilda, wusste der Besucher, war der Name der ersten Toten, die man vor wenigen Tagen gefunden hatte.

»Und sonst? Gab es andere Auffälligkeiten?«

»Ist auch wie bei Tilda. Wir wissen nicht, wie die beiden gestorben sind. Es gab kein Blut. Enken lag im Moor – ist nicht irgendwo runtergestürzt. Das Wasser nur knöcheltief. Tilda haben wir nur ein kleines Stück weiter nördlich gefunden, ebenfalls in einer seichten Pfütze.« Hauke kratzte sich am Kopf, brachte seine spärlichen Haare in heillose Verwirrung.

»Manchmal kann das Blut aus einem Körper vollständig im Untergrund verschwinden.« Shahid hob abwehrend die Hände, als Hauke protestieren wollte. »So habe ich es in meiner Heimat gehört. Ärzte erzählten es, die Kriegstote gesehen hatten. Im Sand.«

Der andere schwieg nachdenklich.

»Hm«, machte er dann, »soll das bedeuten, die Männer, die dort Torf stechen, stehen während der Arbeit womöglich in Enkens Blut?«, flüsterte er schließlich und wurde kreidebleich. »Tragen es an ihren Füßen bis in ihre Häuser?«

»Denkbar wäre es schon«, räumte Shahid ein, starrte blicklos auf seinen Teller. »Diese Wunde, die Ihr erwähnt habt, stammte sie von einem Messer?«, bohrte er schließlich nach.

»Ich selbst habe sie noch nicht gesehen. Von einem wahren Messerstich habe ich niemanden sprechen hören. Die Männer glauben, sie habe sich eher irgendwo verletzt. An einem dicken Ast. Wie gesagt, tief kann sie nicht gewesen sein – es gab ja kein Blut!« Den letzten Teil des Satzes betonte er nachdrücklich, als könne er so die Bilder vertreiben, die der andere in ihm geweckt hatte. »Alle glauben, sie habe sich selbst getötet.«

»Eine Stichwunde ohne Waffe? Von einem Ast? Dann hätte nicht einer der Männer über einen Stich gesprochen, nur über einen Kratzer. Nein, nein. Ihr hättet die Waffe finden müssen!«

»Ach, Ihr wisst ja: Das Moor gibt seine Beute nur ungern an die Lebenden zurück. Wenn es eine gab, mag sie längst versunken sein.«

»Aber es ist nicht sicher, dass es Beute gemacht hat,

das Moor, nicht wahr?«, drängte Shahid weiter, legte den Finger in die offene Wunde des Rätsels.

»Einige sprechen von einem Untier. Es sei an Bord einer Kogge gekommen, nachts an Land geschlichen, von allen unbemerkt ins Moor gelaufen. Eine blutgierige Bestie. Ich habe gehört, wie manche berichteten, sie hätten grollendes Knurren aus dem Bauch des Handelsschiffes … Na ja. Es habe sehr böse geklungen. Der alte Bernulf weiß Geschichten von einem Tier zu erzählen, das Hunderte von Jahren ruht und plötzlich, von Gier nach Blut getrieben, durchs Moor streift, bis sein Durst gestillt ist. Dazu braucht es einige junge Frauen. Mit einer oder zweien ist es nicht zu befriedigen.«

»Ach was!«, wurde Shahid energisch. »So etwas gibt es nicht. Überall auf der Welt tischt man mir diese Geschichte auf, sobald man sich den Tod einiger Menschen nicht erklären kann! So ein Wesen gibt es nicht. Ich bin, wie Euch bekannt ist, weit in der Welt herumgekommen – und ich kann Euch sagen, wenn man die Tode untersucht, bleibt von dem Weibergewäsch nichts übrig. Geheimnisse, ja, die gibt es an jedem Ort – aber an keinem ein Untier.«

»Dann ist dieses also Euer erstes?«, erkundigte sich Hauke voller Schrecken und riss die Augen weit auf. Selbst die Hände stoppten mitten in der Bewegung.

Ich konnte es kaum glauben! So viel grenzenlose Dummheit in nur einem Hirn versammelt. Konnte oder wollte er nicht verstehen, was ich ihm erklärte?

Oh, da fällt mir auf, dass ich mich Ihnen noch gar nicht vorgestellt habe.

Mein Name ist Shahid. Das bedetet Sänger. Tatsächlich gab es in meiner Familie viele Künstler aus dem musischen Bereich. So ist dieser Name wohl Ausruck der Hoffnung meiner Eltern, ich möge ebenfalls diesen Weg einschlagen. Doch ich wählte einen anderen. In meiner Muttersprache schreibt man Shahid so: خو اننده.

Raum und Zeit spielen für mich nur eine untergeordnete Rolle – ich überwinde beide mit Leichtigkeit. Dafür würde mich manch einer beneiden – doch ist es ein Geheimnis, dass ich nicht mit jedermann teilen kann.

Ich bin niemandem verpflichtet, weder persönlich noch politisch – oder auf andere Weise. Das ermöglicht mir einen klaren Blick auf die Dinge, die um mich herum geschehen.

Und – ich bin eine Art Ermittler. Verhelfe der Wahrheit zu ihrem Recht, schütze die Unschuldigen vor Verfolgung und Strafe, spüre die wahren Übeltäter auf. Vielleicht sind Sie mir ja schon einmal begegnet, in einer anderen Zeit, einem anderen Land, einem anderen Fall. Menschen wie ich werden überall gebraucht.

Auf mich warten stets die besonders rätselhaften oder verstörenden Verbrechen – wie dieses zum Beispiel.

Natürlich ist Shahid eine wahre Person, ich lebe und habe eine Vergangenheit, hoffentlich auch eine Zukunft. Aber das kann ja niemand sicher wissen. Fest steht nur, dass wir endlich sind, doch den letzten Moment kennen auch wir nicht. Was gut ist, denn manchmal ist er einem näher als gedacht.

Shahids Gesprächspartner starrte ihn noch immer fassungslos an. »So ist es eine ganz und gar ungewöhnliche Erscheinung, die bei uns umgeht? Ein Wandelgänger oder – wie manche sagen – ein Hautwechsler womöglich? Oder gar ein Wesen, das direkt aus der Hölle kam? Eine Art Wiedergänger? Wenn nicht einmal ein Gelehrter wie Ihr die Bestie je zuvor zu Gesicht bekommen hat, muss es wohl so sein!«

»Nein«, korrigierte Shahid ungeduldig. »Es ist ein Trugschluss, Ihr versteht mich falsch. Ich meinte: Es gibt kein Untier oder Wesen aus der Hölle! Hier nicht und nirgendwo sonst!«

Wieder drehte Hauke seine Mütze in den dicken Fingern. Wirkte ganz und gar konzentriert auf sein Tun. Schwieg lange. Seufzte dann schwer. Als er den Blick langsam hob, erkannte der Mann aus dem Orient, dass man hier lieber an die Geschichten von Bernulf glauben würde, wenngleich Hauke anzusehen war, dass er sich mit einem Mal nicht mehr sicher war.

»Hm. Wäre es wohl zu viel verlangt, Euch zu bitten, den Leichnam einmal genauer anzusehen?« Wie erschrocken über seine eigenen Worte, schoben sich die Finger seiner Rechten über die Lippen. »Ich meine, weil Ihr doch schon so vieles auf Euren Reisen gesehen und erlebt habt. Ihr wisst so viel mehr als einer von uns, der Rungholt kaum jemals verlassen hat.«

Der Fremde nickte langsam.

»Wenn Ihr der Meinung seid, es könne helfen.«

»Aber sicher wird es das!« Hauke war die Erleichterung anzuhören und seine Miene entspannte sich. »Schon um sicherzugehen, dass wir es nicht doch mit einem großen Raubtier zu tun haben – oder eben Schlimmerem.« Er schluckte. »Wir haben sie vorhin in ihr Haus zurückgebracht.«

Der gelehrte Reisende verzichtete darauf, Hauke zu erklären, es sei sehr viel besser gewesen, die Tote im Moor zu lassen. Der möglichen Spuren wegen. Er zuckte nur mit den Schultern. Wahrscheinlich, grübelte er, lag die eilige Bergung daran, dass die Lebenden ihre Toten so schnell wie möglich wieder bei sich aufnehmen wollten, um Normalität und Gleichgewicht wiederherzustellen. Gesellschaften bedurften einer gewissen Ordnung. Er selbst kannte auch Völker, bei denen der Umgang mit Verstorbenen deutlich anders aussah. Aber auch dort war man darum bemüht die Dinge nach dem Tod schnell wieder in Balance zu bringen. Selbst wenn das bedeutete, den Toten so rasch wie möglich aus der Gemeinschaft zu verbannen und sein Eigentum zu vernichten.

»Jetzt gleich?«

»Nun – sobald Ihr die Mahlzeit beendet habt.«

»Und Eure Weberei? Bleibt heute ohne Aufsicht?«

»Das übernimmt Katharine.«

»Na, wenn das so ist, dann lasst uns sofort aufbrechen.«

Doch Hauke schielte begehrlich auf die Reste des dicken Eintopfs, die zurückbleiben würden, wenn sie nun einfach davonstürmten.

Shahid schob ihm den Teller zu.

»Ich kann gar nicht so viel essen, wie Euer Wirt mir auftischt. Ausgeschlossen«, behauptete er dabei.

Hauke erwies sich als hilfsbereit und vernichtete erfolgreich alle Reste.

Wenig später drängte der Webereibesitzer seinen Freund förmlich auf die Straße hinaus. Shahid blieb kaum Zeit genug, den Umhang vor der Brust zu schließen. Misstrauisch sah er sich um, prüfte, ob ihnen jemand aus der Schänke folgte. Er hatte schon seit Tagen das Gefühl, keinen Schritt mehr unbegleitet tun zu können.

Doch er konnte niemanden entdecken. Wie bei jedem Mal, wenn er versuchte, den Verfolger in den Blick zu bekommen. Kein huschender Schatten, kein um die Ecke wehender Umhangzipfel. Es war wie verhext.

Wind, Regen und beißende Kälte empfingen die beiden, der Geruch des Marktes umwehte sie. Fisch hing deutlich wahrnehmbar in der Luft. An der Ecke bog Hauke direkt in Richtung auf den zentralen Platz ab.

Wieder sah Shahid über die Schulter zurück.

»Stimmt etwas nicht?«, erkundigte sich Hauke.

»Ach, ich glaube, ich bilde mir das nur ein. Kommt mir schon seit Tagen so vor, als folge mir jemand. Aber wenn ich mich umwende, ist nicht einmal ein Schatten zu sehen.« Er zuckte mit den Schultern, spürte Haukes fragenden Blick. »Wahrscheinlich liegt es nur daran, dass mir hier so viele Dinge und Gewohnheiten fremd sind. Es hört sicher bald auf.«

Zügig folgten sie der Straße. Wichen Fuhrwerken aus, machten Damen Platz, ließen eilig heranrennende Handwerker und Händler mit Armen voller Waren durch.

Shahid kämpfte gegen die aufsteigende Übelkeit.

Nicht alle der Düfte, die ihnen entgegenquollen, empfand er als verführerisch, der Fischdunst war beileibe nicht der schlimmste darunter.

Auf dem Markt waren unzählige Stände aufgebaut, um den Platz herum hatten Händler der Stadt ihre Geschäfte. Die großen Holzläden waren mittig quergeteilt, die obere Hälfte, schräg ausgestellt, schützte die Güter vor den

Unbilden des Wetters, die untere diente zum Präsentieren der Waren. Shahids Blick wanderte über Lederbeutel und Gürtel, Schuhe und edle Kopfbedeckungen, Brotlaibe, Metallwaren aus der Schmiede wie zum Beispiel Sensen oder zu Bündeln geschnürte Nägel.

Ein Auge, leichtfertig durch eine Tür geworfen, fiel auf den Schlachter, der gerade gespültes Gedärm einer Ziege zum Trocknen aufhängte. Blut floss in einer Rinne in Richtung Marktplatz ab. Ein fahrender Händler pries seinen gesalzenen Fisch an, ein anderer seinen frischen Fisch aus dem Wasserfass, die Putzmacherin dekorierte die Spitzen auf der Auslage neu, der Beutelschneider bot jedermann seine Dienste an, hatte kleine Lederbeutel, aber auch große Säcke im Angebot, die man über die Schulter werfen konnte, der Kürschner schrie laut über den Markt, wie wunderbar weich und haltbar seine Pelze wären, streichelte dabei immer wieder einen weißen Pelzkragen, der einer schönen Frau gut zu Gesicht stehen würde, wie er beteuerte. Neugierig blieben einige Kundinnen bei ihm stehen, doch er wandte sich nur denen zu, die von Stand waren und kaufkräftig genug, das Stück Hermelin auch zu erwerben. Die anderen scheuchte er mit einer unduldsamen Handbewegung weiter.

An einem der Tische der angereisten Händler waren zwei Frauen in lauten Streit geraten. Shahid blieb stehen, starrte die beiden Keifenden verblüfft an.

»Was ist?« Hauke war ungeduldig. Er hatte nicht vor, ihrer beider Zeit auf dem Markt zu vertändeln.

»Frauen, die sich aufs Übelste beschimpfen. Sich beleidigen. Und niemand greift ein.« Der Reisende runzelte die Stirn.

»Nein«, lachte der Begleiter, »derjenige, der sich hier einmischte, wäre schlecht beraten, mein Freund. Der Zorn der beiden wendete sich sofort gegen den ungebetenen Schlichter. So etwas wird niemand riskieren.«

»Worüber lohnt es sich, derart in Zwist zu geraten?« Shahid schüttelte verständnislos den Kopf.

Hauke hörte einen Moment zu.

Bei dem allgemeinen Lärm, Geschrei und Gerufe war es nicht so einfach, die beiden zu verstehen.

»Oh, jetzt weiß ich es. Die eine glaubt, sie sei von der anderen übervorteilt worden. Die Händlerin habe ihr für den Stoff zu viel berechnet, behauptet die Kundin. Darüber streiten sie.«

»Gibt es nicht einen Stab, an dem der Stoff gemessen wird?«

»Aber doch, ja. Es wird dennoch mitunter betrogen. Die Händlerin führt die Bahn sehr schnell am Maß vorbei, zählt dabei die Ellen. Mag sein, sie hat nun bewusst falsch gezählt – oder die Elle entspricht nicht wirklich einer Elle. Die Kundin kann, wenn die Händlerin nicht einlenkt, vom Marktgericht prüfen lassen, ob man sie hier bewusst hintergangen hat. Hat es mit ihrer Klage seine Richtigkeit, kann eine Strafe verhängt werden«, erklärte Hauke.

»Aha. Seht Ihr, es ist so, dass ich an Markttagen nie hierherkomme. Es ist mir zu voll, zu laut – und die Gerüche … Nun ja. Ich liebe es nicht, dem Schlachter bei seiner Arbeit zuzusehen.« Shahid verzog das Gesicht wie in plötzlichem Schmerz.

»Da, seht Ihr?« Hauke wies in Richtung Kirche. »Dort wo der Weg zur Kirche abzweigt?«

Der Gelehrte nickte vage.

Was er dort sah, gefiel ihm nicht recht.

Eine Frau. Eingeklemmt in eine Vorrichtung aus Holz. Ihr Kopf wurde im Nacken gehalten, beide Hände steckten je in einem Loch auf jeder Seite des Blocks.

»Das ist das, was passieren kann, wenn das Marktgericht den Händler des Betrugs für schuldig befindet.«

Schrill schimpfende Kunden hatten einen Ring gebildet. Bespuckten die Wehrlose.

Bewarfen sie mit stinkendem und verfaultem Gemüse, Straßendreck und anderem, was sie finden konnten. Gelegentlich hatte wohl auch ein Stein als Wurfgeschoss gedient. Blut rann der Verurteilten aus einer Platzwunde an der Stirn übers Gesicht.

»Was hat sie getan?«

Hauke grinste abschätzig. »Es ist nicht das erste Mal, dass sie erwischt wurde. Diese Frau mischt Eisenspäne ins Brot, erhöht so betrügerisch Gewicht und Preis. Natürlich ist es durch die Beimengung vollkommen ungenießbar. Einige Kunden haben sich Zähne ausgebrochen, anderen haben die Späne schlimme Wunden im Mund zugefügt, die nicht heilen wollten. Ich denke, dies ist ihr letzter Auftritt bei uns. Sie wird ein Verbot für diesen Marktplatz erteilt bekommen, wenn nicht gar Schlimmeres verhängt wird. Wegen fortgesetzter Betrügereien kann man schon mal im wahrsten Sinne des Wortes den Kopf verlieren.« Hauke grinste erneut. »Schließlich macht es keinen guten Eindruck, wenn auf dem Rungholter Hauptmarkt unredliche Händler ihre Waren feilbieten dürfen.«

Zwei Hunde waren um einen Fetzen Fleisch in Streit geraten, knurrten sich böse an, begannen dann sofort eine wilde Rauferei, kugelten zwischen den Marktbesuchern umher, schnappten nach dem jeweils anderen – oder nach den Beinen der Menschen, die laut kreischend auseinanderstoben. Starke Männer gingen mutig dazwischen, versuchten, das gefährliche Fellknäuel auseinanderzuziehen. Anfeuerungen wurden hörbar. »Los, das schaffst du schon!« »Pass auf, die Töle wird dir den Arm abbeißen!« »Solche Schmarotzer, fangt sie doch endlich ein!« »Verjagt das Viehzeug!« Und ein vielstimmiges Lob ertönte, als die Hunde im Nacken gepackt und von den erfolgreichen Bändigern hochgehalten wurden. »Bravo! Das sind noch echte Männer!«

»Furchtlos und siegreich!«

»So hat sie also auch betrogen.« Shahid wandte sich wieder seinem Begleiter zu, nachdem der Trubel abgeklungen war.

»Ja. Oft hoffen die Verkäufer, sie könnten den Markt so schnell verlassen, dass ihre Tat erst auffallen würde, wenn sie über das Wasser geflohen sind. Aber, wie Ihr seht …«

Plötzliche Unruhe an einem der Stände lenkte die Freunde erneut ab.

»Haltet ihn! Haltet ihn!«, brüllte ein Mann und versuchte, nach einem wendigen Burschen zu greifen, der allerdings geschickt unter einem Verkaufstisch verschwand. Durch den Ruf alarmiert, machten sich die in der Nähe Stehenden umgehend an die Verfolgung.

»Da ist er! Packt ihn! Der ist sicher ein Dieb!«, schrie einer der Fleischpastetenanbieter und wies mit dem Finger auf den Knaben, der durch die schmale Lücke zwischen dem Töpferangebot und den Stoffballen zu entkommen suchte. Lautes Krachen, empörtes Schimpfen – die Verfolger waren weniger geschickt als der vermeintliche Übeltäter, schlitterten über den vom Regen nassen Boden und hatten beim Nachsetzen viel irdenes Geschirr zerschlagen.

»Dafür müsst ihr bezahlen! Das kann ja nicht sein, dass ich nun auf dem Schaden sitzen bleibe«, beschwerte sich der Handwerker empört, umklammerte einen der Männer mit festem Griff, die dem Jungen folgten, hielt ihm drohend seine beeindruckende Faust unter die Nase. »Das wird teuer!«

»Aber der Gauner! Dort rennt er!«

»Für meinen Schaden werdet *Ihr* aufkommen! Wo steht geschrieben, dass man bei der Hatz eines Diebes anderer Leute Hab und Gut zerkloppen darf? Hä?«

Shahid starrte mit einer Mischung aus Abscheu und Faszination auf die Welle, die sich über den gesamten Platz bewegte. Lautes Schimpfen und Fluchen war zu hören, übertönte gar die Rufe der Marktschreier. Offensichtlich gelang es dem Jungen immer wieder, seinen Häschern zu entkommen.

Eine junge Frau mit Einkaufskorb ging an ihm vorüber, sah sich suchend um, machte lockende Geräusche. Wirkte nervös und verängstigt. Für einen kurzen Augenblick sah sie ihn direkt an – und Shahid spürte einen nie dagewesenen Stich in der Brust. Er keuchte vor Schreck, sah der Silhouette der Frau nach.

Hauke packte ihn.

Zog den Widerstrebenden ein wenig zurück. »So kommt doch. Es ist nur ein kleiner Dieb. Solche finden sich an Markttagen immer hier ein. Ist nun wirklich nichts Besonderes.«

»Aber …«, wollte Shahid protestieren, doch der andere erklärte: »Wir haben noch ein gutes Stück Weg zu gehen. Am Ende ist es dunkel. Zu dunkel.« Dabei nickte er dem Gelehrten aus dem Morgenland verschwörerisch zu. »Manchmal findet sich an solchen Tagen Gesindel vor der Stadt und man ist seines Lebens nicht mehr sicher.«

Gerade als Shahid sich umwenden wollte, um Haukes Rat zu folgen, tauchte wie aus dem Nichts eine magere, zerlumpte Gestalt am Rand des Platzes auf, warf sich Shahid zu Füßen. Zeitgleich erreichte ihn auch die junge Frau, deren Anblick ihn so berührt hatte, fiel vor ihm auf die Knie und umklammerte den Knaben mit einem Arm.

»Oh, guter Herr, bitte tut ihm nichts zuleide!«, flehte sie mit Tränen in den Augen. »Es ist gewiss alles nur ein Missverständnis.«

»Aber …«, stammelte Shahid überrascht und ratlos. Warf Hauke einen fragenden Blick zu.

»Nun, Euer Ruf als gelehrter und gebildeter Mann reicht Euch weit voraus«, murmelte der Freund. »Man sucht Euren Rat und Schutz.«

»Wohl eher *Euren* Schutz«, gab Shahid rasch zurück. »Ihr überragt hier die meisten.«

»Er hat sicher nichts Unrechtes getan. Er ist gelegentlich ein wenig tollpatschig. Seid nachsichtig, ich flehe Euch an!«

Was für Augen! Groß, grün und geheimnisvoll! Eine schmale Nase, wohlgeformte, geschwungene Lippen, die süße Stunden und sanfte Küsse versprachen. Shahid spürte erneut diesen sonderbaren Schmerz im Herzen. Erschrocken fuhr seine Hand zu der Stelle auf der

Brust. Die junge Frau, die wohl fürchtete, geschlagen zu werden, zuckte heftig zusammen, wich aber nicht zurück.

Er beugte sich zu ihr hinunter, zog sie sanft auf die Füße. An seinen Waden spürte er die zitternden, kalten Finger des Knaben.

»Fürchte dich nicht vor mir.«

Erst in diesem Moment registrierte er, dass er sich in der Mitte eines Kreises aus Leibern befand.

Feindselig starrten ihn die Leute an.

Schweigend.

Der feiste Händler, der die Hatz veranlasst hatte, deutete mit seinem dicken Finger auf den Jungen. »Da ist ja das Bürschchen! Ein Dieb!«

»Kannst du deine Behauptung beweisen?«, erkundigte sich Shahid freundlich.

»Natürlich. Ich habe gesehen, wie er nach dem Beutel am Gürtel meines Kunden greifen wollte«, pumpte der Mann.

»Aber genommen hat er ihn nicht.«

»Nun, dazu kam es wohl nicht mehr, da ich aufmerksam genug war.«

Der Kunde trat neben den Händler, präsentierte seinen Beutel. »Nein, genommen hat er ihn nicht. Nicht einmal zum Anfassen ist er gekommen.«

»Nun, wie kann einer ein Dieb sein, wenn er gar nichts genommen hat? Es nicht einmal versuchte?«

Lautes Murren aus dem Rund antwortete dem Fremden.

»Vielleicht wollte der Knabe Euch um eine Spende anbetteln?«

»Sicher nicht!«, empörte sich der Händler. »Er hat ja kein Wort gesagt!«

»Genau, das ist mir Beweis genug!«, mischte sich ein anderer ein. »Bettler jammern immer wortreich! Dieser wollte lieber gleich den ganzen Beutel!«

»Er kann nicht sprechen«, behauptete Shahid unerschrocken und Hauke ächzte leise, stellte sich aber demonstrativ neben seinen Freund. »Nicht ein Wort!«, bekräftigte der Orientale noch einmal.

»Woher wisst Ihr das? Ihr kennt den Kerl doch gewiss überhaupt nicht!«

»Ich bin dergleichen schon früher begegnet. Ich erkenne diese Krankheit, wenn ich sie sehe!«

»Es stimmt!«, mischte sich nun die junge Frau ein. »Er ist mein Bruder. Seit unsere Eltern beim Brand unseres Hauses einen grausamen Tod fanden, spricht er nicht mehr.«

»Ach, das ist doch nur eine Lügengeschichte, um seinen Kopf zu retten!«, rief jemand aus den hinteren Reihen.

Plötzlich teilten kraftvolle Arme die Menge. »Was wollt ihr denn damit sagen?«, fragte stimmgewaltig der Pfarrer in die Runde. »Ihr seid so auf euer Geld fixiert, dass ihr schon gar nicht mehr hört oder seht, wenn andere euch nur um eine Spende anbetteln!«

»Wir wollen keine Diebe auf dem Markt!«

»Aber ihr wollt, dass man diesem Knaben unschuldig den Kopf abschlägt, ja?«, fragte der Pfarrer weiter. »Ein jeder gehe in sich und frage sich, ob er daran die Schuld tragen wolle! Der Knabe hier ist kaum der Wiege entwachsen!«

»Genau! So jung und schon ein dreckiger Dieb! Ein Exempel sollte man an ihm statuieren. Es kann nicht sein, dass ihn nur sein jugendliches Alter schützen soll! Dann haben wir demnächst lauter junge Kerle hier um Rungholt herum und werden von ihnen gnadenlos ausgeraubt.«

»Von ›ausgeraubt‹ kann ja wohl keine Rede sein!«, fuhr der Pfarrer den Redner an. »Der Beutel ist unberührt. Das habt ihr doch alle gehört, wenngleich ihr es nur nicht glauben wollt! Ein Spektakel käme euch recht. Und abgesehen davon: Was ist mit der Forderung des Herrn nach Gnade?«

»Roerd Asmus, dein Gerede interessiert nicht. Du willst doch auch nur, dass dein Säckel gefüllt werde. Die Kirche erhält sich nicht von allein!«, brüllte einer aus der Menge und allgemeines Gelächter antwortete ihm.

»Der Pfarrer hat einen schweren Stand bei den Leuten«, flüsterte Hauke seinem Freund ins Ohr. »Er fordert Verzicht, wo sie ihren Spaß sehen! Das kommt nicht bei allen gut an.«

Unruhe entstand, als jemand versuchte, durch die eng aneinandergepressten Körper der Schaulustigen bis in die Mitte des Kreises vorzudringen.

Endlich hatte der Mann es geschafft. »Was ist nun? Hat er – oder hat er nicht?«, verlangte er mit donnernd autoritärer Stimme zu wissen. Der Marktaufsicht war der Tumult nicht unbemerkt geblieben.

Die Pranke des Mannes packte den Knaben am Kragen und hob ihn weit über den Boden. Sofort begann dieser, wild um sich zu strampeln und zu treten.

»Lasst ihn los! Der Junge versteht doch gar nicht, was Ihr von ihm wollt, er hat ja nichts getan!«

»Ich fordere zu wissen, ob es sich hier um einen Dieb handelt oder nicht!«, verkündete die Aufsicht.

»Genau, endlich wird jemand die Angelegenheit klären. Wäre doch nicht das erste Mal, dass dieses Gesindel mit derartigen Geschichten versucht, sich aus der Verantwortung zu stehlen und der Strafe zu entgehen!«, ließ einer aus dem Rund alle Zuhörer wissen.

»Damit darf der Kerl nicht durchkommen!«, forderte eine der Marktfrauen mit vor Zorn geröteten Wangen. »Wenn das einreißt, ist niemand mehr sicher!«

»Ich werde ihm die Kleider ausziehen. So kann ein jeder sehen, dass er nichts gestohlen hat!«, erklärte die Schwester tapfer und begann, den Strick um die Taille des Jungen zu lösen.

»Wo ist denn der Kunde hingegangen, dessen Beutel verschwunden sein sollte«, fragte Shahid laut und der Mann trat vor.

»Ich bin noch hier.«

»Aber da hängt doch der schwere Beutel mit dem Geld neben all den anderen an Eurem Gürtel. Demnach wurde er nicht abgerissen!«, stellte die Aufsicht fest.

»Das habe ich ja auch nie behauptet. Der Beutelschneider rief plötzlich: ›Haltet ihn!‹«, plusterte der Kunde sich auf. »Daraufhin sind alle Umstehenden losgerannt.«

»Nun kommen wir besser zum Ende dieser Farce!«, dröhnte die Stimme der Aufsicht über die Köpfe der Neugierigen hinweg. »Wir haben alle Besseres zu tun, als uns die Beine in den Bauch zu stehen! Es wurde nichts gestohlen. Also kann es auch keinen Dieb geben, nicht wahr?« Jetzt klang der Mann deutlich verärgert. »Ihr stehlt – und zwar meine Zeit! Und dir, Ledermacher, dir rate ich, mir nicht so bald wieder unter die Augen zu treten, sonst zerre ich dich vors Gericht. Zettelt der Kerl hier einen Tumult größeren Ausmaßes an! Verwickelt vollkommen Unbeteiligte in diese Händel! Für nichts und wieder nichts! Ich kann mich nur bei Euch entschuldigen, werter Herr!«, meinte er zu Shahid. Dann wandte er sich an die junge Frau. »Und dir rate ich, in Zukunft besser auf deinen Bruder zu achten! Wäre dieser Herr nicht so unerschrocken gewesen und so klug im Handeln, hätte das Ganze anders ausgehen können.«

Noch immer mürrisch, zerstreuten sich die Neugierigen eilig.

Nur Bruder und Schwester blieben zurück.

»Frische Pasteten! Frische Pasteten! Fleisch vom Feinsten!«, erscholl es sofort wieder über den Markt. Aufregung regt den Appetit an, das wussten die Händler.

Shahid half Bruder und Schwester dabei, die Einkäufe wieder einzusammeln, die aus dem Korb gerollt waren.

»Ich weiß nicht, wie wir Euch danken können! Ohne Eure Hilfe hätten sie ihn womöglich aufgehängt. Das geht an Tagen, an denen in Rungholt Markt ist, schon mal sehr schnell.« Ihr schmales Gesicht war tränennass und sie wandte schnell den Kopf zur Seite, damit Shahid es nicht sehen sollte.

»Mein Name ist Shahid. Und wie heißt du?«

»Liese«, flüsterte sie leise. »Ich bin Zofe im Haus des Joachim von Eichwald.« Sie wurde noch eine Spur blasser. »Oh weh. Hoffentlich erfährt meine Herrin nichts von diesem Theater hier.«

»Sie wird es wohl schon wissen«, meinte Hauke trocken. »In Rungholt spricht sich so etwas schneller um, als die Springflut kommen kann. Arbeitet dein Bruder?«

»Ja, er kann gut zupacken. Am Hafen und bei der Sicherung des Deichs brauchen sie jede Hand.«

Hauke lachte rau. »Nun, ein wenig schwach auf der Brust ist er schon.«

»Wenn du in Schwierigkeiten gerätst, komm zu mir. Ich wohne im Gasthof. Ich werde versuchen, dir zu helfen.« Shahid reichte Liese den Korb. »Vielleicht kann ich auch deinem Bruder helfen, die Sprache wiederzufinden.«

Liese strahlte den Fremden an, nickte zum Abschied, drehte sich um, riss den Bruder mit sich fort und verschwand im Marktgetümmel.

Shahid sah ihr verträumt nach.

Auch als sie schon längst nicht mehr zu sehen war.

Haukes amüsiertes Schmunzeln reichte von einem Ohr zum anderen.

»Wird sie viel Ärger bekommen?«, erkundigte sich Shahid, als sie in die Straße der Kaufleute abbogen.

»Nun, ihre Herrin wird sie zurechtweisen. Das geht nicht ganz folgenlos ab, denke ich. Elisabeth von Eichwald führt ein strenges Regiment in ihrem Haus. Das betrifft alle, die bei ihr beschäftigt sind.«

»Man wird sie schlagen?«

»Seht Ihr, in dieser Straße wohnen die Kaufleute. Auch einige der Besitzer von Salzsiedereien haben hier ihr Quartier. Es gibt nur wenige aus Stein gebaute Häuser in der Stadt«, wechselte der Freund rasch das Thema.

»Und Ihr könnt sicher sein, dass nur mächtige Männer sich solch ein Haus bauen können.«

Das Haus der Familie auf dem Brennerhof lag fast eine Stunde Fußmarsch vom Wirtshaus entfernt. Shahid, der zu viel des Eintopfs gegessen hatte, kämpfte sich tapfer neben seinem Begleiter voran, stöhnte gelegentlich.

»Wir hätten besser Pferde genommen.«

»Vielleicht«, räumte Hauke ein, schritt aber zügig aus.

»Das Essen war wohl zu fett«, grummelte der Gelehrte.

»Euer Wirt meint es gut mit seinen Gästen und sorgt dafür, dass sie gestopft wie eine Hochzeitswurst die Schänke verlassen.« Dabei strich er mit einer Mischung aus Missfallen und Dankbarkeit über die kleine Wölbung, die sich unter dem Gewand deutlich abzeichnete.

»Ach – so ein dünner Vogel wie Ihr! Das richtige Essen bringen wir Euch hier schon bei und in ein paar Wochen seht Ihr aus wie ich. Die Portionen bereiten Euch dann keine Schwierigkeiten mehr«, lachte Hauke gutmütig.

Shahids Augen glitten pfeilschnell über Haukes Statur, die von der im Augenblick vorherrschenden Kleidermode, die enge Strumpfhosen und in der Taille geschnürte hüftkurze Oberteile vorsah, ungünstig zur Schau gestellt wurde und erschrak bei der Vorstellung auch bald …Nein, nahm er sich fest vor, soweit würde er es nie kommen lassen!, als er Haukes gleichmäßiges Keuchen registrierte, das jeden seiner Schritte begleitete.

»Erzählt mir ein bisschen über die Familie der Toten – so wird mich Euer Sprechen vom Leibdrücken ablenken.«

»Enkens Familie? Sie wohnte mit zwei Cousins und deren Eltern draußen in einer Kate. Ihre Mutter starb bei der Geburt und ihr Vater kam im Jahr drauf beim Großen Sterben ums Leben. Also nahm die Familie des Onkels das Mädchen auf, zog es groß. An ihr war es, den Haushalt zu führen und das Essen zuzubereiten. Die Brüder, Christian und Karl, haben stets gut auf sie geachtet, so, als wäre es ihre leibliche Schwester. Niemals ist ihr ein Leid geschehen.« Hauke hustete leise. »Aber natürlich konnten sie irgendwann nicht mehr verhindern, dass sie mit anderen Frauen oder gar Männern ins Gespräch kam. Neulich trug man mir zu, Hein mache der liebreizenden Enken schöne Augen. Ja, er mache ihr gar den Hof. Sei aber beim Rest der Familie nicht wohlgelitten.«

»Als gehorsame Ziehtochter hätte sie sich in jedem Fall gefügt, die Entscheidung der Familie respektiert und gehorcht?«

»Nun«, begann Hauke gedehnt, »Ihr wisst ja, wie Weibsleute manchmal so sind. Bockig und uneinsichtig gebärden sie sich neuerdings. Ist bei meiner Katharine nicht anders. Statt sich still zu fügen – Widerworte, Streitereien, Einmischungen in Männerangelegenheiten. Mitunter vernachlässigen die Frauen gar ihre Pflichten. Haben Freude an edlem, teurem Putz und stellen sich zur Schau. Abstoßend, aufdringlich, ungehörig! Ihr müsstet euch ansehen, wie manche sich zum Kirchgang rausputzen. Nur nach der neuesten Mode – und nicht nur die Frauen, wie ich ehrlich zugeben muss. Schwierige Zeiten allemal.«

Shahid unterdrückte ein Lachen, begann zu husten, um den anderen nicht zu verärgern. »Tja, die Frauen. Ein ewiges Rätsel. Verursachen ständig Probleme.« Unerwartet drängte sich das sanfte Gesicht Lieses in sein Denken. Erschrocken versuchte er, es zu verscheuchen.

»Manchmal«, meinte der andere mit Sehnsucht in der Stimme, »aber nur manchmal beneide ich Euch um Eure Freiheit. Keine Familie zu ernähren, kein Gezänk, keine schreienden Bälger. Aber auf der anderen Seite tut Ihr mir auch leid. Es ist der Wille des Herrn, dass wir feste Bindungen eingehen und Nachkommen zeugen. Menschen sind nicht dazu bestimmt, allein durchs Leben zu gehen. Die Kehrseite Eures Ungebundenseins ist Einsamkeit. Dabei müsste es Euch ein Leichtes sein, eine Frau zu finden, die zu Euch passt. Ihr seid eine schmucke Erscheinung, könnt Frau und Kinder ernähren.«

»Oh nein!«, protestierte der Mann aus dem Orient vehement. »Das möchtet Ihr glauben, weil Ihr für das Leben, das Ihr kennt, eine Rechtfertigung braucht. Da ist es durchaus behaglich und tröstend, anzunehmen, der andere sei zwar ungebunden, aber unglücklich dabei. Glaubt mir: Ich bin sehr zufrieden. Meist allein unterwegs, aber niemals einsam.« Dann schloss er eine auf den ersten Blick harmlose Frage an. »War Enken einsam?«

Über die Antwort musste Hauke ungewöhnlich lang nachgrübeln. Während er seine Worte gründlich bedachte, legten sie fast einen halben Kilometer Strecke schweigend zurück. Shahid spürte erleichtert, wie Bauch und Denken wieder in Schwung kamen. Er würde seinen wachen Geist dringend brauchen, wollte er die Familie der Toten von dem überzeugen, was er fest vermutete: Die junge Frau war Opfer eines Mordes geworden.

»Na ja, ich denke schon.«

Die Antwort hatte lange auf sich warten lassen und fiel Shahids Meinung nach allzu dürftig aus.

»Warum?«, hakte er deshalb beharrlich nach.

»Drei Männer – und alle Arbeit innerhalb des Hauses fiel ihr zu. Die Tante ist schon vor drei Jahren verstorben. Da mag ihr das Leben manchmal durchaus ungerecht schwierig vorgekommen sein.« Hauke senkte die Stimme zu einem vertraulichen Flüstern. »Frauen glucken doch gern zusammen und schnattern wie ein ganzer Gänseschwarm. Vielleicht hat ihr das oft gefehlt. Die drei Männer reden nicht viel. Sind nicht gesellig. Die Brüder sind längst im heiratsfähigen Alter, machen aber keinerlei Anstalten, eine weitere Frau ins Haus zu holen.«

»Sie sind nicht interessiert?«

»Vielleicht ist es ihnen auch nur zu viel Mühe. Alle drei Männer zeichnen sich durch einen Mangel an Freundlichkeit und Geselligkeit aus. Alle drei sind träge, böse Zungen sprechen auch von Faulheit.« Hauke lachte leise in sich hinein.

»Woran ist die Ziehmutter gestorben?«

»Tragisch. Eines der Pferde. Es hat ausgeschlagen und sie am Kopf getroffen. Enken hat sie im Stall gefunden. Lange vor der Zeit gestorben. Eine schöne Frau. Von gutem Charakter. Fleißig und ordentlich. Ein großer Verlust.«

Shahid konnte sich nicht bremsen. »Gab es denn eine Leichenschau? Hat man nicht nach einem Arzt geschickt? Hat die Familie überhaupt jemanden um Hilfe gebeten? Es gibt doch sicher jemanden in Rungholt oder auf Strand, der heilen kann!«, erkundigte er sich aufgeregt.

»Nein. Wozu sollte das gut sein? War doch deutlich

zu sehen, dass sie tot war«, gab der andere schulterzuckend zur Antwort. »Und die Familie vom Brennerhof hat kein Geld zu verschenken.«

Der Fremde aus dem Orient schauderte. So viel Gleichgültigkeit.

»Nun, es kommt schon mal vor, dass Frauen bei der Arbeit den Tod finden«, setzte Hauke nach, der spürte, dass der andere unzufrieden über den Umgang der Rungholter mit unerwarteten Todesfällen war.

خواننده

Zeitreisender wird man nicht aus Spaß.

Andere, die mir schon begegnet sind, hatten Zeichen gedeutet, waren zuvor mit komplizierten Berechnungen beschäftigt gewesen und hatten dann den Zeitenwechsel mehr oder weniger bewusst herbeigeführt. Nicht wenige unter uns hatten mehr als gute Gründe, ihrer tatsächlichen Lebenswirklichkeit den Rücken zu kehren. Zumindest von einem weiß ich, dass ihm der Galgen drohte und er nur die letzte Chance nutzte, die sich ihm bot. Hatte er sich verrechnet, erwartete ihn der Tod – aber dem sollte er in wenigen Tagen ohnehin begegnen. Er hatte nichts zu verlieren, konnte bei reiflicher Überlegung nur gewinnen.

Bei mir war das etwas anders.

Haben Sie schon einmal schwere Schuld auf sich geladen?

Nein? So können Sie sich glücklich schätzen.

Ja? Nun, dann wissen Sie, wovon ich rede, nicht wahr?

An jenem Tag, an dem meine Welt in Dunkelheit ver-

sank, beschloss ich, meinem Leben ein Ende zu setzen. Mir schien, ich könne niemals die Last des Schicksals tragen, es wäre besser, die Welt von einem Wesen wie mir zu befreien. In einer stürmischen Nacht brach ich heimlich auf. Selbstmörder schnüren keine Bündel, also konnte ich frei ausschreiten und erreichte mein Ziel schneller als erwartet.

Die Schlucht.

Unter mir viele Meter Nichts und nach kurzem Flug würde der harte Fels dafür sorgen, dass von mir nicht viel übrig bliebe. Möglicherweise kämen meine Reste den Wölfen und Geiern der Gegend gerade recht. So war ich am Ende wenigstens noch ein bisschen nützlich.

Ich setzte mich auf einen kleinen Felsen am Rand.

Betete. Wenngleich man mir immer erklärt hatte, Selbstmörder könnten nie auf die Gnade des Herrn vertrauen. Aber an wen sonst hätte ich meine letzten Worte richten sollen, wenn nicht an ihn?

Ich erhob mich. Müde.

Trat an die Kante, ahnte die Tiefe in der Dunkelheit nur. Breitete die Arme aus.

Stürzte mich ins Finstere.

Sah im ersten Augenblick des Fallens einen Lichtschein, dann raste ein riesiger Vogel direkt an mir vorüber, mir schien, seine prächtigen Schwingen hätten mich an der Wange berührt. Es begann zu schneien!

Und ich fiel.

Durch eine Lücke im Netz der Unendlichkeit.

Seither weiß ich, dass meine Zeit erst noch kommen wird. Und ich für den Rest meiner Tage dafür sorgen soll, dass Mörder nicht ungestraft davonkommen.

Der Preis: Das Geheimnis.

Es darf niemand erfahren, dass es uns gibt.

Stellen Sie sich nur vor, wenn jeder, wie er gerade lustig ist, durch die Zeit springen könnte. Niemand würde mehr Verantwortung für sein Leben, seine Taten übernehmen. Die menschliche Gesellschaft, wie wir sie kennen, wäre dem Untergang geweiht.

Gut, dass nur sehr wenige das Geheimnis kennen. Meinen Sie nicht?

～⚬～

Sie erreichten die aus Schichten von Erde und Grassoden errichtete Warft.

Die deutliche Erhöhung aus dem sonst ebenen Boden sollte die daraufstehenden Häuser vor Überflutung schützen. Um die Warft herum befanden sich die Felder der Bauernfamilie.

Hauke, der nach dem Anstieg wieder zu Atem kommen musste, blieb plötzlich stehen und wies mit dem Arm in die Weite.

Shahid bekam so Gelegenheit, den Ort auf sich wirken zu lassen.

Wahrscheinlich bauten sie Dinkel und Gerste an, hatten sicher auch eine Weidefläche für ihr Vieh, überlegte der Gelehrte.

Der kleine Hof wirkte seltsam windschief und bucklig in der flachen Landschaft. Shahid nahm all die Bilder in sich auf. Sein spektakuläres Gedächtnis würde ihm bei Bedarf jedes Detail zur Verfügung stellen.

Linker Hand ein Stallgebäude. Zugig. Baufällig. Jetzt im Winter nur ein unzureichender Schutz vor Kälte und

Nässe für die Tiere. Auf der kahlgefressenen, tiefgründigen Weide zwei Kühe und ein Kalb. Zwei Schafe in der Ecke, näher zum Haus. Die ehemalige Wiese war nach den heftigen Regenfällen der letzten Wochen glitschig, schlammig aufgeweicht. Gefährlich.

»Ein Haus nur fürs Vieh? Ist das auf Rungholt nicht ungewöhnlich?«, staunte Shahid.

»Ja, das stimmt. Christian, der eine Sohn des Bauern, der war jeden Winter sterbenskrank. Bekam keine Luft, rang manchmal fast schon mit dem Tod. Bis Enken die Tiere aus dem Haus verbannte. Seither geht es ihm viel besser, die schrecklichen Anfälle kommen nicht mehr«, wusste Hauke. »Er ist vielleicht zu schwach auf der Brust für unser raues Klima.«

»Oh, das ist es nicht. Diese Krankheit kommt, weil sein Körper zu heftig auf die Haare der Tiere reagiert. Je weniger er mit dem Vieh in Kontakt kommt, desto besser wird es ihm gehen.«

»Was Ihr so wisst«, brummte Hauke. »Im Ort hatte man nicht überall Verständnis dafür. Die Bauern leben von jeher mit dem Vieh unter einem Dach. Veränderungen dauern auf Rungholt länger, unsere Traditionen haben eine große Bedeutung für den Zusammenhalt der Menschen hier.«

Shahid nickte, ging weiter.

Vor der grob behauenen Tür zum Wohnhaus rannten nervöse Hühner umher. Pickten aufgeregt nach imaginären Körnern. Gackerten übellaunig und flatterten angriffslustig gegeneinander auf. Shahid erkannte, dass niemand daran gedacht hatte, sie zu füttern. Wie so oft, wenn die einzige Frau auf dem Hof plötzlich fortgerissen wurde. Die Männer konnten die Arbeit der Verstorbenen nicht übernehmen – aus dem einfachen Grund, dass sie sich gar nicht darüber im Klaren waren, was alles zu ihrem Aufgabenbereich gehört hatte.

Er seufzte.

Hauke erklärte: »Dort drüben erkennt man gerade noch den Hof von Hein. Etwas weiter links liegt der Hof, auf dem Tildas Familie lebt. Und die anderen Nachbarn sind auch nicht fern.«

Im Näherkommen entdeckte Shahid einen struppigen Hofhund, der ihn aus braunen Augen tieftraurig ansah.

»Na, du vermisst Enken wohl?«, sprach er ihn an, was ihm einen skeptischen Blick seines Begleiters eintrug. Offensichtlich war es in dieser Gegend der Welt nicht üblich, mit den Hoftieren zu sprechen oder ihnen Gefühle zu unterstellen. »Hunde riechen den Tod. Er weiß schon, dass Enken nie mehr zu ihm zurückkommen wird. Er hat sie gemocht. Deshalb trauert er über ihren Verlust. Viele Tiere reagieren so.«

Hauke zog nur vielsagend die linke Augenbraue hoch. Er glaubte kein Wort. »Er versteht nicht, was Ihr ihm sagt. Tiere sprechen nicht. Außer Hunger sind ihnen menschliche Regungen fremd. Es ist bloß ein alter Wachhund!«

»Nun, Hunde begleiten den Menschen bei der Jagd, sind sehr hilfreich, wenn es darum geht, den Weg nach Hause zu finden, sind treue Gefährten der fahrenden Leute, sie hüten die Weideschafe, bewachen das Hab und Gut ihrer Menschen – nun, mir will scheinen, sie sind fast so etwas wie gute Freunde«, grinste der andere. »Und sie geben keine Widerworte, sind nicht zickig. Tun, was ihnen befohlen wird. Ganz anders als so manche Frau.«

Hauke brummte unwillig. »Ach was! Es sind Tiere. Seelenlos. Ihr Verstand ist klein.«

»Enken hat das Haus allein geführt. Die Männer müssen ihre Aufgaben jetzt mit übernehmen. Dazu gehört auch das Füttern der Hühner.« Shahid trat an eine Holzkiste heran, lüftete den Deckel und griff dann nach einem irdenen Gefäß, das auf dem Korn lag. Mit schwungvollen Bewegungen ließ er das Futter zwischen die Tiere regnen, die sich sofort darauf stürzten. »Hauke, Ihr müsst ihnen helfen. Vielleicht könntet Ihr gemeinsam mit den Bauersleuten eine Liste der Dinge anlegen, die erledigt werden müssen. Dann werden sie ihre Aufgaben unter sich verteilen. Nur so können sie den Hof bewahren.«

Der andere nickte vage.

»Ihr denkt immer an alle und alles. Eben habt Ihr noch von Mord gesprochen und nun sorgt Ihr Euch um das bisschen Vieh! Die Nachbarn werden sich um alle Belange kümmern. Das ist bei uns guter Brauch. Und die drei sind des Lesens nicht kundig. Lasst uns reingehen!«

Doch Shahid bückte sich, packte eine struppige Katze, die sich zwischen den Auffangfässern für das Regenwasser versteckt hatte, und hob sie aus der Deckung heraus. »Seht Ihr dieses Tier? Es frisst an jedem Tag eine stattliche Anzahl von Mäusen. Gelegentlich ist sicher auch eine fette Ratte darunter. Wenn man sich aber gar nicht um die Katze kümmert, nie ein wenig Milch hinstellt oder ihr ein Bröckchen Fleisch vom Tisch abgibt, dann stirbt sie womöglich, wird krank, sucht sich ein neues Jagdrevier. Und die Nager fressen den Hühnern das Futter weg. Es braucht nur kleine Momente der Achtsamkeit im Alltag und sie wird bleiben und den Hof sauber halten.«

»Kommt jetzt!«, murrte Hauke, packte Shahids Oberarm unerwartet kraftvoll.

Nervös sah er sich in alle Richtungen um und schob den Freund dann unsanft ins Haus. »Mit solchen Reden seid bloß vorsichtig. Besprecht dergleichen Dinge besser nicht mit dem Falschen. Ein verständiger, trauernder Hund, eine Katze, auf die man achten soll! Ein Kopf sitzt in diesen Zeiten nicht sicher fest auf den Schultern, um einen Ketzer wird nicht gejammert.«

Man hatte den Leichnam in der Stube aufgebahrt. Drei Männer starrten darauf, der Älteste von ihnen betete flüsternd. Es war so finster in dem kleinen Raum, in dem nur eine einzige Kerze für eine winzige Insel des Lichts sorgte, dass Shahid außer den Konturen der drei so gut wie nichts erkennen konnte. Es roch atemraubend nach Verwesung, Knoblauch und Kohl.

»Wen habt Ihr da angeschleppt, Hauke?«, erkundigte sich der Jüngste aggressiv. »Was soll ein Fremder hier, während wir um sie trauern? Ihr habt wohl jeden Anstand vergessen!«

Shahid spürte den Zorn als lästiges Prickeln auf der Haut.

Unerwartet kam Bewegung in einen Haufen wie zufällig hingeworfenen schwarzen Stoffes und eine Frau schälte sich heraus. Steinalt, stellte der fremdländische Besucher verwundert fest. Die tiefen Krater in ihrem Gesicht waren selbst im Dunkel deutlich.

»Allein hier mit drei Männern?«, flüsterte er Hauke zu.

»Die alte Veronika. Leichenwäscherin der Wohlgestellten. Die Nachbarn kommen später. Bei uns ist keiner allein. Jeder braucht den anderen, um überleben zu können.«

»Was also will der hier?«, hakte der jüngste Sohn nach. »Wieso habt Ihr ihn mitgebracht?«

Selbst in der Finsternis konnte Shahid das wütende Funkeln in seinen Augen deutlich erkennen.

»Geht«, mischte sich nun auch der Vater mit schwacher Stimme ein, vielleicht im Versuch, die Situation zu entschärfen. »Wir wollen in unserer Trauer nicht gestört werden. Kommt morgen wieder, wenn wir sie begraben haben.«

Shahid wartete gespannt darauf, wie sein Begleiter der Familie erklären würde, welcher Art ihr Anliegen konkret war.

»Das ist Shahid. Er ist vor vielen Wochen auf einem Handelsschiff hierhergekommen. Ein Gelehrter aus fernen Landen, der in seinem Leben schon viel gesehen und erlebt hat«, begann Hauke umständlich. »Er kennt sich mit plötzlichen Todesfällen gut aus – und würde Enken gern etwas genauer untersuchen.«

»Wozu?«, grollte Christian, der jüngste der Brüder. »Sie ist tot, niemand kann ihr das Leben zurückgeben. Oder wollt Ihr behaupten, dieser hier könne solche Art Wunder vollbringen? Das führt zu grundlegendem Streit mit Asmus!«

»Nein. Leben schenken, Leben nehmen – das ist allein Gottes Angelegenheit. Es wäre aber gut zu wissen, wie Enken tatsächlich zu Tode gekommen ist. Unfall? Oder griff jemand sie an?«

»Mein Sohn hat recht. Sie ist tot und keine Untersuchung kann sie uns zurückgeben. Es ist sinnlos.«

Der Besucher registrierte den starken Alkoholdunst, der diese Worte begleitete. Die Traurigkeit, der Schmerz über den Verlust wurde dadurch nicht wirklich leichter, das würden die drei rasch bemerken. Shahid wartete.

»Vater hat recht. Ihr beide solltet jetzt gehen!« Der ältere der Brüder, Karl, erhob sich, baute sich drohend auf, musste aber erkennen, dass er, gemessen an Haukes Statur, der Unterlegene bei einer körperlichen Auseinandersetzung wäre.

Hauke tat, als habe er nichts gehört. »Es könnte ja sein, dass jemand Schuld trägt an Enkens Tod. Habt ihr schon mal darüber nachgedacht? Vielleicht ist sie das Opfer eines Mörders geworden – oder ein Untier hat sie angefallen?«

»Ach, das Geschwätz macht sie nicht wieder lebendig!«, wiederholte der Ziehvater dumpf.

»Also, wenn jemand sie umgebracht hat, muss ich das wissen!«, zeterte unerwartet die quäkende Stimme der Alten und bot so den beiden Besuchern Unterstützung für ihre Worte. »Am Ende bringt der noch andere Frauen um! Könnte gut sein, dass bald keine von uns mehr sicher vor ihm ist!«

»Sei still, altes Weib! Andere Frauen sind mir egal! Ich will meine Nennschwester zurück. Ihr Lachen, ihre Kraft, ihre unerschütterliche Hoffnung auf bessere Zeiten, die uns immer getröstet hat. Und das wird in diesem Leben nicht mehr sein.« Karl setzte sich wieder auf den dreibeinigen Hocker. Starrte den Leichnam mit brennenden Augen an.

Shahids wacher Blick huschte von einem zum anderen. Dieses Gespräch führte zu nichts. Es konnte sich noch stundenlang im Kreis drehen – und am Ende zu keinem Ergebnis, keiner Entscheidung führen.

»Ich würde das gern abkürzen«, ergriff er mit seinem für die Ohren der Hinterbliebenen seltsamen Singsang das Wort, hob bei Arme beschwichtigend an, die Handflächen nach vorn aufgerichtet, als versuche er, das tosende Meer zu beruhigen. Er war sich der Tatsache bewusst, dass er für alle anderen im Raum wie ein Schlafwandler aussah.

»Was!«

»Nun, es ist nicht unerheblich, ob in einer Lebensgemeinschaft ein Mörder sein Unwesen treibt.«

»Oder ein Untier alle bedroht«, ergänzte Hauke und Shahid unterdrückte ein Stöhnen.

»Es bedeutet in jedem Fall, dass Maßnahmen ergriffen werden können und müssen, um die anderen Menschen in der Gegend zu schützen! Deshalb ist es unerlässlich, den Leichnam einer genauen Untersuchung zu unterziehen! Ich werde das für euch übernehmen. Ihr verlasst den Raum und wartet in der Küche«, entschied er, und seine natürliche Autorität zeigte Wirkung.

Die Männer erhoben sich.

Zögernd.

Einer nach dem anderen.

»Ich werde das nicht zulassen«, knurrte Christian gefährlich. »Meine Cousine ist unberührt – Eure Hände werden sie nicht betatschen!«

»Wenn weitere Menschen sterben, so tragt ihr drei die Schuld daran, denn ihr stelltet euch der Klärung der Frage nach einem möglichen Täter in den Weg. Wenn Rungholt dann davon erfährt, dass ihr die Jagd nach dem

Mörder unmöglich gemacht habt, möchte ich nicht in eurer Haut stecken«, mahnte Hauke eindringlich.

»Alle in die Küche«, wies der Fremde unbeirrt an.

»Veronika mag bleiben und eine Auge auf mich haben, wenn sie das will.«

»Ich habe keine Angst. Die Toten sind keine Gefahr und die Lebenden würden es bereuen, wenn sie mich in Schwierigkeiten brächten«, ließ die alte Frau sie wissen.

So trotteten die Männer endlich murrend davon, selbst Hauke, dem die Neugier wie Sternenlicht aus allen Poren leuchtete.

»Und nun?«, schnarrte Veronika missmutig.

»Ausziehen!«, entschied der Gelehrte. »Und ich brauche mehr Licht!«

Beherzt hob er den Leichnam an, begann damit, der Toten das Hemd über den Kopf zu streifen.

Veronika beobachtete entsetzt sein frevelhaftes Tun, stöhnte leise protestierend auf, wagte aber nicht, dem Kundigen offen zu widersprechen. Rasch huschte sie durch den Raum, trug alle Kerzen zum Tisch und verteilte sie so, dass der Körper beleuchtet wurde.

Erst jetzt erkannte Shahid wie entstellt das Gesicht der alten Frau war. Eine lange, rigide Narbe zog sich vom linken Mundwinkel bis zum unteren Lidrand. Dadurch wurde die gesamte Gesichtshälfte so gut wie unbeweglich und ihre Züge verrutschten auf groteske Weise bei jedem Wort, jeder mimischen Regung.

»Mein Vater«, bot sie eine Kurzfassung des damals Geschehen an, als sie seinen Blick bemerkte.

Shahid spürte, dass die Alte kein Nachfragen wünschte.

So fragte er sachlich: »Als du die Tote gewaschen hast, ist dir eine Wunde aufgefallen.«

»Ja. Sicher. So was kommt eben vor«, gab die Alte patzig zurück.

»Nein, so etwas kommt nicht einfach vor! Sie lag im Moor. Weit weg von Dingen, an denen sie sich hätte eine derartige Verletzung zuziehen können!«

»Pfff«, machte Veronika und sah interessiert zu, wie Shahid ein großes Lederfutteral öffnete, das er aus seinem weiten Umhang gezogen hatte. »Normalerweise wasche ich die Bauersleute gar nicht. Schon gar nicht die unfreien. Aber Enken, nun, sie war eine herzensgute Frau. Hatte auch für die alte Leichenwäscherin immer ein nettes Wort, ein Stück Brot oder ein paar Kohlköpfe. Deshalb habe ich es überhaupt gemacht. Als Dank. Außer denen, die es sich leisten wollen, begraben wir die anderen einfach so, wie sie gefunden werden. Ist bei uns so Brauch.«

Ihre wachen Augen folgten den Bewegungen des Fremden, während sie sprach.

»Was ist das?«, verlangte sie neugierig zu wissen.

»Meine Instrumente. Ich werde jetzt genau untersuchen, woran Enken wirklich gestorben ist.«

Er griff nach einem der Leuchter und führte das Licht nah am kalten Körper vorbei, beugte sich so nah heran, dass Veronika mehr als einmal sicher war, seine Nase habe die Haut der Toten berührt. Sie schauderte. Niemand außer ihr, Pfarrer Asmus und dem Bestatter kam je so nah an die Verstorbenen heran. Die meisten Rungholter wollten mit dem Tod möglichst wenig zu tun haben. In diesem Punkt unterschieden sie sich nicht vom Rest der bekannten Welt.

»Ihr Körper zeigt Spuren harter Arbeit. Hier und dort – und diese Rippe war früher einmal gebrochen. Die Hände sind voller Schwielen. Die Nägel abgebrochen. Und doch …« Shahid beugte sich noch näher an den Zeigefinger heran, hielt die Kerze so, dass sie fast die Haut versengte. »Sie hat sich gegen jemanden gewehrt. Dieser Nagel ist tief abgerissen. Es hat geblutet, das Nagelbett ist verletzt und die Kante frisch. Das hat sicher heftige Schmerzen verursacht. Aber gut, sehen wir weiter …«

Veronika starrte den Mann an.

Für die Schönheit der Toten schien er tatsächlich keinen Blick zu haben.

Konzentriert betrachtete er Abschnitt für Abschnitt des Körpers ohne Emotion – ausschließlich wissenschaftlicher Eifer war zu spüren.

»Wir werden die Wunde vermessen.« Der Fremde zog einen kleinen hölzernen Messstab aus dem Futteral, legte ihn vorsichtig an, räusperte sich warnend, als die alte Frau so nah kam, dass sie seinen Arm berührte. Schnell wich sie ein wenig zurück.

»Wir wissen, dass Enken seit mehr als drei Tagen tot ist. Die Starre hat den Körper weitgehend verlassen.«

Veronika nickte wissend. Freute sich darüber, durch das »Wir« in den Stand derer aufgenommen zu werden, die solcherlei beurteilen konnten.

»Leider bedeutet es auch, dass sich das Gewebe bereits stark verändert hat. Man kann es deutlich sehen und riechen. Wir müssen also mitbedenken, dass das umgebende Gewebe nicht mehr so straff ist, wie es zu Lebzeiten der Frau war.«

Wieder ein Nicken.

»Wir erhalten also kein vollkommen genaues Abbild der Waffe, es wird eine leichte Abweichung enthalten. Nun werde ich versuchen herauszufinden, wie tief die Waffe in den Körper eingedrungen ist.« Er zog eine Sonde aus der Ledertasche.

»Oh! Was tut Ihr damit? Was ist das für ein sonderbares Ding?«

»Im Orient verwendet man es schon seit vielen, vielen Jahren. Siehst du, es ist nicht starr, sondern leicht beweglich. Es ist aus Elfenbein – ein sehr gut gearbeitetes Stück, von einem Meister seiner Kunst hergestellt.« Unendlich vorsichtig schob er das bleiche Werkzeug in die Wunde. Atemlos beobachtete Veronika, wie es weiter und weiter in Enken verschwand.

»Sonst sieht es auch bei mir geschickter aus, aber diese Kälte hier erschwert die Arbeit. Steifgefrorene Finger …« Angespannt beugte er sich über die Tote, schob ohne Druck. »Wenn ich das Ende des Stichkanals durchstoße, ist alles verloren.« Er schwieg, während er die flexible Nadel locker weiterschob. Seine Lippen verzerrten sich vor Anspannung. Dann zog er das lange Werkzeug wieder heraus, legte den Messstab daneben. Zog die Augenbrauen für einen Augenblick hoch, griff nach einem Grafitstift und zeichnete mit wenigen Strichen eine Skizze auf ein Papier, das er ebenfalls aus dem Umhang gefischt hatte. »Direkt ins Herz. Ein Stich, der tödlich hätte sein können.«

Veronikas Blick war misstrauisch.

»Hast du solch eine Waffe hier schon einmal gesehen? Sie ist dünn und lang, der Griff oval und glatt. Die Klinge beidseitig geschliffen, wie bei einem Schwert.«

Veronika stemmte die Fäuste in die Stelle, an der vor Jahrzehnten einmal ihre Taille war, und plusterte sich auf wie die kleinen Vögel draußen im Gebüsch.

»Ach, jetzt soll ich wohl den Namen des Täters nennen?«, keifte sie los. »Erst dieser ganze Zauber hier, den Ihr veranstaltet, aber am Ende soll die alte Veronika jemanden ans Messer liefern? Oder besser, an den Galgen? Das habt Ihr Euch ja fein ausgedacht!« Sie bedachte die Skizze dennoch mit einem langen, neugierigen Blick.

»Aber nein«, versuchte Shahid, die Aufgebrachte zu beschwichtigen. Seine Augen huschten zur Tür, in Sorge, die Männer könnten das Geschrei der Leichenwäscherin bis in die Küche gehört haben und kämen nun zurück, um nachzusehen, was er hier triebe. »Nein, nein. Aber ich bin doch fremd hier. Woher soll ich wissen, ob solche Waffen in der Rungholter Gegend üblich sind oder nicht? Da musst du mir schon weiterhelfen!« Er legte eine ausreichend dosierte Portion Hilflosigkeit in seinen Blick und hoffte das Beste.

»Ach!«, höhnte die Frau. »Ein Weibsbild soll nun plötzlich Ahnung davon haben, welche Art Waffen es auf dieser Halbinsel gibt!«

»Nun ja«, seufzte Shahid resigniert. »Mir schien, dir wäre auch an der Aufklärung gelegen. Da habe ich wohl etwas falsch verstanden. Eure Sprache ist nicht einfach – ich übe noch und mitunter unterlaufen mir Deutungsfehler.« Er reinigte die Sonde mit einem Tuch, wickelte sie dann darin ein und legte sie beiseite.

Die Leichenwäscherin schwieg trotzig, schob ihre Unterlippe vor, schnalzte mit der Zunge am Gaumen, schmatzte und begann, mit der zahnlosen Kauleiste an der Lippe zu nagen.

»Ich werde Euretwegen nicht riskieren, von den anderen noch schiefer angesehen zu werden als gewöhnlich!«, stellte sie dann klar, wandte sich rasch ab, weil sie selbst gehört hatte, wie wenig überzeugend ihre Stimme geklungen hatte. »Ist doch wahr«, setzte sie vorsichtshalber nach.

Der Gelehrte entnahm seinem Umhang eine Lupe.

Schob die Ärmel seines Hemdes hoch, beugte sich tief über die Leiche der jungen Frau.

Kroch mit seinem verschärften, fokussierten Blick über jeden Millimeter Haut.

Ihm war bewusst, dass Veronika in diesem Moment an all die bösen, abschätzigen und angeekelten Blicke, an all die bissigen Bemerkungen in ihre Richtung dachte. All die verletzenden Reaktionen der Rungholter, wenn sie ihr, der Frau mit dem ungeliebten Gewerbe und dem verzerrten Gesicht, begegneten. Er brauchte nur ein wenig Geduld zu haben.

»Es ist kein Messer, oder?«

»Nicht unbedingt. Aber wäre es eines, so erschiene es mir ungewöhnlich. Im Kampf Mann gegen Mann nicht wirklich tauglich. Sieh nur, wie schmal die Klinge gewesen ist.«

»Also hier auf dem Hof hat es so eines sicher nicht gegeben. Auch sonst habe ich solch eine Waffe nicht gesehen.«

»Dann ist sie nicht typisch für Rungholt?«

»Gewiss nicht.«

Die Augen verließen den Bereich der Wunde, näherten sich den Brüsten.

Die Alte schnaubte empört. »Also das gehört sich nun wirklich nicht! Und so was nennt sich Gelehrter! Ein geiler Bock, wie die anderen Männer auch!«

»Mag sein, dass es dir ungehörig erscheint – notwendig ist es allemal. Sonst könnte ich eine kleine Verletzung womöglich übersehen.«

Er näherte sich weiter dem Busen.

Die Leichenwäscherin stampfte laut schnaubend mit dem Fuß auf.

»Ist notwendig!«, versicherte der Mann aus dem Orient.

Als seine Lupe unterhalb des Nabels über die Haut schwebte, wurde Veronika erneut unruhig.

An der Schamgrenze schlug sie dem Gelehrten kraftvoll auf die Hand.

Es fehlte nur wenig und die wertvolle Vergrößerungslinse wäre zu Boden gefallen. »Hör zu!«, fauchte Shahid, dessen markante Züge plötzlich gar nicht mehr kühl, emotionslos und intellektuell wirkten, sondern nur noch blanke Wut zeigten. »Ich schaue mir diesen Körper nicht zu meinem Vergnügen mit größter Sorgfalt an! Bisher deutet alles darauf hin, dass Enken getötet wurde – jedes Mal, wenn du meine Arbeit unterbrichst, hilfst du dem Mörder! Wenn du mich behinderst, übersehen wir am Ende einen wichtigen Hinweis – und weitere Frauen werden sterben!«

»Das ist dummes Gerede!«, beschied ihm die Alte. »Warum sollten noch mehr Frauen umgebracht werden?« Während sie sprach wedelte sie mit ihren arthrotischen Fingern vor seinem Gesicht. »Ich denke, sie war eine von Siljas Kundinnen! Je länger ich darüber nachdenke, desto wahrscheinlicher wird es für mich. Sie könnte auch solch ein sonderbares Messer besitzen. Würde mich nicht überraschen!«

»Silja?«

»Ja. Bestimmt war jede vierte Frau in und um Rungholt schon wegen irgendeines Problems bei ihr, hat ihre Hilfe für mehr Geld als ich im Jahr verdiene in Anspruch genommen.«

»Wofür?«, tat Shahid ratlos, ahnte längst um welchen besonderen Dienst es sich hier handeln musste. So eine Waffe kannte er, wusste wofür sie in gewissen Fällen therapeutische Anwendung fand.

»Na! Engelmacherin ist sie! Hat vielen ihre Unschuld wiedergegeben, den tadellosen Leumund gerettet. So ist das! Nennt sich Heilerin! Pah!«, keifte Veronika. »So mancher Mann hat sich auf diese Weise seine Freiheit zurückgekauft.«

»Wenn ich dich richtig verstehe, bezahlen die Frauen für die geleisteten Dienste. Weshalb sollte Silja ihre Kundinnen umbringen?«

Die Leichenwäscherin betrachtete neugierig die Gerätschaften im Futteral des Gelehrten. Neben der langen Sonde aus Elfenbein befanden sich weitere aus Bronze, Haken zum Entfernen von Blasensteinen, Lidhaken, scharfe Messer, Löffel und eine Pinzette darin.

Kein Kranioklast, stellte sie beruhigt fest. Doch dann fiel ihr ein, dass dieses Gerät, einer Zange nicht unähnlich, wohl schlicht zu groß für das Futteral gewesen wäre und deshalb vermutlich an einem anderen Platz aufbewahrt wurde.

Sie schwieg.

»Aha! Eine Engelmacherin also. Und ich schließe aus deinem Schweigen, dass es bei ihrer Hilfe auch zu Todesfällen gekommen ist.«

»Pfff!«, zischte Veronika erneut, zuckte mit den Schultern, gab sich den Anschein, nicht mehr an diesem Thema interessiert zu sein, strich die Schürze über ihrem langen Kleid glatt, rückte das Tuch zurecht, welches sie um Haare und Kopf geschlungen hatte. »Das ist den Männern eher gleichgültig. Ihnen geht es darum, das verräterische Problem verschwinden zu lassen. Oft genug versprechen sie den Frauen die Ehe, wenn sie nur einmal … Und wird die Frau dann schwach, ist der Ehrenmann über alle Berge. Die Frau trägt die Schande! Frauen sterben schon mal dabei, bei dem, was Silja tut, oder bei der Entbindung. Was das Problem in gewisser Weise ebenfalls löst. Männer sind in jedem Fall fein raus.« Sie atmete tief durch. »Frauen sterben an vielerlei Dingen. Bei der Laufscheiße, bei der Geburt, nach einer Verletzung, nach Husten und Hitze. Sie sind empfindlicher als Männer, nicht so stark. Aber das will niemand hören, wo nach der verheerenden Seuche nun alle hart anpacken müssen, weil die jungen Männer fehlen. Es wird zu viel erwartet und wenn die Frau stirbt …« Veronika hatte sich in Wut geredet. Bemerkte, das sie viel zu viel preisgegeben hatte, schwieg plötzlich, als könne Wortlosigkeit einen Teil wieder ungesagt machen.

»Oh, die Männer trauern aber schon. Gerade an den Gräbern junger Frauen kann man das beobachten«, wandte Shahid im leichten Konversationston ein und untersuchte den Bereich zwischen den Beinen der Toten.

Veronika bemerkte es nicht.

Sie hatte sich abgewandt, sah, mit oder ohne Absicht, das blieb ihr Geheimnis, in Richtung Tür. Der Gelehrte hatte den Verdacht, die alte Frau wünsche sich weit weg von hier.

»Vorgetäuschte Trauer allerorten. Im Grunde sind sie nur zufrieden, dass zwei Probleme auf einen Schlag aus ihrem Leben verschwunden sind! Der Pfarrer redet immer von Verzicht, von Jungfräulichkeit bis zur Hochzeitsnacht – doch die kann man ja nur bei der Frau nachweisen. Was der gnädige Herr ...« Sie verstummte, drehte sich unerwartet um und schrie leise auf. »Jetzt ist es aber genug! Ich hole die Familie zurück! Das ist unglaublich!«

»Aber Veronika. Du sprichst von der Engelmacherin, glaubst, sie könne schuld am Tod der jungen Frau sein. Dann musst du auch ertragen, dass ich nachsehe, ob es Spuren an diesem Leichnam gibt, die beweisen, dass Enken die Hilfe von Silja in Anspruch genommen hat!«, rechtfertigte der Fremde sein Tun, sprang aber aus der Hocke auf, die ihm einen ungehinderten Blick ermöglicht hatte, stellte den Leuchter zurück, den er in der Linken gehalten hatte, um den zu beurteilenden Bereich besser ausleuchten zu können.

Veronikas Brust wogte vor Empörung und Entsetzen. »Nicht einmal, nachdem eine Frau ihren letzten Atemzug getan hat, ist sie vor den Händen und Blicken der Mannsbilder sicher!«

»Ich weiß, du kennst dich aus. Komm her und sieh selbst.« Shahid reichte der Leichenwäscherin die Lupe, zog sie zu sich heran. »Hier.« Er nahm erneut sein Werkzeug zu Hilfe. »Du musst zugeben, dass sie zwar keine Jungfrau mehr ist, aber die Heilerin war hier nicht am

Werk. Die Fäulnis eingerechnet, die Liegezeit mitbedacht – nein, ich würde nicht denken, dass sie überhaupt empfangen hatte.«

»So was wollt Ihr beurteilen können?«, schnappte die Alte patzig zurück. »Das ist doch nur Wichtigtuerei. Scharlatane haben wir schon genug auf Strand und besonders in Rungholt.«

»Lass uns zum Abschluss kommen. Ich verspreche dir, bevor ich weiterreise, werde ich dich besuchen und dir ein paar der Geheimnisse verraten, die der menschliche Körper auch nach dem Tod noch preiszugeben vermag.«

»Was fehlt jetzt noch?«, fragte Veronika mit schmalen Lippen, die vor unterdrückter Wut zitterten.

»Nur noch ein Blick auf ihre Oberschenkel, dann kann ich dir sagen, was ich herausgefunden habe.«

Shahid griff erneut nach dem Leuchter, begutachtete den Körper diesmal im Stehen, weit nach vorn gebeugt.

»Ich habe genug gesehen. Wir können sie wieder anziehen.«

Mit vereinten Kräften streiften sie Enken das Totenhemd wieder über.

»Ist aus ihrer Aussteuertruhe. Ihre Mutter hat es während der Zeit der Guten Hoffnung für sie genäht und bestickt – für die erste Nacht. Sie war sicher, sie bekäme ein Mädchen. Doch auch dieser Traum ist zerplatzt. Von Enken wird es keine Kinder geben, die diesen traurigen Hof mit Lachen erfüllen. Und ob Christian und Karl je eine Frau nach Hause führen, ist fraglich. Sie sind aufbrausend, unfreundlich. Der Reichtum wohnt auf dieser Insel bei anderen Leuten.«

Während Veronika die Kerzen ausblies und wegstellte, nur einen Leuchter neben der Toten beließ, schimpfte sie leise. »Unser Pfarrer, Roerd Asmus, wettert auch gegen die neue Zügellosigkeit, die durch Geld begünstigt wird. Jeder, der reich ist, tut, was ihm beliebt! Sicher wird er auch heute Abend wieder seiner Gemeinde ins Gewissen zu reden versuchen. Mir scheint nur, die, die es angeht, hören gar nicht hin. Sie werfen Geld in den Opferstock und leben weiterhin ohne Skrupel.«

»So, der Pfarrer ist demnach nicht von allen wohlgelitten, will mir scheinen. Ich bin ihm heute begegnet.«

»Nein, er hat es schwer. Wohlgelitten ist er tatsächlich bei vielen nicht. Und wenn ich ihm von dem erzähle, was hier gerade …«

»Nein! Darüber wirst du am besten kein einziges Wort verlieren. Zu niemandem. Und wenn dir dein Leben lieb ist, erwähnst du nicht einmal, dass ich hier war und was ich herausgefunden habe.« Sorgfältig legte der Fremde seine Gerätschaften ins Futteral zurück, schob die Lupe hinein, griff nach Jacke und Umhang.

Veronikas Augen füllten sich mit bitterem Hass. »Eine Drohung! Was wollt Ihr tun? Die greise Leichenwäscherin umbringen?«

»Der Mörder wird es tun, wenn er glauben muss, dass du etwas weißt, was ihm die Tat nachweisen kann.«

»Ha!«, giftete die Alte. »Wer sagt mir denn, dass Ihr nicht selbst der Mörder seid und nur versucht, Eure Tat zu vertuschen, indem Ihr uns Sand in die Augen streut! Wir hier in Rungholt kennen uns aus mit Euresgleichen!« Erschrocken über ihre eigenen Worte, schlug sie rasch die Hände vor den Mund.

Wartete, ob der Fremde etwas entgegnen würde.

Doch der Gelehrte schwieg.

Mit wenigen Handgriffen schob sie Enkens Haar unter die Haube zurück, rückte sie auf dem grob gezimmerten Brett etwas zurecht, faltete ihre Hände und legte ihr ein hölzernes Kreuz in die Finger.

»Wenn du etwas verrätst, bringst du dich in Gefahr, wirst am Ende womöglich den Mörder verscheuchen und seine Morde bleiben für immer ungesühnt. Das ist auch nicht in deinem Sinne, nicht wahr?«, hörte sie die eindringliche Stimme in ihrem Kopf, drehte sich mit funkelnden Augen um, bemerkte, dass sich die Lippen Shahids nicht bewegten. Ein Zauber? Ihre Hände begannen zu flattern.

»Hol nun die anderen zurück. Sie können weiter um Enken trauern. Ich werde nicht noch einmal stören.«

Erleichtert, dem unheimlichen Mann entkommen zu können, lief Veronika eilig zur Tür hinaus.

»Hauke, wenn der Mörder gewollt hätte, dass Enken einfach nur verschwunden bleibt, wäre es dann nicht bequemer gewesen, ihren Leichnam tief im Moor zu versenken? Ihr habt unzählige Entwässerungsgräben gebaut, damit die Flut nicht allen Besitz mit sich reißt, eure Saat auf den Feldern nicht im Wasser stehen muss, was wäre leichter gewesen als die Tote in einen davon zu werfen? Oder sie schlicht dem Meer zu überlassen?«

»Ihr glaubt, man legt einen Körper hin und schon verschwindet er?« Der Freund grinste. »Über Moore wisst Ihr nicht so gut Bescheid, nicht wahr?«

»Nein. Sand, Dünen, Treibsand sind eher mein Gebiet.

Es wäre demnach nicht so, dass der Leichnam im Moor schnell versinkt?«

»Nun, möglich wäre es schon. Allerdings ist Moor nicht überall derartig beschaffen. In weiten Bereichen ist es federnder Boden, in anderen wird Torf gestochen und die Arbeiter hätten den Leichnam schnell gefunden, an anderen Stellen würde er tatsächlich nur einsinken an anderen vollständig versinken. Der Mörder hätte sich auskennen müssen.«

»Aber die Menschen aus Rungholt und Umgebung leben mit dem Moor. Sie wissen, wo …«

»Ja. Das ist sicher so. Ist ja überlebenswichtig.«

»Und das Meer hätte die Leiche nur unter bestimmten Bedingungen wieder angespült. Oder der Körper wäre von den Fischen gefressen worden. Er hätte die beiden Frauen also auf ewig verschwinden lassen können. Das tat er aber gerade nicht. Und das bedeutet doch, der Mörder hat den Körper absichtlich so platziert, dass ihn innerhalb kurzer Frist jemand finden musste.«

»Dummheit?« Haukes Schritt stockte. »Es leben schon ein paar Verblödete in Rungholt. Bisher dachten wir, sie seien harmlos!«

»Nein, die kommen nicht in Betracht. Ich glaube nicht, dass wir es mit einem dummen Menschen zu tun haben. Er will, dass wir nach ihm suchen.« Shahid klang düster und sein Begleiter warf ihm einen schnellen Seitenblick zu. »Er hat die beiden Leichen nackt abgelegt. Weißt du, wie schwierig es sein kann, einen Leichnam zu entkleiden? Er muss dafür einen Grund gehabt haben, es war ihm wichtig. Und es sollte uns etwas bedeuten. Wenn wir nach dem Täter suchen, werden auch andere unter

Verdacht geraten. Gerüchte kochen hoch, Geschichten über die Ursache der Tode kursieren und reißen möglicherweise Unschuldige mit ins Verderben. Derjenige, der das tat, will unsere Aufmerksamkeit. Und er möchte, dass wir seinem ausgestreckten Finger folgen.«

4

MARTHA, HANNA UND RIEKE hatten sich zum Waschtag in Marthas Waschküche versammelt. Im großen kupfernen Zuber blubberte das Seifenwasser, die Frauen standen am Rand, rührten gelegentlich mit langen Kochlöffeln die Weißwäsche darin um. Das Feuer brannte beinahe eifrig, das Waschbrett stand bereit, die Leinen, über die sie die schweren Stücke gemeinschaftlich hängen würden, waren gezogen.

Die Luft war erfüllt von schwerem Dampf.

Dem stechenden Geruch der Seife.

Es war schon sehr heiß, die drei Frauen wischten sich den Schweiß von den stark geröteten Gesichtern, schoben die Hauben zurecht, die aus dem feuchten Haar über ihre Augen zu rutschen drohten. Die Ärmel der Kleider waren hochgekrempelt, zeigten muskulöse Oberarme, die der groben, harten Arbeit gewachsen zu sein schienen. An den Händen und Unterarmen zeigten sich große rote Stellen, Pusteln und deutliche Verfärbungen der Haut.

Rieke seufzte: »Die Seife ist diesmal besonders scharf geraten, scheint mir. Brennt sie bei euch auch so schlimm?«

Die anderen nickten.

Ergeben. Es war nicht zu ändern.

»Wäsche zu waschen, ist nicht gut für die Haut und in Zeiten wie diesen kann man bei Hautausschlägen schnell unter den Verdacht geraten, aussätzig zu sein«, lamentierte die andere weiter.

»Nun, deshalb ist es besser, die wunde Haut in der Öffentlichkeit, so gut es eben geht, zu verbergen. Wäscherinnen sind nicht die einzigen, die vorsichtig sein müssen, um nicht fälschlich verdächtigt zu werden. Also halt den Mund und vergiss nicht, die Ärmel wieder runterzulassen, bevor du auf die Straße gehst. Und zieh Handschuhe an.« Martha arbeitete verschwitzt und entschlossen, verdiente gutes Geld damit und hatte kein Verständnis für das Gejammer der Jüngeren. »Für diese Wäsche müssen wir die weiße nehmen. Und ganz ehrlich: Die schwarze ist auch nicht besser.«

»Die armen Mädchen!«, seufzte Hanna plötzlich. »Man ist ja wohl seines Lebens nicht mehr sicher! Ehrlich, ich kann mich nicht erinnern, dass je zuvor zwei so jungsche Dinger innert so kurzer Zeit zu Tode gekommen wären!«

»Das ist wahr!«, bestätigte Rieke und nickte mit dem gesamten Körper. Ihr stattliches Mehrfachkinn wallte mit.

Martha rührte kräftig durch den Zuber. »Ist doch irgendwie unheimlich. Vielleicht ist es eine neue Krankheit, wie manch andere auch, die den Weg auf unsere Insel gefunden hat. Möglich, dass sie das Hirn befällt, den Geist verwirrt und die Frauen dazu bringt, sich die Kleider vom Leib zu reißen und sie ins Unglück stürzen lässt.« Ihre grünen Augen weiteten sich vor Sorge, sie sah ängstlich von einer zur anderen.

»Meinst du?«, piepste Riekes Stimme. »Ist es dann etwas, das übergehen kann? Soll man sich besser nicht mit anderen Frauen treffen?«

Martha lachte derb. »Du meinst, so wie wir? Na, das gäbe ein schönes Durcheinander, wenn die Wäsche nicht mehr gemacht werden kann! Überall. Ha! Und außerdem waren Tilda und Enken nicht eng befreundet, sind nicht oft zusammengekommen.«

»Ich habe nichts von einer solchen Krankheit gehört«, widersprach Hanna. »Im Gegenteil. Einige, die Enken gefunden haben, erzählen von einer Verletzung. Und ins Moor konnte sie sich ja nicht ›stürzen‹. Bestenfalls legen. Um zu ertrinken, hätte sie sich an der Stelle auch noch richtig Mühe geben müssen, war ja nicht in dem Bereich, in dem man sinken kann. Und die Männer sagen, sie lag auf dem Rücken. Da kann man nun wirklich nicht ertrinken, wenn Mund und Nase rausgucken!«

Riekes Gedanken waren an der ursprünglichen Überlegung hängengeblieben. »Wenn die beiden keinen Umgang miteinander hatten, gab es möglicherweise jemanden, der beide kannte und besuchte.« Ihre Stimme wurde wieder schrill: »Das könnte bedeuten, es müssen noch weitere Frauen sterben!«

»Zwei Tote haben wir schon. Innert weniger Tage. Stellt euch nur vor, das setzt sich fort«, flüsterte Martha finster, als könne schon die schiere Erwähnung dieser grässlichen Tatsache den Fortgang heraufbeschwören. Gab den großen Holzlöffel an die Jüngste weiter.

»Meinst du?« Riekes Hände hielten bei der Arbeit inne. »Dann wird es am Ende wie beim Großen Sterben? Meine Mutter erzählt manchmal heute noch von den vielen Toten, die zu beerdigen niemand mehr bereit war.«

»Mädchen! Vergiss nicht zu rühren!«, fauchte Hanna und schlug der anderen kraftvoll auf die Schulter.

Als Rieke empört protestieren wollte, hörte man das Aufklopfen eines Stocks.

Erschrocken zuckten alle drei zusammen, es wurde still. Außer dem Blubbern aus dem Kessel und gelegentlichem Knacken der Holzscheite gab es kein Geräusch mehr. Es war, als hielten alle den Atem an.

»Deine Mutter übertreibt mal wieder! Das war schon immer ihre Art. Ich glaube nicht, dass es eine Krankheit ist!« Die Stimme der Alten war schwankend, aber durchdringend. »Ich glaube auch nicht an irgendeinen dahergelaufenen Mörder! Machen wir uns nichts vor – Silja hat die beiden Frauen auf dem Gewissen.«

Der Dampf über dem Kessel nahm das giftige Schweigen der Frauen auf. Verhinderte, dass es abziehen oder sich in der freien Luft verdünnen konnte. So breitete es sich in der Brust aus und verpestete das Gemüt.

Mit energischem Stampfen trat die Greisin zwischen die drei Freundinnen, sah jeder mit intensiv forschendem Blick in die Augen.

Rasch wandte sich eine nach der anderen um, begann, geschäftig mit einem Wäschestück übers Brett zu reiben, im Zuber zu rühren oder Holz nachzulegen.

»Was diese Hexe treibt, ist Sünde! Das hat Pfarrer Asmus auch gesagt. Und jede Frau, die sich von ihr ›bedienen‹ lässt, ist ebenfalls eine Sünderin. Ihre Seele fällt an den Teufel, denn sie begeht einen Mord! Wenn Leben in einer Frau entsteht, so ist das nach dem Willen des Herrn! Was also, wenn sie die beiden Frauen getötet hat? Hä? Bei ihr kommt es schließlich auf eine Leiche mehr oder weniger nicht an!«, behauptete die weißhaarige Frau.

Die drei taten, als hätten sie die Worte nicht gehört.

Rieke fuhr unbewusst über ihre Schürze, dachte an die Hilfe, der sie verdankte, dass sie nicht in Schande aus der Gemeinschaft gejagt worden war.

Hannas Rücken streckte sich. »Siljas Handeln mag dem einen oder anderen sündig erscheinen. Warum aber sollte sie die beiden Frauen getötet haben?«, wagte sie als Einzige zu widersprechen, sah die alte Frau allerdings nicht an.

Die Greisin rammte den Stock mit erstaunlicher Kraft auf den Boden. »Weil sie es kann! Weil sie Angst und Schrecken über uns bringen will. Sie ist in den letzten Jahren viel zu mächtig geworden! Wer war sie schon, als sie, runtergekommen und fast verhungert, aus dem Bauch dieses Handelsschiffes kroch? Mit Rattenkot in den Kleiderfalten, Dreck im Gesicht und leerem Beutel!«

»Mächtig? Ich verstehe nicht, wie du das meinst«, mischte sich nun auch Rieke, mutiger geworden, ein. »Mir kommt es eher so vor, als habe sie es besonders schwer!«

»Sie weiß viel zu viel! Über jeden und jede von uns! Alle Geheimnisse wurden längst an sie weitergetragen!«

»Aber nicht *sie* wurde getötet. Enken und Tilda leben nicht mehr! Meinst du, diese beiden hätten ebenfalls gefährliche Geheimnisse gekannt?« Rieke wandte sich wieder dem Zuber zu, angelte mit dem sperrigen Löffel ein langes Hemd heraus, legte es auf ein Brett und griff nach einem groben Schlegel, begann, die Feuchtigkeit aus der Wäsche zu prügeln.

Doch die Alte blieb skeptisch.

»Die Hexe mag es schlicht für notwendig gehalten haben, dass der Tod diese beiden geschenkt bekommt. Zur Rettung der eigenen Seele! Eine Art Tauschhandel. Gut möglich. Sehr gut möglich sogar!«

5

AUCH IN DER SCHÄNKE waren die beiden toten Frauen Thema an allen Tischen.

Rubens Augen huschten flink umher, dann sagte er leise: »Dieser Fremde! Shahid. Hauke hat bestätigt, was die alte Veronika überall rumerzählt, nämlich dass er die Leiche von Enken untersucht hat.«

»Untersucht? Wozu sollte man einen Toten untersuchen? Dem ist in diesem Leben doch nicht mehr zu helfen!«

»Jau. Das habe ich auch gedacht. Hauke aber behauptet, dass dieser Fremde sich mit solchen Dingen besonders gut auskennt«, steuerte Bengt bei.

»Mit solchen Dingen?« Peter klang gereizt. »Was für Dinge sind damit genau gemeint?« Er zog die Stirn in so dicke Falten, dass die Augenbrauen fast vollständig unter dem Haaransatz verschwanden.

»Na ja. Hauke sagt, der Fremde betrachtet den kalten Körper mit großer Sorgfalt – und wenn der Mensch getötet wurde – ihr wisst schon –, so richtig mit Absicht, dann kann er an diesem toten Körper den Mörder entdecken. Fantastisch, oder?« Bengts Begeisterung schwappte nicht auf die beiden anderen über. »Die Leichenwäscherin ist jedenfalls tief beeindruckt.«

»Ach! Glaubst du ernsthaft, wenn jemand hier auf Strand oder gar aus Rungholt Frauen umbringt, dann macht er nach der Tat ein Zeichen an den Knöchel? Signiert sozusagen? Das ist doch vollkommener Unsinn!« Ruben schüttelte vehement den Kopf.

»Wieso denn am Knöchel? Woher weißt du das? Hast du am Ende was mit der Sache zu tun?« Der kleine, drahtige Bengt wirkte mit einem Mal ausgesprochen angriffslustig.

»Das mit dem Knöchel war doch nur ein Beispiel. Es war ausgedacht!«, sprang Peter dem anderen bei.

»So? Ausgedacht? Soll ich denn Shahid fragen, ob er da was gefunden hat? Am Knöchel von Enken?«

Der Angesprochene stöhnte vernehmlich, drehte die Augen gen Decke. »Sei froh, dass Dummheit keine Schmerzen bereitet. Sonst würde man dich den ganzen Tag über die Insel schreien und jammern hören! Würdest tags und nachts heulend in einer Ecke liegen. Ganz ehrlich, wenn du meinst, du musst, dann frag ihn doch!«

»Das sagst du doch nur, weil er gerade nicht hier ist. Da ist es leicht, mutig zu sein, hä?« Dabei beugte Bengt sich weit über den Tisch und starrte den anderen aus schmalen Sehschlitzen an. Sein Mund verzog sich zu einem geringschätzigen Grinsen. »Schwing nur weiter deine dummen Reden!«, forderte er dann zornig.

»Hört auf zu streiten!« Ein sinnloser Schlichtungsversuch vom Nebentisch. Dort wurde gespielt. Das unregelmäßige Klappern der Würfel auf dem Tisch war trotz des allgemeinen Lärms deutlich zu hören.

»Ach ja? Es stimmt doch: Der Fremde ist sonderbar und Ruben hat Angst vor ihm!«, trumpfte Bengt auf.

»Ich habe vor niemandem Angst!«, brauste nun Ruben auf. »Und von einem geheimen Zeichen wusste ich auch nichts. Du hast das falsch verstanden!«

Peter seufzte, versuchte erneut, die Streithähne zu beruhigen. »Hör zu, es war nur dahingesagt, ohne wirkliche Bedeutung.« Er holte tief Luft, denn in der Miene des anderen zeigte sich keine Erkenntnis. »Sagen wir so: Es war eine Art Scherz, verstehst du?«

»Zwei tote Frauen – und du denkst, darüber solltest du Witze reißen?«, mischte sich nun der Dicke vom Nebentisch wieder ein. Er schüttelte die Würfel in einem ledernen Becher, stürzte sie dann auf den Tisch, zählte die Augen. Gab den Becher weiter. Fluchte leise. Hatte offensichtlich kein Glück gehabt.

»Was geht dich das an?«, fauchte Ruben den Dicken an.

Und Bengt setzte hinzu: »Wir machen Witze über was auch immer. Das geht dich einen feuchten Scheißdreck an!«

Peter stützte die Ellbogen auf und barg sein Gesicht in den Händen, schüttelte nur noch den Kopf.

»Es ist gottlos!«, beharrte man am Nebentisch halsstarrig. »Über Tote darf man nicht lästern! He! Du musst noch mal werfen! Das gilt nur, wenn ich es sehe!«

Der Wirt, der die Unterhaltung interessiert verfolgt hatte, packte einen dicken Holzknüppel, den er für den Fall eines notwendigen Eingreifens zur Schlichtung von Streitigkeiten stets griffbereit hinter dem Tresen stehen hatte.

»Hier hat doch auch niemand gelästert, oder? Alles nur ein großes Missverständnis, nicht wahr?« Shahid war wie aus dem Nichts neben Bengt aufgetaucht und klopfte ihm nun jovial auf die Schulter. Eine Verbrüderungsgeste, die bei ihm trotz aller Bemühung zwar gut gemeint war, aber dennoch eigentümlich ungelenk wirkte. Normalerweise vermied er zu engen Kontakt zu Mitmenschen, war deshalb wohl etwas ungeübt.

»Genau. Wir haben nur ganz allgemein über die beiden Frauen gesprochen.«

»Und über die Untersuchung, die du vorgenommen hast«, ergänzte Bengt und Wissbegier funkelte aus seinem Blick, als habe jemand sein Gesicht mit einer Fackel beleuchtet.

Die Finger um den Prügel lockerten sich, der Wirt blieb wachsam.

»Meine Untersuchung?«, tat Shahid überrascht.

»Ja! Die alte Veronika erzählt überall, dass du den Mörder am Körper eines Getöteten erkennen kannst.«

Der Fremde wiegte langsam den Kopf. »Und, hat euch die schwatzhafte Leichenwäscherin auch den Namen des Täters genannt?«

»Nein«, empörte sich Bengt. »Den habe sie dir nicht entlocken können, hat sie behauptet. Sie selbst aber sei sicher, dass Silja mit den beiden toten Frauen zu tun habe.« Der Blick, den Bengt dem anderen zuwarf, gierte nach Neuigkeiten.

»Nun, so lasst euch sagen, dass ich nichts habe finden können, was eine Schuld dieser Frau beweisen würde. Sie ist euch nur ein Dorn im Auge und deshalb würdet ihr gern hören, dass sie die Frauen umgebracht hat, nicht wahr?«, antwortete der Gelehrte und wusste, dass Veronika nun gut würde auf sich aufpassen müssen. Geschwätzigkeit, ärgerte er sich, es wäre nicht das erste Mal, dass sie jemanden umbringt!

»So ist es nicht«, widersprach Ruben.

»Wer war es dann?«, wollte Bengt wissen.

Doch Shahids Rücken war schon auf dem Weg zu Ben, dem Blinden, der auf der Bank am Ofen kauerte.

»Der tut doch nur so, als habe er unsere Worte nicht gehört«, maulte Bengt. Trotzig starrten die Frager dem Mann nach.

Vom Nachbartisch erscholl Gejohle, als der Verlierer damit begann, in seinen Taschen nach etwas von Wert zu suchen, das seine Schuld bei den anderen begleichen könnte.

»Schluss jetzt!«, beeilte sich Peter mit der Umlenkung auf ein anderes Thema. »Ich habe gehört, der neue Forscher aus Angelsachsen, der vor drei Monaten ankam, soll in der Kate der Jolanda mit Versuchen begonnen haben. Comte Maurice de Champagne ist sein Name. Es stinke und qualme aus den Fenstern, berichteten die Nachbarn. Einige behaupten, er versuche, Gold herzustellen.«

»Gold? Ach, das sollten wir uns bei Gelegenheit mal ansehen, meint ihr nicht …«

»Hallo, Ben. Heute nicht draußen am Hafen? Zu kalt?«

»Oh, das ist mein Freund Shahid! Wie schön, Euch hier zu treffen. Ehrlich, bei dem beißenden Wind spüre ich alle Knochen. Ich bin hergekommen, um mich ein wenig aufzutauen.«

»So bist du in die Schänke geflohen«, lachte der Fremde warm, »hast gehofft, mir zu begegnen und eingeladen zu werden. Du sollst dich nicht getäuscht haben.«

Er gab dem Wirt ein Zeichen und setzte sich zu dem Blinden an das prasselnde Feuer. Versuchte, auf der schmalen Bank eine bequeme Position zu finden.

»Erzähl mir von Silja.«

»Ach, die geheimnisvolle Frau! Sie interessiert Euch?«

»Ja, so kann man das sicher ausdrücken. Mir will scheinen, sie ist nicht bei allen Rungholtern beliebt.«

»Frauen, die sich einließen … Frauen, an denen man sich ein Recht nahm … Alle gehen zu ihr, fragen um Hilfe und bekommen sie in der Regel auch. Nicht jede muss viel Geld für ihre Dienste bezahlen, mancher hilft sie aus reinem Mitgefühl. Sie erspart den Betroffenen die öffentliche Schande, die auszuhalten sich die meisten nicht vorstellen können. So mancher Mann stellt in der Hochzeitsnacht fest, dass er nicht bekam, was er wollte. Eine Jungfrau. Eine Unberührte. So erklärt sich, warum die Männer diese Frau nicht ausstehen können.«

»Das ist der ganze Grund? Angst davor, betrogen zu werden, nicht der Erste bei ihr gewesen zu sein?«

»Er ist den Männern ausreichend«, gab Ben vorsichtig zurück. »Außerdem fürchten einige Geheimnisverrat. Es ist ja immerhin denkbar, dass die Frauen, die Siljas Hilfe in Anspruch nehmen, geschwätzig werden. Ihr versteht schon, oder?«

»Hm. Weißt du von Frauen, die nach einem Besuch bei der Heilerin gestorben sind?«, bohrte Shahid weiter.

Ben zögerte diesmal mit der Antwort.

Er bekam seine Suppe, nickte dankend, tastete nach der dicken Brotscheibe und begann, sie bedächtig in den Teller zu brocken. »Sind alle Brotstücke hineingefallen?«, wollte der Blinde wissen.

Shahid nickte, bemerkte seinen Fehler und flüsterte ein »Ja«. Beobachtete, wie Ben zu löffeln begann. Staunte über die Geschicklichkeit. Nichts ging daneben.

»Nun sag schon, hast du davon erzählen hören?«

Ben grunzte, kaute, schmatzte.

»Wenn schon einmal eine Frau umkam, könnten die Menschen schnell auf den Gedanken kommen, Silja habe auch mit den beiden neuen Toden etwas zu tun. Man könnte den Verdacht haben, sie trage die Schuld daran.«

Ben antwortete nicht.

»Einige kämen womöglich auf den Gedanken, sich an ihr rächen zu wollen!«, drängte Shahid weiter.

»Wo gehobelt wird, da fallen Späne«, murmelte das blinde Orakel undeutlich, strich sich über den wohlig gefüllten Bauch.

»Also ist es vorgekommen.« Shahid klang zufrieden.

»Nadel«, spuckte Ben und rülpste laut einige Brotkrümel auf sein löchriges Wams.

»Aha! Ja, da besteht ein gewisses Risiko. Woher wusste man, dass es an Siljas Tun gelegen hat?«

»Freundinnen. Erzählungen. Gerüchte.« Ben schien die Suppe wiederzukäuen, bekam dabei einen mehr als dümmlichen Gesichtsausdruck.

»So sind die Frauen erst einige Zeit nach ihrem Besuch bei der Helferin verstorben.«

»Genau!« Ben schmatzte erneut. »Woher wisst Ihr das denn nun schon wieder?«

»Und jetzt denken einige auf Strand, bei den beiden Frauen könnte es ebenso gewesen sein.« Geschickt vermied der Gelehrte eine Antwort.

»Genau!« Der Blinde war erstaunt darüber, wie schnell der Freund verstand. Ohne viele Erklärungen, Umschweife und Ergänzungen, die ihm im Augenblick sehr schwergefallen wären. Müdigkeit überflutete sein Denken. Ben gähnte laut. Es klang wie das Jaulen eines geprügelten Hundes.

»Wie lang ist es her?«

»Was?«

»Der Todesfall!«

»Lang.« Ben rülpste noch einmal laut, lächelte dann selig.

»Ben!«

»Och, das ist sicher schon vor ein paar Jahren gewesen.«

Shahid zog zweifelnd die Augen zu Schlitzen.

Offensichtlich erspürte Ben, dass der andere nicht überzeugt war, denn er setzte nach: »Doch! Das ist wirklich wahr! Glaubt mir. Fast schon eine Ewigkeit.«

»Vor dem Großen Sterben? Oder danach?«, bohrte der Freund weiter.

»Lange danach. Als wir schon längst alle beerdigt hatten. Und niemand mehr die seltsamen Beulen entwickelte. Als langsam wieder Glück und Freude in unsere Tage einzogen. Nach der Dunkelheit und Trauer.« Er seufzte erneut.

»So lange ist es also nicht her. Zwei Jahre? Drei? Und es war nicht die einzige Tote nach dem Besuch bei der Heilerin, nicht wahr?«

Ben nickte träge. »Mehrere.«

»Die Frau benutzt lange Nadeln, das habe ich richtig verstanden, oder?«

»Ja doch«, nuschelte der Blinde und rückte dichter an die Flammen, kuschelte sich in seinen wollenen Umhang. »Das erzählen sich die Frauen am Waschtag. Wenn sie glauben, der alte Ben sei nicht nur blind, sondern auch stocktaub oder komplett verblödet.« Ein selbstgefälliges, verschmitztes Grinsen huschte um seine Lippen.

»Hm. Ist eine nicht ungefährliche Methode«, grübelte der Freund. »Luft, die mit dem Blut im Körper zirkuliert. Das Herz hört auf zu schlagen. Es gibt keine Rettung. Man stirbt.«

Einige Zeit herrschte Schweigen auf der Bank.

Wie durch Watte gedämpft, erschienen die Wirtshausgeräusche weit entfernt.

Ben döste, Shahid dachte nach, versuchte, einen roten Faden in all den Bruchstücken zu finden, der sie zu einem Ganzen fügen könnte. Doch es wollte nicht gelingen. Er seufzte. Ben schreckte auf.

»Hu, ich bin wohl mal kurz eingenickt. Ich werde alt. Aber da ist etwas, was ich Euch seit ein paar Tagen fragen will: Was ist denn aus Eurem Freund geworden?«, erkundigte sich der Blinde leise. »Der, von dem Ihr mir erzählt habt. Der Euch aus dem Zweistromland weiter nach Osten begleitet hat, um Gewürze zu kaufen und den Anbau der Pflanzen kennenzulernen.«

Shahids Miene verdüsterte sich. »Er starb. Wurde ein Opfer des Schwarzen Todes, dieser Geißel, die mir zuvor noch nicht begegnet war. Fieber, Delir, Schwellungen, schwarze Blasen. Viele fanden den Tod. Einige Häuser wurden komplett von dieser Krankheit leergefegt. Theorien waren genug im Umlauf. Ratten, Parasiten galten als mögliche Überbringer – aber einen Beweis zu führen, war schwierig. Ich weiß, dass ihr auch nicht verschont geblieben seid. Der Friedhof zeugt davon. Viele Maßnahmen wurden ergriffen, die Leichen verbrannt, Weihrauch zur Ausräucherung verwandt. Ich floh aus der Gegend, bevor auch ich ein Opfer dieser grässlichen Krankheit werden konnte.«

»Weihrauch«, lutschte Ben genüsslich das Wort. »Oh ja. Ich kann mich erinnern, dass man es in Santiago di Compostella ähnlich handhabte. In meiner Jugend unternahm ich eine Wallfahrt dorthin, betete um den Erhalt meines Augenlichts. Wie Ihr unschwer erkennen könnt, vergeblich. Und in der Kirche dort schwenkten sie ein riesiges silbernes Gefäß, vertrieben damit die ekelerregenden Gerüche aus den heiligen Mauern. Viele der Pilger blieben dort über Monate, beteten, aßen und schliefen in der Kirche. Na, Ihr könnt Euch vorstellen, warum man sehr viel Weihrauch einsetzen musste.« Er lachte leise und rau, legte dann seine schwielige Hand, die in grobgestrickten Fingerlingen steckte, auf die des anderen. »Das mit Eurem Freund tut mir leid. Ich weiß ja, dass Ihr an ihm gehangen habt. Ihr wart für mehrere

Jahre gemeinsam unterwegs, nicht wahr? Gab es denn niemanden, der ihm helfen konnte?«

Bevor Shahid antworten konnte, riss eine energische Hand die Tür zum Gasthof auf.

Utz.

Seine Präsenz war eindrucksvoll.

Der Riese erreichte mit dem Kopf beinahe die Decke, seine Masse nahm den anderen den Platz.

Sofort verstummten alle Gespräche.

Die Augen wurden niedergeschlagen, die Hände unter den Tisch geschoben. Die Würfel verschwanden.

Utz, der Rattenfänger, war keiner, der zu Späßen aufgelegt war.

Nie.

Und wenn er überhaupt in die Gesellschaft anderer Menschen einbrach, hatte er ihnen etwas von Bedeutung zu sagen.

»Ich habe heute schon vier gefunden! Draußen«, kommandierte er und zog die Tür mit einem so harten Ruck wieder auf, dass der Wirt fürchtete, Utz könne die Eichenplatte aus den Angeln zerren.

»Los!« Ein donnernder Befehl. Dabei sah der Riese aus, als wolle er jedem, der zögere, auf seine Weise Beine machen.

Artig scharrten die Gäste ihre Stühle von den Tischen zurück und folgten dem grobschlächtigen Kerl in die Kälte. Nur Ben schloss sich nicht an. Shahid würde ihm sicher anschaulich berichten, was die anderen dort gesehen hatten.

Ratten!

Ein ganzer Berg.

Lebendig und doch hilflos.

Ein großer Ring Neugieriger hatte sich bereits versammelt, es wurde regelrecht gedrängelt. Alle starrten auf die gefangenen Fresser, einige spuckten auf sie, fluchten, wünschten sie zur Hölle.

Shahid spürte die wilde Feinseligkeit, die von den Gaffern ausging. Fragte sich, ob die nicht in Wahrheit dem Rattenfänger galt und weniger seiner erstaunlichen Beute.

Utz hatte die Tiere mit einem Pflock im Boden verankert. Vier Tiere damit durchbohrt und so die anderen erbarmungslos gezwungen, hier auf ihr Ende zu warten.

Interessiert starrten einige auf das Gewimmel aus Körpern, Beinen, schwarzen, weit aufgerissenen Augen und beweglichen Nasen, kleinen Ohren. Andere warfen nur von Ferne einen flüchtigen Blick in die angewiesene Richtung, um nicht den Zorn des Rattenfängers zu wecken.

»Seht ihr das?«, polterte der und zeigte mit der Fußspitze auf einen Punkt im Gewusel der dunkelbraunen Leiber. »Rattenkönige!«

Gemurmel antwortete ihm.

»Vier?«

»Vier. Alle von einem Hof. Und ich sage euch: Das ist eine Warnung! Irgendetwas hat die Ratten aufgescheucht. Sie haben alle Jungen in ein Nest getrieben. Keines der erwachsenen Tiere hat sich um die Nachkommen geschert. So konnten sich ihre Schwänze unlösbar miteinander verknoten. Sie müssten alle verhungern, jeder zieht in eine andere Richtung, keiner kommt los.

Aber dieses Schicksal wird sie nicht ereilen, sondern der Rattenfänger von Rungholt bringt ihnen ein schnelleres Ende. Doch bedenkt, dass eure alberne Furcht vor den Katzen die Ratten zur großen Plage hat werden lassen! Und nun geschieht etwas Sonderbares!«, dröhnte die Stimme des Riesen über die Köpfe der anderen hinweg. »Sie überlassen ihre Nachkommen sich selbst und dem sicheren Tod.«

Shahids Stirn legte sich in tiefe Falten.

Nachdenklich starrte er auf die fiepende Masse. »Ein Zeichen, meinst du. Mag sein. Aber was sollen wir darin lesen?«, fragte er leise.

»Die Katastrophe ist nicht mehr abzuwenden. Das sagt es uns.«

»Pass lieber auf, was du sagst, Utz. Katzenfreunde geraten schnell unter Verdacht«, rief eine Stimme.

»Halt dein loses Maul! Die Wahrheit ist weder Ketzerei noch Sünde!«

»Könnte ja sein, dass es nur was mit dem Hof zu tun hat, auf dem du sie gefunden hast. Hä? Was, wenn es nur ein Zeichen für diese Warft ist? Mit uns anderen nichts zu tun hat? Dann liegst du völlig falsch!«, höhnte ein Greis aus dem Hintergrund. »Utz, der Rattenleser! Dabei hat er nie einen Letter auch nur näher angesehen.«

»Red du nur! Wärest du noch bei Kräften, bekämst du jetzt meine Fäuste ab, aber du weißt natürlich, dass du es wagen kannst, über Utz zu spotten, weil der gut erzogen ist. Aber es ist eine Warnung an uns alle, sagt also nicht, ihr hättet nichts geahnt!« Der Rattenfänger richtete sich zu voller Größe auf, überragte nun die meisten um mehr als eine Haupteslänge, donnerte über sie hinweg. »Utz hat es allen gesagt! Was ihr nun mit der Nachricht beginnen wollt, ist eure Sache.«

Der Riese packte den aufgespießten Rattenkönig und steckte das protestierende Gewusel in einen Sack. Ebenso verfuhr er mit den anderen. Dann schulterte er seinen Fang und ging langsam davon.

Drehte sich noch einmal um. »Achtet auf die Tide!«, rief er den anderen zu. »Es bleibt zu viel Wasser zurück!«

»Was?«, fragte ein alter Mann und starrte auf den Fluss. »Ich sehe nicht, dass was nicht stimmt! Rattenfänger Utz, du entwickelst dich zum ängstlichen Frosch!«

Utz packte den vorlauten Alten am Kragen, hob ihn etwa zwei Ellen vom Boden ab. »Pass auf, was dir durchs Maul schlüpft!«, drohte er und brachte das Gesicht des Mannes so nah an das seine, dass der jeden Krümel Rattendreck auf seiner Nase sehen konnte. Dann stellte er ihn unsanft ab und ging grußlos seiner Wege.

»Wenigstens sind die Biester nicht schwarz!«, murmelte einer der Schaulustigen im Weggehen. »Die Schwarzen, die haben das Große Sterben gebracht. Utz' Ratten sind grau. Immerhin.«

Ben schlug die trüben Augen auf, als Shahid wieder neben ihm Platz nahm.

»Na?«

»Ratten. Utz meint, es sei ein schlechtes Omen.«

»Sie fliehen vor dem Miasma, nicht wahr?« Ben war plötzlich überraschend aufgeregt. »Das ist wahrlich ein schlechtes Zeichen. Und tatsächlich ist auch mir schon aufgefallen, dass im Hafen nicht mehr so viele dieser Unglücksbringer anzutreffen sind. Ihr wisst, sonst wimmelt es dort nur so, man kann sie an jedem Ort fiepen hören, aber seit ein paar Tagen ... Hm, nicht gut, fürchte ich. Die Seeleute behaupten, der Fluss führe mehr Wasser als üblich.« Ben rutschte unruhig auf der schmalen Bank hin und her.

Shahid legte ihm seine Hand auf den Unterarm.

»Es hat vielleicht gar keine Bedeutung. Könnte ja sein, dass sie etwas gefressen haben, das ihnen Tod und Krankheit gebracht hat. All die fremdländischen Dinge, die übers Wasser hierherkommen – manche mögen für die Ratten dieser Gegend unbekömmlich sein.«

Der Blinde nickte. Lehnte sich wieder an.

»Euer Freund begegnete dem Schwarzen Tod und starb. Ihr selbst seid nicht krank geworden?«, wechselte er dann das Thema.

»Er war ein wunderbarer Begleiter«, murmelte Shahid traurig. »Über viele Jahre. Wir waren in einer der schnell wachsenden Städte des Orients. Du würdest kaum einen Schritt tun können, ohne mit einem anderen Menschen oder einem der vielen Haustiere zusammenzustoßen, die dort in den Straßen umherlaufen. Ein lautes Gewirr von Stimmen summte über unseren Köpfen. Wir besuchten einen Gewürzhändler und er lud uns ein, die Nacht in seinem Haus zu verbringen. Er führte uns durch sein wunderschönes Haus, vor allen Türen hingen schwere Stoffe, die Schritte dämpften dicke Teppiche und jeder Raum duftete nach einem anderen Gewürz. Koriander, Nelken, Zimt, Curry ... Ein Fest für die Sinne.« Er schloss die Augen, träumte sich zurück. Doch jäh riss er sie wieder auf. »Am nächsten Morgen fühlte der Kaufmann sich nicht wohl. Bis zum Abend hatte er sein Leben ausgehaucht.

Niemand konnte ihm helfen. Es war eine furchtbare Tragödie. Und sie kam für uns alle überraschend.«

Ben wartete.

Er wusste, es würde nur schaden, wenn er jetzt nachhakte.

In der Zwischenzeit kehrten auch die anderen von der Straße in die Schänke zurück, begannen laut über die Ratten und ihr sonderbares Verhalten zu spekulieren.

Nach einer langen Phase des Schweigens setzte Shahid seinen Bericht fort.

»Es war so schrecklich. Seine Familie versammelte sich, man rätselte. In der Stadt gab es sonst niemanden, der erkrankt war. Schließlich kam man überein, dass der Händler wohl vergiftet worden sei. Von Seuchenschmierern war die Rede. Was lag für die armen Hinterbliebenen näher, als die beiden Besucher zu verdächtigen, ihre Finger im Spiel gehabt zu haben.«

Ben grunzte. Spannende Entwicklungen waren nicht förderlich für seine Verdauung, fiel ihm ein, doch nun war er neugierig genug, das Ende erfahren zu wollen.

»Es war eine verflixte Situation! Man stellte uns unter Hausarrest. Wächter zogen vor unserem Zimmer auf, bereit, sofort zu handeln, sollten wir versuchen, den Raum zu verlassen.«

Ben schmatzte leise.

Dabei sog er die Oberlippe bis zum Nasenbein ein, was ihm nur möglich war, weil sein letzter Zahn sich vor einigen Tagen sang- und klanglos verabschiedet hatte.

»Tja, was soll ich sagen? Bis zum Abend fühlte auch mein Freund sich schlecht. Erst glaubten wir, das sei unserer unerquicklichen Lage geschuldet. Er war es – im

Gegensatz zu mir – nicht gewohnt, eingesperrt zu sein. Und die Aussicht auf eine Anklage wegen Mordes tat das Ihre dazu, ihn zu ängstigen. Die ersten Schwellungen traten auf, er fieberte, verstarb noch in der Nacht, ohne die Sonne noch einmal begrüßen zu können.«

Shahids Stimme war schwer vom Leid. Tränen schwangen darin.

»Ihr vermisst ihn noch immer«, stellte der Blinde schlicht fest. »Was wurde aus der Anklage gegen Euch?«

Shahid straffte seinen Rücken. »Nun, nachdem er tot war, setzte man mich auf ein Trampeltier und trieb es in die Wüste vor den Toren der Stadt. Sie hatten mich mit ein wenig Proviant ausgestattet und wünschten mir zum Abschied den baldigen Tod.«

»Hat augenscheinlich bei Euch nicht funktioniert«, freute sich der andere.

»Nein, natürlich nicht.«

»Aber aus welchem Grund richteten sie Euch nicht hin? Es muss doch ausgesehen haben, als wäret Ihr der Mörder beider.«

»Das nahmen sie auch an. Alles wurde durchsucht. Jede Tasche, jedes Kleidungsstück, jedes Gefäß. Es fand sich nichts in meinem Besitz, mit dem ich diesen grausamen Tod hätte über diese beiden bringen können. Auch noch, ohne selbst zu erkranken. Das gab den Ausschlag.«

»Ihr meint, sie konnten Euch nicht hinrichten lassen, also überließen sie es der Entscheidung Gottes, Euch zu strafen oder zu verschonen?«

»Vielleicht war das die Absicht, ja. Jedoch der Himmel entschied sich in diesem Fall für meine Rettung. Aber«, er beugte sich zu Bens Ohr, »Ihr in Rungholt habt ja selbst erlebt, was die Krankheit anrichtet. Und alle stehen ihr hilflos gegenüber.«

Plötzlich drang der Lärm der anderen wieder in ihr Bewusstsein. Sie stritten noch immer. Nicht mehr über Utz und seine Warnungen, sondern wieder über die toten Frauen und die mögliche Verstrickung Siljas in die Vorkommnisse.

Shahid hörte ihr Grölen mit wachsender Besorgnis.

An den Tischen der Schänke war man sich längst sicher, die Schuldige gefunden zu haben.

Ben flüsterte: »Sie wird nicht so viel Glück haben wie Ihr. Bei uns gibt es keine Trampeltiere, mit denen man sie irgendwo aussetzen könnte, um Gott die Entscheidung zu überlassen.«

6

»ES IST DOCH NICHT MÖGLICH, dass du den ganzen Tag in dieser Gluthitze schuften musst, ich mir die Finger wund und blutig nähe, mich steche beim Sticken und das Geld am Ende doch nicht reicht, um alle Mäuler der Familie zu stopfen! Die Kinder weinen, weil es sie hungert und ihre Mutter ihnen nichts anzubieten hat!«, schrillte die

Stimme der jungen Frau anklagend durch den einzigen Raum der aus abgestochenen und geschichteten Grassoden erbauten Hütte. In einem steinernen Ring brannte ein mickriges Feuer, das die Behausung mehr mit Qualm denn mit Wärme erfüllte.

Anders hätte sich gern die Ohren zugehalten, wusste aber aus langjähriger Erfahrung, dass so etwas die Situation eher verschärfte denn verbesserte.

Aus der Schlafecke seiner Mutter keifte die zweite Frauenstimme. »Recht hast, du mein Kind! Es geht allen Familien der Sieder so! Ihr erarbeitet den Reichtum der anderen und euch selbst reicht es gerade so zum Überleben! Eure Familien hungern und frieren, die anderen haben jeden Tag bestes Fleisch auf dem Tisch und einen Holzvorrat, von dem sie jahrelang zehren können!«

»Genau!«, setzte Barbara, seine Frau, hinzu. »Es betrifft so viele!«

Anders senkte den Kopf.

»Der Ayk sieht das auch so! Er meint, wenn ihr euch zusammentut, können die Besitzer nicht mehr so wie bisher mit denen umgehen, die für sie so hart schuften. Sie müssen euch mehr abgeben. Wer sollte denn sonst für sie das teure Salz dem Torf entreißen? Ohne euch verdienen sie nichts, sagt Ayk – und er hat recht!« So schnell wollte seine Mutter also nicht aufgeben. Es würde wohl einer dieser unerfreulichen Abende werden. Dabei verstand sie nur die Zusammenhänge nicht, wollte immer nur das Beste für die Familie, selbst wenn ihr Rat alle ins Verderben schickte.

»Der Ayk hat gut reden! Der ist nur für sich selbst verantwortlich. Wenn er kein Geld mehr verdient, zieht er weiter, findet anderswo sein Auskommen. Aber ich? Wenn wir aufbegehren, werden wir entlassen. Das ist die einzige Wahrheit in diesem Weibergerede! Ohne Geld können wir weder Holz noch etwas Essbares kaufen. Habt ihr beide daran auch mal gedacht?«, fauchte er zornig. »Und am Ende heißt es, ich könne meine Familie nicht ernähren! Dabei wollt ihr gerade, dass ich einen riesen Fehler begehe!«

»Der Ayk meint, wenn alle Sieder nicht zur Arbeit gehen, dann verdient der Besitzer kein Geld – und wird sich überlegen, dass es besser wäre, euch gut zu bezahlen.« Barbara hielt also stur zu ihrer Schwiegermutter.

»Ja, das glaubt Ayk. Aber die Besitzer merken einen Mangel an dieser Stelle schmerzhaft erst nach mehreren Monaten. Bis dahin sind wir längst verhungert und verrottet. Wollt ihr das riskieren?«

Eines der Kinder wimmerte im Schlaf. Barbara stand auf, setzte sich aufs Stroh und streichelte der Tochter übers Haar. »Sei nicht so laut«, mahnte sie leise.

Anders dämpfte gehorsam die Lautstärke. »Ich denke, es ist viel besser, überhaupt arbeiten zu können. Ihr habt nicht wirklich darüber nachgedacht, was wäre, wenn mein Lohn fehlt! Es wäre unser aller Tod. Und ehrlich, wir werden besser bezahlt als die Sieder in Lüneburg! Viel besser!«

»Und dennoch, es ist knapp. Die Preise in der gesamten Umgebung und besonders bei uns in Rungholt sind hoch. Niemand unternimmt etwas dagegen, dass die einfachen Leute auf dem Markt kaum mehr etwas einkaufen können. Wenn ihr euch nicht zur Wehr setzt, ist das unser baldiges Ende!«, beharrte die Mutter trotzig.

Anders seufzte.

Es ging einfach nicht gerecht zu in seinem Leben.

In dem der meisten nicht, räumte er dann ein, aber in seinem besonders nicht. Entweder er legte sich mit dem eifrigen Ayk an – oder mit Frau und Mutter.

Schwer zu sagen, welche Auseinandersetzung die schlimmere sein würde. Der junge Aufwiegler verbreitete seine Thesen seit Längerem, manchen gefiel die Idee zunehmend, die Besitzer in die Knie zu zwingen. Doch Anders war sich sicher, dass es nie dazu kommen würde. Auch wenn die Arbeit des Salzsieders anstrengend war, es würden sich sicher andere Männer finden, die sie übernehmen wollten, selbst jetzt, wo sich die Lücke, die der Schwarze Tod gerissen hatte, erst langsam schloss. Und den Bauern, das wusste Anders ganz sicher, denen ging es um ein Vielfaches schlechter als den Siedern. Ein einziger Hagelschauer konnte die gesamte Ernte vernichten und das Vieh erschlagen. Die Sommer hier an der See waren unberechenbar, schon immer. Doch dieser hatte die Bauern besonders gebeutelt. Die Ernte war durch Kälte und Regen fast vollständig vernichtet worden. Den Unbilden des Wetters war der Bauer schutzlos ausgeliefert. Die Familien lebten von der fast leeren Hand in den Mund. Und die Abgaben wurden dennoch fällig. Anders hatte gehört, der ein oder andere Bauer habe sich deswegen gar umgebracht, wusste aber nicht, ob das nur eines von vielen Gerüchten war, die mit dem allgemeinen Klatsch verbreitet wurden.

»Und was werdet ihr beiden mir vorhalten, wenn wir uns nicht einmal mehr ein Stück Brot geschweige denn Käse leisten können? Wenn uns der Hunger aus den Augen guckt und die Kinder wimmern? Denkt ihr ernsthaft, dann käme Ayk vorbei und spendierte ein Festmahl?«

Die beiden Frauen schwiegen.

Feindselig.

Anders war bisher gar nicht aufgefallen, dass jemand so angriffslustig still sein konnte. Die Wortlosigkeit klang wie eine Kriegserklärung.

»In wenigen Monaten wird unsere Familie wachsen«, begann Barbara leise. »Und du bist nicht bereit, für ein besseres Leben zu kämpfen!«

»Hoffnungslos verweichlicht!«, steuerte seine Mutter bei.

»Gut.« Anders spürte, dass die Zeit zum Einlenken gekommen war, wollte er heute noch ein wenig Ruhe zum Schlafen finden. »Ich werde darüber nachdenken. Wenn der Plan überhaupt aufgehen soll, müssen alle gemeinsame Sache machen. Sonst wird der Herr Besitzer einen gegen den anderen ausspielen. Jagt er uns davon und nimmt sich neue Sieder, so ist nichts gewonnen, dafür alles verloren.«

Er rollte sich auf dem Stroh zusammen.

»Wie kann man nur so ein Hasenfuß sein!«, murrte die Mutter. »Genau wie dein Vater. Ganz genau!«

Die beiden Frauen rückten näher ans Feuer.

Lauschten auf das Schnarchen des Sieders.

»Nachdenken! Er glaubt ernsthaft, schnarchen sei denken!«

7

BERTHOLD SCHNITT DEN GEBLÄHTEN BAUCH AUF.

Bereitwillig quollen Därme und Leber hervor, drängten sich in der Schale zusammen.

Neugierig beugte sich der kahle Schädel über die Masse.

»Hm. Es sieht nicht gut aus. Rungholt wird weiter im Sturm bleiben. Immerhin wird das schreckliche Sterben nicht zurückkommen. Aber unruhige Tage werfen das Leben heftig durcheinander«, murmelte er.

Johann warf eine Handvoll Muscheln und Steine in ein ausgebreitetes Leder.

Auch er starrte das Ergebnis interessiert an.

»Du redest nur wirr!«, behauptete er dann.

»Was soll das heißen?«, brummte der Bruder.

»Alles nur dummes Zeug! Meine Steine künden von goldenen Tagen für Rungholt! Die Muscheln wissen, dass das Wetter umschlagen, die Sonne scheinen wird! In diesem Jahr ist den Bauern eine gute Ernte sicher! Das ist die Wahrheit! Deine Möwe hat den Bauch voller Unsinn. Wahrscheinlich liegt sie schon zu lange.«

»Meine Möwe weiß sehr gut Bescheid! Sie spricht von Wasser, das über die Insel fließt. Von Sonne weiß sie nichts zu berichten!« Bertholds Zorn war entfacht. Immer die gleichen Streitereien mit seinem Bruder. Schon als die Eltern noch lebten, war es kaum auszuhalten gewesen mit diesem Besserwisser. »Du hast schon immer falsche Vorhersagen getroffen!«, setzte er beißend hinzu.

»Was willst du damit sagen, hä?« Drohend stand Johann auf.

Berthold tat es ihm gleich. Er war deutlich größer und stattlicher als der Zweitgeborene und so verpuffte dessen Demonstration der Stärke.

»Deine Muscheln und Steine wissen nichts vom Leben. Deshalb können sie auch keine Aussagen über die Zukunft treffen. Meine Möwe dagegen ist bis vor Kurzem noch übers Meer geflogen, hat unbekannte Ufer gesehen, andere Tiere getroffen. Sie berichten von Begegnungen mit dem wahrhaft Lebendigen. Deshalb kann ich eine Voraussage treffen und du nicht!«

»Das ist nicht wahr! Seit wann können denn Gedärm und Innereien das Leben treffen? Die sehen das Wasser und die Gestade genauso wenig wie dieses Holz hier.« Dabei klopfte er auf den groben Holzblock, der ihnen als Tisch diente.

»Du hast wirklich keine Ahnung«, beschied ihm Berthold und schüttelte verständnislos den Kopf. »Unsere Mutter hätte dich besser damals nicht aus dem Moor gezogen. Dein Kopf hatte wohl schon erheblich Schaden genommen.«

»Ach ja. Sie hätte mich wohl sterben lassen sollen, nachdem mein großer Bruder mich ins Wasser gestoßen hatte, um mich an den Tod zu versenden. Aber unsere Mutter war mit deiner Entscheidung nicht einverstanden und hatte Gottes Beistand an ihrer Seite!«

»Du bist von allein reingefallen, du Lügner!«

»Oh nein!«

»Oh doch!« Bertholds Faust krachte auf den Holzblock.

Mit schmerzverzerrtem Gesicht knetete er die Hand-kante mit den Fingern der anderen, als er weitersprach. »Du warst unvernünftig. Bist einem kleinen Vieh hinter-hergerannt. Ich rief dich, um dich von diesem leichtsin-nigen Treiben abzuhalten. Aber nein, du wusstest von jeher alles besser: Und prompt verlorst du den Halt und stürztest ins Wasser.«

»Nein. Du ranntest mir nach. Ich bekam einen kräftigen Stoß und fiel. Zum Glück hat unsere Mutter mich geret-tet.« Johann war ganz nah an seinen Bruder herangetreten. Ihre dicken Bäuche berührten sich und jeder konnte den stoßweisen Atem des anderen am eigenen Körper spüren. Um in Bertholds Gesicht sehen zu können, war Johann gezwungen, den Kopf in den Nacken zu legen, was seinem Auftreten einen Hauch von ungewollter Arroganz verlieh, die den anderen zur Weißglut bringen konnte.

»Du brauchst gar nicht deine Nase so hoch zu tragen!«, brüllte Berthold plötzlich mit Urgewalt.

Johann entkam dem Faustschlag nicht schnell genug.

»Und du kannscht nischt die Zukunft im Gedärm der Möwe leschen!«, beharrte der Jüngere trotzig, wenn-gleich er wegen der geschwollenen und aufgeplatzten Lippe nur mehr nuscheln konnte.

»Deine Steine mögen ja zu manchem sprechen – zu dir tun sie es nicht. Du erfindest deine Vorhersagen nur!«, hielt Berthold dagegen.

Schnell war eine derbe Rauferei im Gange.

Als Bauer Hein etwa eine Stunde später bei den beiden an die Tür klopfte, war er mehr als überrascht, die Brü-der in desolatem Zustand vorzufinden.

»Um Himmels willen! Seid ihr überfallen worden?«, keuchte er, als er die beiden in einer Blutlache vorfand, die Gesichter zerschlagen, die Kleidung zerrissen.

Sprechen ging nicht mehr, also schüttelten beide nur vorsichtig den Kopf.

»Ich habe euch das Schaf gebracht. Es liegt draußen.«

Berthold griff schwach nach seinem Beutel und entnahm ihm das geforderte Geld mit fast unbeweglichen Fingern.

Hein dankte.

»Soll ich es euch reinholen? Nicht, dass jemand es mitnimmt, wenn es so unbeaufsichtigt dort rumliegt.«

»Nein.« Johann nuschelte, versuchte, wenigstens ein Auge weit genug zu öffnen, um den Besucher damit anzusehen. Er hatte nur bedingten Erfolg. »Wir müsschen nur zu Atem kommen. Esch geht schon.«

»Was ist nur geschehen?«

»Eine Zwischtigkeit unter Brüdern«, ächzte der Angesprochene. »Halb scho wild.«

»Eine kleine Meinungsverschiedenheit«, bestätigte Berthold mit überhauchter Stimme. »Weil man als Nichtskönner eben auch nicht die Zukunft vorhersagen kann! Diese Erkenntnis tut eben ein wenig weh, nicht wahr, Bruderherz?«

Johann sah tatsächlich so aus, als wolle er sich erneut auf den Bruder stürzen.

Hein trat zwischen die beiden.

»Egal, worüber ihr in Streit geraten seid, es ist an der Zeit, sich zu versöhnen. Seht nur, was ihr angerichtet habt. Ihr solltet eure Wunden verbinden und für die nächste Zeit Frieden halten. Sonst kommt noch einer durch die

Hand des anderen zu Tode. Und die Last eines Bruder-
mordes will doch keiner von euch auf seinem Gewissen spüren?«

Die Brüder krochen auf allen vieren voneinander weg,
ein jeder in eine Ecke.

»Soll ich jemanden zu euch schicken?«, erkundigte
sich Hein noch, doch als die beiden abwinkten, trollte
er sich kopfschüttelnd zu seinem eigenen Hof zurück.

8

Silja schob eine graue Strähne in den Knoten zurück
und setzte die Haube wieder ordentlich auf, band sie im
Nacken.

Sie warf einen Blick zum Fenster hinaus.

Fackeln.

Ihr war sofort die Bedeutung dessen klar, was dort vor
sich gehen musste, und sie löschte schnell den Kienspan,
der in einer Klemmvorrichtung auf dem Tisch stand.

Von einer Überraschung konnte keine Rede sein.

Natürlich trugen ihr die anderen Frauen zu, was über
sie im Ort geredet wurde. Sie wusste um all den Hass,
der sich an ihrer Person entzündete.

»Ja, versammelt euch nur! Es ist viel leichter, der alten Silja die Morde anhängen zu wollen, als den Mörder in den eigenen Reihen zu suchen, nicht wahr?«, zischte sie. »Sicher. Die Kräuterkundige ist freundlich zu jedermann. Doch sie ist fremd, sie gehört nicht nach Rungholt. Sie muss die Frauen getötet haben! Ihr Schwachköpfe!«

Ruben führte die Fackelträger an.

Muskulös war er, verströmte den Geruch nach Männlichkeit, Mut und Stärke. Die Oberarme, dick wie Baumstämme, waren gut zu sehen, als er die Fackel hochreckte. Der unruhige Feuerschein erweckte den Eindruck, die Bizepse bewegten sich angriffslustig. Trotz der Kälte trug Ruben keinen wärmenden Umhang, sondern nur ein Hemd, dessen Ärmel er hochgerollt hatte, so, als wolle er allen demonstrieren, dass ein echter Mann weder friert noch sich ängstigt.

Die Miene voller Entschlossenheit, die hellen Augen funkelnd vor Tatendrang.

Ein Anführer, wie man ihn sich besser gar nicht erträumen konnte!

Mit einer energischen Handbewegung versammelte er die Männer hinter sich und begann mit eindringlicher, leiser Stimme auf sie einzureden.

»Silja untergräbt die Moral der Frauen! Ihr wisst doch selbst, wie die Weibsleute sind: Sie geben sich gern und willig dem Manne hin! Jedem Manne! Und diese alte Hexe sorgt dafür, dass die Schande nicht ruchbar wird. Wir, die wir ein züchtiges Weib freien wollen, werden so schamlos hinters Licht geführt. Betrogen! Weil sie keinen schreienden Balg im Arm halten, merken wir erst in der Hochzeitsnacht, dass die von uns Erwählte befleckt ist!«

»Uns gaukeln die jungschen Dinger vor, sie seien jungfräulich!«

Zorniges Grummeln erfüllte die Luft wie Nebel.

»Dabei haben sie bereits bei einem Mann gelegen und womöglich gar empfangen!«

»Wir heiraten sie guten Glaubens und bekommen eine dreckige Hure zur Frau!«

»Silja hilft den Weibern beim Vertuschen! Das muss endlich ein Ende haben!«

Zufrieden musterte Ruben die wutverzerrten Gesichter im Rund. Offensichtlich war er verstanden worden.

»Die Weiber zerren uns in ihre Betten, weil sie nicht befürchten müssen, dass ihre Verfehlung ans Licht kommt. Sie müssen sich nicht dafür verantworten. So entwickeln sie sich zu widerwärtigen Verführerinnen. Ohne jede Moral! Ohne Anstand! Trachten nur danach, ihre tierische Wollust zu befriedigen. Ohne Bedenken!«, schrie ein junger Salzsieder empört.

»Und nun bringt sie also auch noch die Frauen um, die um ihre Hilfe nachsuchen. Das ist wirklich übel!«, erklärte laut und klar über alle Köpfe hinweg eine Stimme vom Rand der Versammlung. »Erscheint ja folgerichtig, dass jemand so handelt, nicht wahr? Ermordet die eigene Kundschaft. Wahrscheinlich nur, damit sie nicht allzu viel arbeiten muss.«

Unruhig traten die Männer von einem Bein aufs andere. Senkten die Köpfe, begannen, sich gegenseitig etwas zuzuraunen.

»Sicher hat sie Tilda und Enken getötet, weil diese beiden das verwerfliche Treiben anzeigen wollten. Unser Pfarrer wettert auch immer dagegen, doch bisher hat sich noch keine der Frauen zu einem Besuch bei Silja bekannt. Zumindest nicht aus dem hier angenommenen Grund.« Ruben gab sich ausgesprochen selbstbewusst.

»Aber damit hätten die beiden auch ihr eigenes Geheimnis preisgegeben, nicht wahr? Und warum sollten sie das tun wollen, jetzt, wo es für immer eines bleiben würde?« Die schlanke, hochgewachsene, wenngleich nicht riesenhafte Gestalt Shahids drängte beharrlich zur Mitte hin. Die Versammelten machten ihm widerwillig Platz. »Dann wären sie ja doppelt schuldig geworden in euren Augen. Ist doch so?«

Das Murren wurde lauter.

»Wenn man das genauer betrachtet, erscheint es nicht klug, so zu handeln.« Shahid sprach mit dem für ihn typischen leisen, melodischen Ton. Gegen eine Mauer des Schweigens, kalt wie ein Fels. Dennoch, er spürte, dass er das Schlimmste erst einmal hatte verhindern können. Der Mob war sich nicht mehr einig, würde abziehen. Allerdings war Ruben genau die Art Anführer, die den gesäten Zweifel rasch zerstreuen würde. Es würde also nicht lang dauern, und die Fackelträger wären wieder hier.

Shahid trat in die Mitte des Kreises. Ruben rückte keinen Fuß beiseite, blitzte den Fremden wütend an, verschränkte die Arme vor seiner breiten Brust.

»Ist es nicht so, dass Silja euch auch zu Nachkommen verholfen hat? Selbst wenn ihr nach langen Jahren Ehe schon aufgegeben hattet? Sie kennt Tränke und Rituale, die eure Frauen haben empfangen lassen. Sie hat also geholfen! Nicht geschadet.« Shahid breitete die Arme weit aus. Bildete so, für alle erkennbar, einen Gegensatz zu Ruben.

»Ja, schon. Der Hilla und dem Hilpert. Denen hat sie zu einem Sohn und Erben verholfen«, wusste einer aus der Menge.

»Stimmt!«, rief ein anderer. »Und Sonja! Nach all den störrischen Buben hat Silja ihr zu einem süßen Mädchen verholfen. Einer Lütten, so anschmiegsam und brav. Die hilft ihrer Mutter, wo sie kann.«

»Und auch Sabine und Franka!«, wusste ein dritter.

»Nun, so kehrt am besten in eure Häuser zurück. Überdenkt noch einmal gründlich, ob Silja die Richtige ist, als Mörderin verdächtigt zu werden!«, verlangte der charismatische Orientale energisch.

Ruben wusste, wann es Zeit war.

Er nickte den Versammelten knapp zu.

Langsam trollten sich die Männer, zerstreuten sich, ins Gespräch vertieft.

Nur Ruben blieb. Starrte voller Hass zum Haus der rätselhaften, geheimnisvollen Frau.

Wandte sich dann betont langsam um.

Sein feuriger Blick versengte Shahids Haut, als er über sein Gesicht glitt.

Doch um den Gelehrten in Angst zu versetzen, brauchte es deutlich mehr. Er wartete, bis Ruben den Weg zur Stadt eingeschlagen hatte.

Shahid allerdings machte sich ernsthafte Sorgen.

Silja ließ den Fremden ohne Angst ein.

»Na, da konntet Ihr erleben, wie es in Rungholt zugehen kann. Kaum braucht man einen Schuldigen, muss es einer der anderen sein«, schimpfte die Frau und wies dem Besucher einen Platz am Feuer. »Nehmt Platz, wärmt Euch ein wenig auf. In diesem Jahr scheint der Winter so richtig zubeißen zu wollen.«

»Ihr wisst, warum die Männer Eure Hütte stürmen wollten, nicht wahr?«, begann Shahid ohne Umschweife. »Es ist Eure Heilkunst, die Euch verdächtig macht, den Männern das Gefühl gibt, von allen Frauen betrogen zu werden.«

»Und wenn schon. Damit müssen sie leben. Die einen kommen, weil sie das Kind nicht haben wollen, die anderen, weil sie keines bekommen können. Der Herr verteilt seine Gunst der Fruchtbarkeit ungerecht«, gab sie patzig zurück. »Das kann man ja wohl kaum mir vorwerfen!«

»Nun, ich denke, das Problem sieht ein wenig hässlicher aus, als Ihr es schildern wollt.« Shahid erkannte nun, was Männer und Frauen gegen die Heilerin aufbrachte. Sie war nicht, wie die Frauen auf Rungholt sein sollten. Ihre Haltung war stolz und selbstbewusst, ihr Ton scharf, die Gesten entschieden. Eine beeindruckende Frau, die sich durchsetzen konnte, die niemanden fürchtete, wahrscheinlich gar geschickt ein Schwert zu führen in der Lage war.

»So?«, tat sie nun ahnungslos.

»Männer teilen ihre Frauen nicht gern mit anderen Männern. Du sollst nicht ehebrechen – ein Gebot, das sicherstellen soll, dass der Gatte auch der Vater der Nachkommen ist. Doch endgültige Sicherheit gibt es in dieser Frage nicht. Der Ehemann tut gut daran zu glauben, er sei der Vater aller seiner Kinder, Besonderheiten in Aussehen und Wesen erklären sich aus der Familiengeschichte. Meist jedenfalls. Doch Eure Kunst verstärkt Unsicherheit und Angst unter den Männern.«

»Tja, das ist der Unterschied, nicht wahr? Wenn die Frau schwanger ist, kann sie das in der Regel nur schwer verbergen und irgendwann erblickt ein schreiendes Kind das Licht – die Mutter also ist bekannt, doch der Vater bleibt im Verborgenen, dem Mann sieht man nicht an, dass er eine Frau geschwängert hat«, stellte Silja verächtlich klar. »Männer übernehmen oft genug keine Verantwortung, die Frau fällt in Schande.«

Shahid musterte die Heilerin interessiert.

Eine starke Frau, ohne Zweifel, unbeugsam – und voller Hass.

»Ihr macht einen Fehler, Silja«, begann er sanft. »Ihr mögt schlechte Erfahrungen gemacht haben, wurdet enttäuscht oder anderweitig verletzt. Doch indem Ihr Euch verschließt, die Wut züchtet und in das Herz anderer Frauen pflanzt, gewinnt Ihr keine Unterstützer, sondern vermehrt nur die Anzahl Eurer Feinde. Dabei seid Ihr klug genug, das zu erkennen.«

»Was wollt Ihr mir andeuten? Ich solle in die Schänke gehen und erklären, was ich tue? Der Pfarrer tut das schon – an jedem Sonntag predigt er gegen mich. Und selbst in den Fällen, in denen ich Kinderlosigkeit beseitige, ist er misstrauisch und vermutet einen teuflischen Pakt.« Sie setzte sich neben den Gast und starrte wütend ins Feuer.

»Euch fehlt eines Eurer Werkzeuge, oder irre ich mich?«

»Woher …?«

»Man hat es benutzt, um die eine Fährte zu Euch zu legen, die nun erfolgreich die Jäger auf den Plan gerufen hat. Ich selbst habe die Wunde in Enkens Brust gesehen und weiß, von welchem Instrument sie stammt.«

Silja schwieg.

»Veronika ahnte es schon, bevor ich mit ihr sprach, sie erwähnte Euren Namen. Andere werden ebenfalls glauben, dass eine Eurer Nadeln diese Wunde gesetzt hat.«

Feindselige Wortlosigkeit.

»Ihr wisst, wie Tilda und Enken gestorben sind.«

»Ich weiß, dass *ich* ihnen nichts antat. Und ich verwende die Nadeln nur sehr selten. Ich weiß um die Gefährlichkeit dieser Methode. Unsereiner hat andere Möglichkeiten.«

»Ich habe Kenntnis von dem, was Ihr benutzt. Mutterkorn, nicht wahr?« Er seufzte. »Das Fehlen der langen Nadel ist Euch längst aufgefallen. Doch Ihr wagtet nicht, nach dem Verbleib zu forschen«, blieb er hartnäckig beim Thema.

»Ich bemerkte es erst, als Witta von einer Wunde in Tildas Brust erzählte.«

»Ihr begebt Euch auf zu dünnes Eis, wenn Ihr mir nicht die Wahrheit sagt. Seid Ihr offen zu mir, kann ich vielleicht die Menschen auf Rungholt davon überzeugen, dass Euch am Tod der Frauen keine Schuld trifft«, insistierte Shahid ernst. »Ihr wisst mehr, als Ihr mir anzuvertrauen bereit seid. Das ist gefährlich. In Eurem Falle lebensgefährlich.«

»Ich habe ein ganzes Leben lang gut auf mich aufgepasst – und das werde ich auch jetzt tun. Eure Unterstützung brauche ich nicht dabei.« Silja erhob sich. Entschlossenheit, Härte und Unbeugsamkeit drückten sich in ihrer Körperhaltung aus. Den Kopf hoch erhoben, mit blitzenden Augen. »Es ist besser, Ihr geht. Sonst werdet Ihr noch durch den schieren Kontakt zu mir selbst in Lebensgefahr geraten«, höhnte sie unüberhörbar.

»Möglich. Bedenkt, dass zwei Frauen gestorben sind. Wir wissen nicht, wer für ihren Tod verantwortlich ist, aber Rungholts Bewohner glauben schon, den Schuldigen – oder besser: die Schuldige – ausgemacht zu haben. Der Mörder kann sich sehr sicher fühlen und wird wohl erneut ein Opfer finden.«

Er wartete.

»Tilda war zuvor bei Euch, hat Eure Dienste in Anspruch genommen.« An der Reaktion der Heilerin erkannte Shahid, dass seine Vermutung richtig war. »Und sie starb. Von einer Eurer Nadeln durchbohrt. Enken war angeblich nie bei Euch und wurde doch auf die gleiche Weise getötet. Man fand sie beide entblößt. Ihre Weiblichkeit aller Augen preisgegeben. Ein Zeichen, eine Nachricht vom Mörder. Mir ist bewusst, dass Ihr versucht, einem Diskurs auszuweichen. Doch Ruben und die Seinen werden zurückkommen. Und sie werden weder zuhören noch Fragen stellen. Ihr Verbündeter ist der Tod.«

Damit verließ er, ihrem ausgestreckten Arm folgend, das Haus.

Tauchte ein in die zunehmende Dunkelheit und überlegte, was nun sein nächster Schritt sein sollte.

Kaum zehn Schritte von Siljas Haus entfernt traf er auf eine weinende Frau.

Der große Stein, auf dem sie saß, musste kalt und nass sein. Doch das schien sie nicht zu stören.

Rasch wandte sie ihr Gesicht ab, als er sie ansprach.

»Es ist nichts, was Euch etwas angehen könnte«, ließ sie ihn schluchzend wissen und zog das wollene Tuch enger um ihre Schultern. »Es wäre besser, Ihr ginget rasch weiter.«

Doch Shahid war durch unfreundliche Worte noch nie abzuschrecken gewesen.

Er verbeugte sich leicht.

»Eine schöne Frau sollte man nie ihrem Kummer überlassen. Es ist nicht recht.«

»Oh, in meinem Fall schon!«, schniefte die Unbekannte und gab sich energisch, stampfte gar mit dem Fuß auf. »Ich bin nur jung – nicht schön.«

»Du weinst um jemanden, der dir nahestand, nicht wahr?«

»Woher wollt Ihr das wissen? Es ist nicht Euer Belang.« Sie raffte das grobe Kleid etwas an, zog den widerständigen Stoff auf den Schoß, damit der Saum nicht bis auf den Boden hinge.

»So viel Schmerz empfinden wir Menschen dann, wenn jemand, den wir liebten, uns verließ. So ist wohl jemand verstorben oder ein Geliebter hat dich verlassen. Und Letzteres kann ich mir beim besten Willen nicht vorstellen«, schmeichelte der Fremde.

»Ich bin nur eine Bauerntochter! Da kommt dergleichen durchaus vor!«

»Nun, ich denke, du bist Witta, die Schwester von Tilda. Und so kann ich auch erraten, dass du um sie weinst.«

»Ach?«, gab die junge Frau patzig zurück.

»Weißt du, wenn man mit einem Fremden über den

Schmerz spricht, der einem die Brust umschnürt, so führt das eventuell dazu, dass man wieder besser atmen kann.«

»Ihr kennt das Gefühl?«, fragte sie freundlicher.

»Oh ja. Und in meinem Alter haben es viele schon öfter erlebt, als ihnen lieb sein kann. Für dich war der Tod der Schwester der erste Verlust?«

Im Dunkel konnte er das Nicken nur erahnen.

Die Aura, die das Mädchen umgab, war sonderbar. Shahid spürte eine unterdrückte, kaum zu zügelnde Wut hinter seinen Worten, das Gefühl von Schuld und Hass.

»Manchmal empfinden wir es als ungerecht, zurückgelassen zu werden. Die neue Einsamkeit ist etwas, mit dem wir nur schlecht umgehen können. Deine Familie ist dir keine Hilfe, du fühlst dich allein.«

»Sie war wie eine Sonne. Immer zu Unsinn aufgelegt. Immer leichtfertig, immer fröhlich. Sie lachte gern über andere, ärgerte sie oft, reizte so manchen bis zur heißen Wut – aber sie konnte auch eine gute Ratgeberin sein.« Witta schwieg. »Nur sich selbst offensichtlich nicht!«, setzte sie beinahe zornig nach. »Wie konnte sie nur!«

»So denkst du, sie hat sich selbst in Gefahr gebracht und ist darin umgekommen?«

»In gewisser Weise stimmt das. Sie wusste es besser und verhielt sich gegen den Rat, den sie jeder anderen Frau gegeben hätte. Am Ende kam sie um. Manche glauben, sie habe selbst Hand an sich gelegt, doch Pfarrer Asmus meint, sie sei bei einem Unfall gestorben.«

»Sie fehlt dir. Und du fühlst dich schuldig. Weil sie sich dir nicht anvertraut hat?«

»Nun, sie wusste doch, dass ich ihr immer geholfen

hätte. Ganz gleich, in welche Schwierigkeiten sie geraten war!«

»Aber sie sprach nicht mit dir über das, was sie bedrückte. Und jetzt bist du davon überzeugt, dass du einen Fehler gemacht hast, dein Denken kreist um die Frage, ob sie jemand anderen lieber ins Vertrauen zog. Sonst wäre sie sicher gekommen?«

»Ja«, presste Witta flüsternd hervor. »Sie hat mir nicht genug vertraut, um mit mir zu sprechen. Oder mir jemanden vorgezogen, ja.«

»Sie hat Andeutungen gemacht.«

»Vielleicht.«

»Wer hat deine Schwester gefunden?«

»Sie war plötzlich verschwunden. Also suchten wir nach ihr. Es entsprach dem Wunsch des Herrn, dass ich sie finde.«

»Sie hatte sich entkleidet. Das erzählen die Menschen.«

Die junge Frau druckste. »Ja«, presste sie dann hervor.

»Warum sollte sie das getan haben? Bevor sie einen Unfall hatte. Im eisigen Winter. Das erscheint rätselhaft, nicht wahr, zumal es in der Natur des Unfalls liegt, dass er einen unerwartet trifft. Sollte also deine Schwester oft hüllenlos unterwegs gewesen sein?«

»Aber nein! Niemals!« Empört wandte die junge Frau ihr Gesicht ab.

»Sie legte Hand an sich – und entkleidete sich zuvor? Das wäre nun der nachfolgende Gedanke. Aber warum?«, bohrte Shahid weiter. »Oder jemand tötete sie, raubte ihr die Kleidung und sorgte so dafür, dass jemand den Körper nackt finden würde. Welchen Zweck sollte das haben?«

»Ich kann nichts dazu sagen. Vielleicht hatte sich Tildas Geist verwirrt.« Nach einer Pause fügte sie hinzu: »Und der von Enken auch.« Wieder schwieg sie. »Stimmt es, dass man sie auch ohne Kleider am Leib gefunden hat?«

Sie begann zu schniefen.

»Witta, du suchst Trost bei Silja?«, erkundigte sich Shahid mitfühlend.

»Sie war eine Freundin von Tilda. Mit ihr kann ich über meine Schwester sprechen, sie versteht. So wie Ihr.« Damit sprang das Mädchen auf. Raffte ihr Kleid etwas hoch und lief eilig zum Haus der Heilerin. Wandte sich auf dem Weg noch einmal um. »Wie konnte sie nur so dumm sein! Ausgerechnet Tilda! Und dann mit …!«

Aus der Ferne hörte er noch: »Und Enken war auch nicht besser!«

Nach wenigen Schritten war sie vom Dunkel verschluckt.

9

HANS SASS IN DER WINZIGEN, mit Grassoden gedeckten Holzhütte.

Wartete.

Der Boden war mit ein wenig Stroh ausgelegt, damit die Feuchtigkeit des Erdreichs zumindest eine Weile von den Sohlen ferngehalten wurde, die Schlafstatt markierte ein größerer Strohberg. In der Tongrube brannte ein Feuer, dem es nicht gelingen wollte, auch nur die paar Zentimeter bis zu Hans' Füßen zu erwärmen. Er rückte noch ein wenig näher heran, während er in die Nacht lauschte, hoffte, er möge sich nicht die Sohlen versengen.

Die Holzbretter vor den Fenstern hielten wenigstens die schlimmsten Windböen ab.

Draußen peitschte der Sturm über das Dach. Regen fiel durch das Rauchabzugsloch. Hans mochte den Winter nicht. Der war auf keinen Fall besser als der Herbst, in dem es so nass war, oder der Frühling, der es nicht besser konnte. Der Sommer brachte seinen Knochen eine gewisse Erleichterung. Aber eben keine Heilung. Gedankenverloren betastete er die Verdickungen an den Fingern, die bei jeder Berührung Schmerzen durch den Körper jagten. Die Knie sahen nicht besser aus – und sein Rücken! Hans seufzte.

All diese Beschwerden können keine Ausrede sein!, ermahnte er sich im Stillen. Was erledigt werden muss, wird gemacht! So ist es seit Menschengedenken Usus!

Dennoch.

Es war ungemütlich.

Wie das Thema, das den Kreis heute Abend beschäftigen würde.

Hans zog die wollene, verfilzte Jacke enger um seinen ausgemergelten Körper.

Überlegte, wie er die anderen von der Notwendigkeit des Handelns überzeugen könnte.

Lauter vorgealterte Männer, vom Schicksal und von harter Arbeit gezeichnet. Überlebende des großen Sterbens.

Er ahnte, dass es nicht leicht werden würde.

Lautes Husten kündigte Roderich an.

Der gebeugte Mann schob sich in die Hütte, blinzelte blind und ziellos, bis er die Gestalt am Feuer erkannte.

»Aha! Gott zum Gruße, Hans!«

»Möge der Herr dir morgen einen guten Tag schenken«, gab der Angesprochene zurück und lachte heiser. »Vom heutigen Tag ist ja nur mehr ein kläglicher Rest übrig.«

Hans rappelte sich auf, nahm Roderich den nassen Filzumhang ab, legte ihn in die Nähe des Feuers über einen Hocker. Danach hängte er einen Topf über die Flammen. »Die anderen werden auch gleich kommen. Setz dich nahe an die Wärme. Du bist ja ganz durchnässt.«

»Wo bleiben die anderen nur? Ich dachte, ich bin der Letzte, der kommt«, maulte Roderich, setzte sich mürrisch ächzend, rieb sich die Oberarme.

»Na ja. Bei diesem Wetter ist selbst der kürzeste Weg beschwerlich«, gab Hans betont langmütig zurück, versuchte zu beschwichtigen, bevor schlechte Stimmung aufkam. Das wäre sicher schädlich für das, was zu beschließen war. Roderich wusste natürlich, dass die noch fehlenden Teilnehmer der Runde in direkter Nachbarschaft von Hans wohnten. Die Warft nicht einmal verlassen mussten, um zu ihnen zu stoßen.

Schweigend starrten die beiden Männer in die aufgeregten Flammen.

»Hier«, meinte Hans, »nimm dir schon mal ein großes Stück Brot. Die Kohlsuppe ist gleich fertig.«

Roderich griff gern zu. »Hast du sie auch lang genug kochen lassen? Das Grüne braucht viel Zeit, damit das Gift rausgeht.«

Wenig später waren fünf Männer versammelt, die Hütte vollgestopft mit Leibern.

In der Luft hing der widerliche Geruch nach nassem Hund, der den feuchten, wollenen Kleidern entströmte. Der Duft des Eintopfs konnte ihn bestenfalls lindern, nicht überdecken.

»So.« Hans reichte jedem eine winzige hölzerne Schale mit dampfender Kohlsuppe und Brot. »Lasst uns gemeinsam essen und dabei der Güte des Herrn gedenken, der uns sättigt und wärmt.«

Roderich sprach ein kurzes lateinisches Gebet.

Danach machten sich alle hungrig und schmatzend über die Mahlzeit her.

Hans wartete geduldig, bis der letzte Tropfen und der letzte Krümel vertilgt waren.

»Ich habe euch zusammengerufen, weil sich Dinge ungut entwickeln. Wie von Euch sicher nicht unbemerkt blieb, haben die letzten Monate unsere Insel ziemlich gebeutelt. Die Bauern büßten mehr als die Hälfte der Ernte ein. Zum zweiten Mal. Viele der Alten sind in diesem Winter schon gestorben. Zu kalt. Zu nass. Zu wenig zu beißen. Und nun sterben auch noch die jungen Frauen!«

Die anderen sahen ihn gespannt an. Worauf wollte er hinaus?

Hans' Stimme zitterte ein wenig, als er fortfuhr. »Und zwar solche, deren Fehlen wir deutlich spüren. Sie waren von anmutiger Gestalt und großer Schönheit. Sie haben sich der Ärmsten angenommen, wenngleich sie selbst nicht viel hatten. Großherzig und gut!«

»Tilda und Enken. Die beiden zu verlieren, ist ein wahrlich harter Schlag für Rungholt. Wobei Tilda nun vielleicht nicht unter großherzig fällt, oder? Aber eine Augenweide war sie allemal.« Huk starrte traurig auf seine großen, rauen Hände. »Ich kannte Enken seit ihrer Geburt. Sie war damals so klein, dass ihr ganzer Körper in meine Rechte passte.«

»Wir können das alles nicht länger ignorieren. Wir ließen zu, dass sich hier Menschen mit Dingen beschäftigen, die dem Willen des Herrn zuwiderlaufen. Bedauern allein wird kaum genügen!«, polterte Hans und alle Köpfe ruckten zu ihm herum. Der Schein des Feuers beleuchtete sein Gesicht von unten und verlieh ihm einen dämonischen Ausdruck.

»Wie meinst du das?«

»Na, wie werde ich das wohl meinen! Seht doch hin! Es ist unübersehbar! Rungholt ist in den Bann eines Ketzers geraten.«

»Nein!« Roderich reagierte erschreckt.

»All das Ungemach! Der Herr ist verärgert und straft uns, damit wir erkennen sollen, dass die Zeit zur Umkehr gekommen ist! Wenn wir nichts unternehmen, wird er uns in den Tod schicken«, verkündete der Gastgeber mit einer Stimme, die klang, als habe man ihn schon ins Grab gesenkt.

»Ach«, seufzte Roderich und machte eine wegwerfende Handbewegung, »was soll ich da fürchten? Ich stehe mit anderthalb Beinen im Grab. Eher heute als morgen ist mein Ende zu erwarten. Der Herr muss sich gar nicht anstrengen, das geht fast von allein.« Er hustete wild, wie um diese Aussage zu unterstreichen.

»Du meinst allen Ernstes …«

»… in unserer Mitte …«

»… das kann doch nicht sein …«, redeten die anderen atemlos durcheinander. »Bestimmt wäre es uns doch aufgefallen!«

»… denkst du an diesen Comte, der behauptet, er könne Gold herstellen? … Das wäre wohl gegen die Ordnung? Nicht von Gott gewollt? Aber warum straft er dann uns, nicht ihn?«

Hans wartete, bis die erste Aufregung sich gelegt hatte.

»Und? Ist es euch nicht aufgefallen?«, fragte er dann lauernd.

»Nein.« Roderich war erstaunt darüber, dass jemand denken konnte, er habe dergleichen bemerkt. »Wie wäre es mir wohl möglich, das zu erkennen? Ich bin kaum noch unterwegs.«

»Die Katzen! Vorboten der höllischen Geißeln! Verbündete der Ketzer! Überall hocken die pelzigen Paktierer des Teufels! In allen Ecken. Unter den Betten der Menschen, unter ihren Tischen, im Stall hängen sie an den Eutern der Kühe. Dabei wusste schon Bruder Berthold von Regensburg um die Gefährlichkeit dieser Kreaturen aus der Hölle. Es muss etwa hundert Jahre her sein, da predigte er, der Mensch möge sich fernhalten von diesen Bestien, sich von diesem eitrigen Geschwür befreien. Ihr Atem, wusste er, bringt Krankheit und Tod in die Behausungen.« Er machte eine Pause, um die Dramatik zu erhöhen. »Und sie sind immer in der Nähe eines Ketzers. Katze kommt von Ketzer und umgekehrt! Wir haben nichts aus den Berichten der Alten gelernt!«

»Hier auf Strand? In Rungholt? Nein!«

»Doch! Ihr könnt die Augen nicht länger davor verschließen! Der Kreis muss erneut seine Pflicht tun! Dies hier ist kein Treffen von Tagträumern und Tunichtguten!«, forderte Hans vehement. »Nur wir, der Kreis, wissen, wie man den Ketzer aufspüren und vernichten kann! Wie er zweifelsfrei zu erkennen ist! Schließlich waren wir früher schon erfolgreich!«

Huk hustete, Roderich fiel ebenfalls ein. In der kleinen Hütte klang es fast wie in einem Lazarett.

Huk erinnerte sich nur äußerst ungern daran.

Eigentlich nach Möglichkeit gar nicht mehr. Seit damals.

Aber tatsächlich. Die tödliche Krankheit war damals verschwunden, nachdem der Kreis … Er wollte sich gar nicht vorstellen, Hans könnte andeuten wollen, dass sie, der Kreis, etwa noch einmal … Nein! Er hatte noch jetzt, so viele Jahre danach, immer wieder Albträume.

Daran sollte besser niemand denken wollen, beschloss er für sich, das war unchristlich, einfach unvorstellbar.

Roderich starrte derweil auf den Stein, der im Feuer lag.

Neidisch.

Während er nach diesem Treffen den Weg nach Hause durch den Regen antreten musste, konnte Hans sich mit seinem Stein unter der Decke einkuscheln. Hatte es warm. Roderich seufzte. Rieb seine schmerzenden Finger in der Nähe des Feuers, versuchte, Wärme zu spüren. Es blieb zu kalt.

»Der Kreis«, begann Hans erneut zu predigen, »ist die einzige Macht, die jene unheilige Verbindung zwischen dem Teufel und dem Ketzer zerstören kann! Es ist demnach unsere Pflicht vor dem Herrn, den Kerl aufzuspüren und die Menschen vor Schlimmerem zu bewahren!«

»Aber ich habe Familie«, protestierte Jan. »Ich werde zum dritten Mal Vater!«

»Umso mehr hast du Grund dazu, diese Kreatur aus dem Reich des Antichristen zu enttarnen und unschädlich zu machen.« Roderich war die Sache leid. Je schneller er wieder gehen konnte, desto besser. Und wenn Hans eben meinte, sie sollten einen Ketzer finden, nun gut, dann müssten sie sich eben mühen. Aber das musste ja nicht ausgerechnet jetzt sein.

»Der Ketzer bringt Verderben über die ganze Gegend und alle, die hier leben! Die Missernte! Das Wetter! Wenn wir die Macht des Bösen nicht brechen, reißt es uns alle ins Verderben!«, meinte er misslaunig.

Und Hans drängte: »Es ist die Aufgabe der Mitglieder des Kreises! Unsere Verantwortung. Wir haben es feierlich geschworen! Es sozusagen dem Herrn in die Hand versprochen, dass wir gegen diese Ausgeburten der Hölle vorgehen werden! Nun dürfen wir uns nicht feige davonstehlen.«

»Und wie sollen wir den herausfinden, den benennen, der Ketzer ist? Beim letzten Mal war es einfach, da hat er sich selbst zu erkennen gegeben. Aber diesmal? Ich wüsste keinen, von dem ich solch eine Gesinnung annehmen müsste!«, maulte Jörn.

»Wenn wir seinen Namen noch nicht kennen, müssen wir ihn eben herausfinden. Und bedenkt immer, dass auch eine Frau mit den Mächten des Bösen in Verbindung stehen kann!«, mahnte der Meister des Kreises.

»Eine Ketzerin? Eine Hexe? Ein Magier?«, zählte Jörn auf. »Das bringen wir doch zu fünft nicht ans Licht!«, blieb er skeptisch.

»Wie sollen wir vorgehen?«, wollte Huk wissen. »Er hat recht, wir sind nur fünf. Also können wir unmöglich alle Rungholter im Auge behalten. Schließlich müssen wir unsere Familien ernähren, arbeiten! Wie hast du dir das vorgestellt?«

»Nun, wir beginnen mit denen, die beim Gottesdienst fehlen und nicht durch Krankheit oder ihre Arbeit verhindert sind. Diese beobachten wir genauer. Jeden zweiten Abend treffen wir uns hier. Und gebt acht, dass euch niemand folgt, sprecht mit keinem darüber und verhaltet euch ansonsten unauffällig.«

10

Shahid ritt durch den dunklen Abend zu Heins Hof. Die braune Stute, die man im Stall neben der Schänke gegen Geld mieten konnte, trotzte dem kalten Wind, setzte die Hufe entschlossen und sicher.

Er hatte zunächst gezögert, überlegte, ob er nicht Hauke um Begleitung bitten sollte, sich dann aber doch dagegen entschieden. Seine Sprachkenntnisse reichten bei weitem aus, um zu verstehen, was Hein ihm antworten würde – und es war wohl insgesamt besser, den jungen Bauern nicht gleich mit einem Riesen wie Hauke zu erschrecken. Das könnte den Mann am Ende komplett verstummen lassen oder ihn, was schlimmer wäre, zum Lügen verleiten. Beides war in der momentanen Situation eher schädlich.

Er musste es also allein erledigen.

Auf dem Weg rekapitulierte er, was er inzwischen über Enken und Tilda hatte in Erfahrung bringen können.

Zu wenig, das war ihm deutlich bewusst.

Immerhin hatte er nun herausgefunden, dass die beiden Frauen auf benachbarten Warften gewohnt hatten, bildeten in der bäuerlichen Struktur der Halbinsel eine Art Zwangsgemeinschaft, denn ohne gute nachbarschaftliche Beziehungen konnte man schwere Zeiten nicht meistern. Zugetan waren sie sich deshalb dennoch nicht.

Und Ben erzählte, dass Hein erst auf Tilda, später auf Enken ein Auge geworfen hatte, nachdem Tildas Vater ihn kurzerhand vor die Tür setzte wie einen nassen Hund. Über Enken wusste der Blinde, dass der Ziehvater nicht daran interessiert war, sie zu verheiraten. Erst sollten die Söhne dafür sorgen, dass Weibsleute auf den Hof kamen, die den Haushalt führen konnten. Dabei lachte Ben laut, so als sei schon der Gedanke, einer der Brüder könne um eine Bauerntochter freien, vollkommen abwegig.

»Der Vater hat nach dem Tod seiner Frau keine neue ins Haus geholt. Die Brüder haben noch nie einer den Hof gemacht. Ich glaube, die mögen keine Weibsleute. Zu anstrengend, zu schwierig, zu anspruchsvoll. Und mit der Cousine im Haus war alles aufs Beste geregelt. Ein neues Weib hätte am Ende Streit und Gezänk unter dem Dach einziehen lassen. Wozu also eine Fremde heiraten, womöglich Kinder großziehen? Die drei Männer arbeiten auf dem Hof, sie sind durchaus fleißig. Drinnen werkelte seit vielen Jahren Enken ausgesprochen zuverlässig Daran sollte sich wohl aus Sicht der Männer möglichst nichts ändern.«

»Und sonst?«, hatte Shahid gefragt.

Ben grinste breit. »Sonst? Für die Bedürfnisse des Sonst gehen sie ebenfalls in den Stall!«

»Wären sie wütend geworden, wenn Enken einen Mann gefunden hätte?«

Ben grübelte nach. »Das ist nicht die Frage, die Ihr beantwortet haben möchtet. Ihr wollt, dass ich Euch sage, ob sie ihre Cousine getötet hätten, wenn sie die drei hätte verlassen wollen.« Ben hatte laut geschmatzt. »Ja, das glaube ich. Verrat. Es hätte sich für sie angefühlt, als tue Enken ihnen bitteres Unrecht an.«

Allerdings, überlegte Shahid nun, war der Bauerssohn

mit Heiratsabsichten einen vertiefenden Gedanken wert: Starben die beiden Frauen, weil Hein abgewiesen wurde?

Oder hatte der Jungbauer nichts mit dem Tod der beiden zu tun?

»Und Hein? Er wollte Enken nach Hause führen.«

»Ich denke, der jungsche Kerl hätte ihr wohl gefallen. Vielleicht suchte sie auch nur nach einer Fluchtmöglichkeit. Er war eine ernste Gefahr für die drei Männer vom Brennerhof. Wenn ich Euch recht verstehe, war Enken willens.«

»Wäre Hein enttäuscht gewesen zu erfahren, er sei nur ein Haken, der das Verlassen der drei anderen ermöglicht? Keine Liebe im Spiel ist?«

»Ach, Shahid. Ihr müsst noch viel über den Menschenschlag hier lernen! Wenn Liebe im Spiel ist, so handelt es sich bei unseren Eheschließungen um einen außerordentlichen Zufall. Es hätte Hein gar nichts ausgemacht.«

Shahid war sich in diesem Punkt nicht so sicher.

Nach einem ungemütlichen Ritt durch kalten Regen und einsetzende Dunkelheit erreichte Shahid endlich die Warft.

Bei schönem Wetter, wusste er nun, konnte man bis zum Brennerhof sehen.

Auch hier fand er ein kleines Haus vor, aus Holz erbaut, mit Läden vor den Fenstern, in die so schmale Schlitze gehauen waren, dass sicher selbst im Hochsommer nur wenig Licht hineinfiel. Seitlich stützten Holzpfähle Wände und Dach gegen das Anstürmen der harten Winde. Rauch stieg auf. Ein Feuer brannte, demnach war jemand zu Hause.

Als er näher kam, fiel ihm auf, dass Regen und raue Stürme dem Haus schwer zugesetzt hatten. Sicher zog die kalte Luft mächtig durch den Raum. Zaghaft klopfte er an die schwere Eichentür. Kein Geräusch war zu hören. Nun gut, dachte Shahid, ist ja verständlich, wenn man befürchten muss, dass ein Mörder durch die Gegend schleicht. Doch dann erinnerte er sich daran, dass außer Rubens Männern und ihm selbst keiner so recht an einen Mord glauben wollte.

Also hämmerte er beim zweiten Versuch energisch mit der Faust gegen das Holz.

Schlurfende Schritte näherten sich, jemand ächzte sich zum Eingang.

Langsam wurde die Tür aufgeschoben, ein kleines, faltiges Gesicht erschien im Spalt und ein zahnloser Mund nuschelte die Frage nach seinem Begehr.

»Ich möchte Hein sprechen!«

»Hein?«, die verhutzelte Frau überlegte offensichtlich, ob sie den Namen schon einmal gehört hatte. Während sie angestrengt nachdachte, ließ sie den Unterkiefer nach unten klappen und zurückschnappen, in wechselndem Rhythmus. Die grauen Augen tasteten dabei inquisitorisch über das unbekannte Gesicht des Besuchers.

»Ist nicht da!«, verkündete die wacklige Stimme der Alten endlich und sie schickte sich an, die Tür wieder zu schließen.

Shahid blockierte jedoch mit seinem Körper den Eingang.

Grunzend versuchte die Frau erneut, den lästigen Mann zurückzudrängen. Ihre Miene wurde wutverzerrt.

»Weg!«, kommandierte sie, brachte ihr Gesicht nah an das des Fremden, wedelte mit ihren verkrüppelten Fingern vor seiner Nase herum. »Er ist nicht hier!«, keifte sie schließlich.

»Ich muss ihn etwas fragen. Es ist wichtig!« Der Gelehrte aus dem Orient fuhr ein Stück zurück, konnte den Blick kaum mehr von der schwarz-violetten Nasenspitze der Alten lösen, den schwarzen Fingerspitzen. Als der Ärmel ihres Kleides Richtung Ellbogen verrutschte, erkannte er entzündete Wunden, eine an der anderen. Er wusste, was das bedeutete. Sie litt am »Antoniusfeuer«, einer Krankheit, die den Körper langsam absterben ließ. Sie verfault bei lebendigem Leibe, dachte er, das Hirn ist auch schon betroffen.

»Ja, seht nur her! So ergeht es den armen Leuten. Eine Vergiftung!«, zeterte sie. »Das falsche Korn!«

Dann verfiel sie in einen eigentümlichen Singsang.

Die graue Schnauze eines gebrechlichen Hundes drängte sich auf Kniehöhe zwischen die Menschen. Sein drohendes Knurren klang ungeübt, so als käme nur selten jemand vorbei, dessen Anwesenheit diesen Aufwand rechtfertigte.

»Was sollte wohl ein Herr wie Ihr mit meinem Hein besprechen wollen? Nein! Am Feuer sitzen mein verstorbener Gatte und mein ältester Sohn, der vor drei Jahren beerdigt wurde. Sie schnacken den ganzen Tag dummes Zeug. Das haben sie schon zu Lebzeiten getan und daran ändert wohl auch der Tod nichts. Ich bin mir sicher, Ihr seid nur eine Ausgeburt meiner Fantasie. Also verschwindet, bevor die Kälte den Raum erreicht hat!«

»Sind die Schmerzen auszuhalten?«

»Was plappert Ihr von meinen Schmerzen! Ständig kommen hier fremde Menschen vorbei und stören mich. Keiner von denen ist echt. Und mein Sohn Hein mag es gar nicht, wenn ich mit Geistern spreche. Dabei reden die mit mir! Ich kann mich gar nicht wehren.«

»Ich bin kein Geist.« Shahid überließ ihr seinen Arm, damit sie die Wärme des Lebens darin fühlen konnte, war sich allerdings nicht sicher, ob sie überhaupt noch etwas mit den kalten Klauen erspüren konnte.

»Aha«, machte sie unbestimmt, hob dann den Arm an die Wange. Ein mildes Lächeln umspielte die faltigen Lippen, sie nickte zaghaft.

»Ich muss mit Hein sprechen!«

»Er ist weg!«

»Wohin ist er gegangen?«

Wieder schnellte der Unterkiefer rauf und runter. Nach einer langen Pause erklärte die Frau: »Ich glaube nicht, dass er es mir gesagt hat. Hier ist ein ständiges Kommen und Gehen, einige bleiben, sitzen am Feuer, andere verschwinden unerwartet. Wenn ich einen von ihnen anspreche, geht er und plötzlich hockt ein anderer auf seinem Platz. Geht zu wie in einem Rattennest.«

Shahid nickte voller Verständnis. Halluzinationen gehörten zum Krankheitsbild, ihm waren schon häufiger Menschen begegnet, die darunter litten.

»So was ist ziemlich unangenehm.«

Plötzlich schlug ihm eine harte Hand derart auf die Schulter, dass er um ein Haar zu Boden gegangen wäre.

»Was wollt Ihr von der alten Bäuerin? Was kann es hier für einen Fremden zu erfragen geben? Den Weg?«, fragte ein junges, zorniges Gesicht.

Langsam wandte sich der Orientale um, darum bemüht, den anderen nicht zu provozieren.

»Hein?«

»Was geht Euch das an? Seid Ihr hier, um dafür zu sorgen, dass die alte Frau verjagt wird? Ihr seht ja, dass sie nicht gesund ist, nicht wahr? Wollt Ihr, dass man sie auf dem Friedhof erst beerdigt und danach aus der Stadt scheucht, mit einer Ratsche in der Hand, dem Lazarushemd am Leib ihrem Schicksal überlässt?«

»Nein. Ich bin ausschließlich aus einem Grund hier: Ich möchte Hein etwas fragen. Immerhin ist er der junge Mann, der erst Tilda und danach Enken den Hof gemacht haben soll.«

»Was soll wohl der Bauernsohn zu sagen haben?« Der junge Mann hatte seine Stimme zu einem gefährlichen Flüstern gesenkt. Shahid spürte mehr, als er es hörte, dass die Tür hinter seinem Rücken geschlossen wurde.

»Wo er doch die Liebste an den Tod verloren hat, mag er nicht viel zu berichten haben«, setzte die raue Stimme nach.

»Ach, alsdann seid Ihr mit dem Vater einig geworden?« Der Gelehrte ließ sich auf keine Scharade ein.

»So begleitet mich hinüber zum Stall. Ich habe dort zu tun!«, knurrte der Hoferbe.

»Wir halten die Tiere hier. Die Bäuerin hört ständig Stimmen und meint, es flüstere ihr jemand etwas ein. Da müssen die Schafe und die anderen Tiere nicht auch noch mitschnacken und zusätzlich Verwirrung stiften.« Der junge Mann grinste unsicher. Schweigen hing zwischen ihm und dem Fremden. »Ich kann mir nicht vorstellen, was Euch zu mir führt«, meinte er wenig später, bohrte die Mistgabel kraftvoll ins Heu und lockerte es für die Schafe, die es bei diesem Wetter vorgezogen hatten, im Stall zu bleiben. »Ich bin mit dem Hof beschäftigt. Jetzt im Winter ist mir nur der Rest an Vieh geblieben, den ich gut durch die harte Zeit bringen kann. Nutzlose Fresser wurden schon vor Monaten geschlachtet und verkauft. Doch wie Ihr sehen könnt, habe ich genug zu tun! Also stehlt mir nicht meine Zeit!«

»Es geht darum, einen Mörder zu entdecken, der inmitten eurer Gemeinschaft lebt. Er hat schon zwei Frauen getötet und wird vielleicht nicht vor weiteren Untaten zurückschrecken, zumal er bisher unerkannt bleiben konnte. Es ist an der Zeit, das zu ändern und das Leben anderer zu retten.«

»Ich habe damit nichts zu tun! Am Sterben der beiden bin ich nicht schuld«, versicherte der Mann vehement.

Shahid konstatierte, dass er nun wohl bereit war, über sich selbst zu sprechen.

»Hat Enken dich abgewiesen?«

»Nun – nicht direkt. Sie traf sich mit mir beim Jahrmarkt im Oktober und wir überlegten, ob eine Verbindung zwischen uns ein guter Plan wäre. Kamen überein, es sei einen Versuch wert, zu fragen.«

»Was ging schief?«

»Christian. Ihr Cousin, der sich wie ein leiblicher Bruder aufspielt. Er redete dagegen. Und schnell war sein Vater mit ihm einer Meinung.« Hein zuckte mit den Schultern, doch diese gleichgültige Geste konnte die bittere Enttäuschung, die er empfunden hatte, nicht verbergen.

»Du warst traurig über diese Entscheidung.«

»Ja, schon. Enken wäre eine gute Frau für mich gewesen. Sie hatte eine freundliche Art, ein fröhliches Naturell. Sie konnte zupacken, scheute nicht vor Arbeit zurück, hielt alles sauber. Wir wären uns rasch einig gewesen.«

»Wer hätte den Brennerhof weitergeführt?«

Heins Zorn drängte durch seine Trauer. »Genau!«, schrie er unbeherrscht. »Das war der Grund, warum Enken nicht heiraten sollte! Deshalb intrigierte Christian gegen die Verbindung. Natürlich wäre sie zu mir gezogen, auf unseren Hof! Was bedeutete, dass die Brüder sich selbst um eine Frau hätten kümmern müssen!« Er stampfte mit dem Fuß auf. »Doch dazu wäre es notwendig gewesen, einen Fuß vor die Tür zu setzen. Und das wollen sie nicht. Bequem sind sie, die drei Männer vom Brennerhof! Keiner der Söhne machte je einer Frau den Hof. Und nun lebt gar keine mehr bei ihnen. Möglich, dass einer der anderen Bauern nun seine Tochter dort als Partie einführt. Aber sicher bin ich mir nicht.«

Shahid schwieg.

»Natürlich belastete sie der Gedanke an die Mitgift. Aber ich wollte nur Enken, es ging mir nicht um ein Stück Vieh oder solche Dinge. Wir unfreien Bauern müssen alle unseren Anteil leisten, da bleibt für den Einzelnen nicht viel zum Überleben. Das weiß ich nur zu gut.«

»Aha. Das heißt, du fordertest nicht allzu viel.«

»Genau. Enken. Mehr nicht. Ich hatte sie in mein Herz geschlossen.« Hein setzte sich aufs Stroh, barg das Gesicht in den Händen.

Bei Theatralik und Pathos erwachte bei Shahid stets das Misstrauen.

»Und Tilda? Mir wurde berichtet, du habest dich erst um sie bemüht.«

Hein begann, mit der Ferse im Boden zu wühlen, stocherte dann mit dem Vorfuß im Heu, schubste eines der Schafe zur Seite, das neugierig näher gekommen war.

»Nun?«

»Bei Tilda war das ganz anders«, patzte Hein los. »Tilda! Eine Frau, mit der auszukommen nicht ganz einfach geworden wäre. Aber ich hätte es versucht. Auch wenn man sagen muss, dass ihre Erziehung nicht gut war. Eine Rute wäre wohl gelegentlich vonnöten gewesen. Sie gebärdete sich so anders, als es Bauerntöchter gemeinhin tun. Möglicherweise wartete sie darauf, von einem edlen Ritter erwählt zu werden, Ihr wisst schon, Kleinmädchenträume.«

Der Orientale zog kommentarlos eine Braue hoch.

»Normalerweise wissen die Mädchen irgendwann, dass sie aufwachen müssen. Tilda hatte den Zeitpunkt verpasst. Und meine Mutter ist krank, das habt Ihr gesehen. Sie erzählt wirre Geschichten, hat Schmerzen. Kann nicht gut allein bleiben. Tilda schlug vor, Mutter könne in diesen Verschlag hier umziehen, zu den Schafen. Dann löse sich das Problem innerhalb weniger Wochen ganz von selbst. So kalt! Kein Gedanke daran, sie selbst könne einmal auf Hilfe anderer angewiesen sein.«

»Enken war anders?«

»Ja. Sie wollte niemandem Schaden zufügen.«

»Und doch sind nun beide tot.«

»Aber nicht, weil ich mich um ihre Gunst bemühte!«, protestierte Hein. »Tilda wollte keinen Mann! Erst sollte Witta, ihre Schwester, einen finden. Enken wollte schon.«

Shahid musterte ihn streng.

»Wo warst du, als Enken so unerwartet verschwand? Als Tilda gefunden wurde?«

Hein sah plötzlich verzweifelt aus. »Ich weiß es nicht mehr«, flüsterte er dann. »Ich habe keine Erinnerung. Das passiert mir immer öfter.«

11

ROERD ASMUS UND SEINE KLERIKER hatten sich um die lange Tafel neben dem Feuer versammelt, wie an beinahe jedem Abend. Während des gemeinsamen Essens hatte man weitgehend geschwiegen, doch nun, als man beim Wein danach angekommen war, konnte ein lebhaftes Gespräch beginnen.

Das Kirchspiel Rungholt war das größte und einflussreichste in der Edomsharde und so fragten die Pfarrer der anderen Gemeinden bei Diskussionen zu religiösen Themen gern in Rungholt nach, ließen sich bei Haltung, Argumentationen und Gottesbelegen gern unter die Arme greifen.

»Die Dominikaner sind schon wieder auffällig geworden. Sie und die andere neue Gruppierung, die Franziskaner. In einigen Kirchspielen auf dem Festland sorgen sie für erhebliche Unruhe und nun tragen sie ihre Reden auch in unsere Gegend. Pfarrer berichten, sie wiegelten mit ihren Worten, die Predigten glichen, Arm und Reich gleichermaßen auf«, umriss einer der Kleriker die Anfrage aus Niebüll.

»Sie sind eine wahre Plage!«, stimmte der glatzköpfige Mann zu Asmus' Rechten bei. »Überall. Mir ist noch immer unbegreiflich, wie Rom die anerkennen konnte.«

»Der Papst hat entschieden. Es ist nicht an uns, sein Wort infrage zu stellen, mag es uns nun gefallen oder nicht.«

»Nun«, unterbrach Asmus mit ruhiger Stimme den beginnenden Disput, »es liegt wohl daran, dass sie christliche Überzeugungen aus der Bibel zu vertreten vorgeben. Und vieles von dem, was sie sagen, ist klug – anderes noch nicht bis zu Ende gedacht. Doch sie haben auf den Markplätzen von Mal zu Mal mehr Zuhörer, die ihre Worte in die kleinen Orte und zu den versprengten Höfen weitertragen. Wir werden uns mit ihren Thesen auseinandersetzen müssen, sonst verlagert sich der Zwist in unsere Kirchen, stört unsere Gottesdienste und die Ruhe in den Gemeinden.«

»Und wie wollt Ihr das verhindern?« Die Glatze des Sprechers glänzte im Widerschein des Feuers. Asmus überlegte, ob man unter anderen Umständen davon sprechen würde, der Mann sei erleuchtet. Nein, schüttelte er diesen Gedanken entschieden ab, nicht in diesem Fall, bei diesem Mann.

»Sie predigen Armut. Nicht Gier und Hybris. Das tue ich auch und den wohlhabenden Männern Rungholts gefällt das gar nicht. Die Mönche betteln, behaupten, der Sohn Gottes sei auch auf Almosen angewiesen gewesen und habe, was er selbst nicht unmittelbar brauchte, an andere weitergegeben. Eine Vorstellung, die Mittellose erfreut. Denn es würde bedeuten, dass diejenigen, die gottgefällig leben, arm sind, und das Teilen des Wenigen würde zur edelsten Geste. Dann müssten die Reichen sich von ihrem Besitz trennen, um in Gottes Arme gelangen zu können.« Asmus lehnte sich zurück.

Wartete.

Alle schwiegen, sahen ihn erwartungsvoll an.

»Nun, dann wäre ganz Rungholt in kurzer Zeit mittellos. Die Siedereien könnten niemanden mehr beschäftigen, die Bauern wirtschafteten nur noch für das Überleben der eigenen Familien, denn niemand könnte mehr Getreide und Fleisch bezahlen. Selbst wenn sie mehr als genug hätten, müssten sie es, dieser Doktrin logisch folgend, an andere abtreten, ohne für die Arbeit entlohnt zu werden. Und am Ende hätte niemand mehr etwas zu beißen. Die Kirche steht der Frage anders gegenüber. Sie hält es nicht für sündig, Geld zu besitzen. Allerdings muss eben ein Teil an die abgegeben werden, die es sinnvoll an die Ärmsten verteilen können. Wir betreiben eine Armenspeisung, geben warme Kleidung an die aus, die sonst erfrieren würden. Bieten Obdach. All das gelingt nur, weil wir Einnahmen haben. Müssten auch wir betteln, könnten wir diese Aufgaben nicht erfüllen.«

»Ich habe gehört, diese neuen Mönche machen ihre Forderung an der Tatsache fest, dass der Gekreuzigte keinen Beutel bei sich trug, als man ihn … Allerdings gibt es dafür keinen Beweis«, wusste ein anderer aus der Runde.

»Auf Gemälden trägt er tatsächlich stets diesen Schurz und die Dornenkrone. Es stimmt, dass man bei keinem der Künstler, seien es nun Bildhauer, Maler oder Kupferstecher, einen Lederbeutel erkennen kann«, stimmte der Glatzköpfige nachdenklich zu.

Asmus seufzte.

»Er war zuvor in Haft. Wurde nach einem schnellen Richterspruch gekreuzigt. Seit wann tragen Gefangene Geld bei sich? Habt ihr bei uns schon einen gesehen, der, wenn er zur Hinrichtung geführt wird, einen Beutel voller Münzen an seinem Taillenband oder Gürtel hängen hätte? Jesus trug Verantwortung. Ernährte seine Familie, sorgte für seine Jünger. Offensichtlich verfügte er über ausreichend Mittel. Darüber hinaus erzählt die Bibel, er habe die Armen gespeist, dafür Sorge getragen, dass die Darbenden nicht verhungern mussten. Er war sicher keiner der Reichen, aber …«

»Genau«, unterbrach einer der anderen aus der Runde, »der Sohn des Herrn. Er wusste schon zu Lebzeiten um seine Rolle in Religion und Welt. Selbstverständlich hatte er genug, um sich und die, die ihm wichtig waren, zu ernähren. Was für eine unerträgliche Vorstellung: Der Verkünder des Neuen Testaments, Gottes Sohn, verhungert an irgendeiner staubigen Straße!«

»Das ist nicht der kritische Punkt, oder?«, mischte sich der Jüngste aus der Gruppe ein. »Es geht um die Frage, ob er von Tag zu Tag Almosen erbat, die dafür ausreichend waren, die von ihm Abhängigen zu erhalten – oder ob er mehr einnahm, als er sofort verbrauchen musste.«

Asmus erkannte, dass diese Diskussion zu weit führen würde. Der neue Ansatz brachte sie nicht weiter.

»Jesus predigte: Liebe den Anderen wie dich selbst. Und nun …«

Wieder wurde er unterbrochen. Der Glatzköpfige meinte: »Jaja, wobei niemand genau weiß, wen er damit gemeint hat! Wie weit ist dieser Kreis zu ziehen, der die Anderen umfasst? Familie, Dorf, Land, gar Welt? Das ist ja nicht genau geklärt.«

Asmus' Stimme wurde nun lauter. Es galt, seine Position zu verdeutlichen. Schließlich war er hier in diesem Raum der Theologe, der geweihte Vertreter der Kirche! »Dazu kann ich sagen, dass Ihr diese Frage für Euch beantworten könnt, indem Ihr im Tanach nachlest. Dort findet Ihr das Wort ›reah‹. Es steht, wie wir wohl alle wissen«, sein Blick huschte prüfend über die Gesichter der Versammelten, »für eine Fülle von Begriffen wie: Verwandter, Nachbar, Freund, Geliebter, aber eben auch für Anderer und Mitmensch. Es bildete ursprünglich den Gegensatz zu Fremder. Da also dieser Begriff nicht sehr handlich ist, scheint man gut beraten, sich an die Übersetzung in der Sepnaginta zu halten. Dort findet Ihr ›pläsion‹ – und das bedeutet nun klar Mitmensch im Sinne von ›der Andere‹. Damit ist nicht nur der Mensch im unmittelbaren Umfeld gemeint. Räumliche Nachbarschaft bindet uns sicher enger, weil wir den dort lebenden Menschen gut kennen.«

Wenn beim Denken Rauch entstünde, dachte Asmus amüsiert, müssten wir jetzt den Raum verlassen, um nicht von den Wolken über der Tafel erstickt zu werden.

Einmal in Schwung gekommen, wollte er die Gelegenheit nicht ungenutzt verstreichen lassen. »Seht Euch Rungholt an! Es scheint hier nur sehr wenige Nächste zu geben! Es ist die Kirche, die für die Ärmsten sorgt! Bernadette und die Ihren kümmern sich um die Leprösen und andere Kranke, auch um Frauen im Wochenbett, sorgen dafür, dass die Familien versorgt sind. Und von Bergfels? Der redet nur. Hauke unterstützt die Familien seiner Weber vorbildlich, lebt selbst recht bescheiden, spendet an uns, damit wir helfen können. Aber sonst? Die Wirte verdienen gut, denn die Menschen tragen ihren Lohn zu ihnen! Nicht einmal eine Freimahlzeit für Benachteiligte wie Ben gewähren sie! Die Würfler gewinnen mitunter viel, viel Geld. Und was tun sie? Sie stecken es ein – zahlen möglicherweise einen Obolus an den Schankwirt, der ihrem schändlichen Treiben schmunzelnd zusieht und sich die Hände reibt. Und nun kommen die Dominikaner und bohren mit ausgestrecktem Finger in der Eiterbeule. Das ist der Grund, aus dem viele Gemeinden versuchen, sie loszuwerden. Ein schlechtes Gewissen mag keiner mit sich herumtragen.«

Es pochte.

Zaghaft zunächst.

Als keine Reaktion erfolgte, klopfte man lauter, donnerte schließlich wohl gar mit Faust und Fuß zugleich gegen das Eichenblatt der Tür.

Die Männer um die Tafel warfen sich fragende Blicke zu, zuckten mit den Schultern.

»Ein Notfall also!« Asmus erhob sich und lief mit schnellen Schritten durch den Vorraum, öffnete, wäre um ein Haar von der massigen Faust getroffen worden.

»Was ist?«

»Die Maria! Sie stirbt! Behauptet sie jedenfalls. Es wäre wohl besser, Ihr sputet Euch, wenn sie Euren letzten Besuch noch bemerken soll!«, nuschelte der Kerl undeutlich.

Paul. Und er ist betrunken, konstatierte Asmus.

Wahrscheinlich nicht ganz so heftig wie Thetlef, Marias Mann, der offensichtlich nicht mehr selbst zur Kirche kommen konnte.

»Thetlef hat sie also mal wieder verprügelt.« Während er auf eine Antwort wartete, begann er, alles, was er für die Letzte Ölung brauchen würde, in eine große Tasche zu packen. »Diesmal hat er sie so zusammengeschlagen, dass er nun fürchtet, sie könne es nicht überleben? Ja?«

»Jaha«, brummte der späte Besucher und lehnte sich schwer gegen den Türrahmen. »Deshalb soll ich Euch holen«, setzte er lallend hinzu.

»Moment noch. Der Umhang fehlt. Es regnet schließlich!« Er warf sich den gefilzten Umhang über, griff nach der Tasche. »Er hat sie schon unzählige Male übel zugerichtet. Sie kommt dann grün und blau in den Gottesdienst, kann sich vor Schmerzen kaum bewegen. Beklagt sich nie, betet nur still.«

»Wäre ja auch noch schöner, wenn die Weibsleute sich auch noch beklagten! Und gerade die Maria! Die diebische Schlampe!«, maulte Paul.

»Ich muss los. Zu Maria und Thetlef!«, rief Asmus den Klerikern zu und trat in die kalte, nasse Nacht hinaus. Zog den Umhang enger, setzte die Kapuze auf und schob die Hände, so gut es ging, unter den wärmenden Stoff vor der Brust. »Schlampe? Diebisch? Das glaube ich nicht«, erklärte er dem Boten energisch.

»Da seht Ihr selbst, wie gut sich diese Weiber verstellen können!«, gab der andere undeutlich zurück.

»Was ist vorgefallen?«

»Thetlef verlangte seine Börse von ihr. Er hatte sie zu Hause vergessen und musste seine Spielschulden heute begleichen. Sie gab vor, nicht zu wissen, wo er sie hingelegt habe, was bei einer Hausfrau natürlich immer verdächtig ist. Und so groß ist das Haus nicht, dass sich darin etwas dauerhaft verlaufen könnte! Er entdeckte den Beutel schließlich an einem unwahrscheinlichen Ort, an dem er selbst ihn ganz gewiss nie abgelegt haben würde – und es fehlte eine hübsche Summe. Maria war dumm genug, jede Schuld zurückzuweisen. Da musste er eben etwas härter durchgreifen, klar. Klauen ist ja schon richtig schlimm, aber dann auch noch dreist lügen – das kann man der Frau nicht durchgehen lassen! Ist doch so: Manche der Weiber verstehen nur *eine* Sprache!« Dabei wedelte der Torkelnde seine Faust vor der Nase des Geistlichen. »Faustisch, nennt das mein Schwager. Ihr versteht schon, wie Lateinisch und Angelsächsisch und so was. Und dann kriecht sie auf ihr Lager und behauptet, es gehe mit ihr zu Ende. Alles nur vorgespielt, sage ich Euch. Lüge! Wohin man schaut.«

»Aha. Du glaubst, sie stellt sich nur an?« Asmus schritt zügig aus, der schwankende Begleiter konnte kaum folgen.

»Aber ja! Ich hab's gesehen! War nicht schlimmer als sonst auch. Sie hat ihn nicht zum ersten Mal beklaut, die Schlampe!«, versicherte Paul mit schwerer Zunge.

»Ist es nicht so, dass, wenn es stimmt, was du sagst, und sie öfter stiehlt, Thetlef einsehen müsste, dass Prügel nicht wirksam sind? Vielleicht wollte sie ihn nicht berauben, sondern verhindern, dass er alles in der Schänke verspielt.«

»Geht das Weib nichts an! Ist sein Geld. Und weggenommen ist geklaut! Ist gleichgültig, warum!«

»Geld, von dem sie ihm den Haushalt führt. Wenn keines mehr da ist, kann sie ihm nichts kochen.«

Darüber musste das benebelte Hirn erst einmal gründlich nachdenken.

»Das glaube ich nicht«, begann er mit einer ausführlichen Antwort. »Am Wochenende hat sie immer Fleisch oder Fisch auf dem Tisch. Und in der Suppe am Abend ist gutes Mark. Ne, es reicht schon, was er ihr gibt.«

Asmus schüttelte den Kopf.

Hier schien jeder weitere Einwand zwecklos.

Den Rest des Weges schwieg er beunruhigt.

Schon vor dem Haus hörte man Thetlef wüten!

»Los, du räuberisches Weib! Koch mir meine Suppe, sonst sollst du mich kennenlernen! Deine Schauspielkünste nützen dir nichts! Pack dich an den Topf!«, brüllte der Hausherr schier unverständlich.

Offensichtlich konnte oder wollte die Frau ihm nicht gehorchen.

Asmus erschien gerade noch rechtzeitig am Bett der Verletzten, um einen weiteren brutalen Übergriff zu verhindern.

»Thetlef!« Er packte den Mann am Arm und riss ihn zu sich herum. »Es reicht! Sie kann deine Wünsche jetzt nicht erfüllen, dass musst du doch erkennen!«

Der Herr des Hauses starrte den Pfarrer aus blutunterlaufenen Augen an. Speichelfäden tropften vom Kinn

aufs Hemd, die Fingerknöchel waren blutig, einige Sprit-
zer hatten die Ärmel erreicht.

Asmus' Blick fiel auf die Gestalt auf dem Lager. Die
Decke verbarg nur unzureichend ihren ausgezehr-
ten Körper, das Gesicht war von Blutergüssen über-
sät, die Lippe aufgeplatzt, der Mund seltsam schief, aus
der Augenbraue floss stetig Blut, die Jochbeine waren
geschwollen, ebenso die linke Wange im Bereich des Kie-
ferknochens. An der Schläfe prangte eine dicke blaue
Beule. Er mochte sich gar nicht vorstellen, wie der Rest
des Körpers aussehen musste.

»Wenn du Hunger hast, Thetlef, so schicke nach deiner
Tochter. Sie kann kommen und dir etwas kochen. Deine
Frau wird nicht aufstehen! Lass sie in Ruhe!«

Kaum hatte der Mann sich getrollt, kniete der Geistliche tief besorgt neben dem Bett der Frau nieder, schob
die Mütze zurück. Unbeweglich auf dem Rücken lie-
gend, die verschwollenen Augen geschlossen. Er griff
nach ihrer Hand. Sie war kalt, die Finger bis unter die
abgebrochenen Nägel blau.

Aber es war noch Leben in ihr. Er sprach leise.

Wandte sich zu Thetlef um, der erneut plötzlich hinter ihm stand.

»Geh! Wenigstens in diesem Moment kannst du ihr ein
bisschen Ruhe gönnen, damit sie mit ihrem Herrn Zwie-
sprache halten kann! Sieht aus, als habest du ihr diesmal
viel mehr als nur den Kiefer gebrochen!«

»Was geht dich das an, Pfaffe!«, blaffte der Hausherr.

Immerhin trat er einige Schritte zur Seite.

»Ich sterbe«, flüsterte Maria so leise, dass Asmus die
Worte eher sah denn hörte.

Er legte seine kühle Hand sanft auf ihre Stirn und sie zuckte selbst bei dieser zarten Berührung vor Schmerz zusammen.

»Ich werde ihr den letzten Segen erteilen«, informierte er die beiden volltrunkenen Männer. »Ihr wartet draußen!«

Mürrisch brachen die Freunde auf.

Asmus entnahm der Tasche ein Fläschchen mit Weihwasser, ein Kreuz und die Hostien.

»Maria, ich weiß nicht, was vorgefallen ist. Doch eines weiß ich sicher: Der Herr nimmt dich ohne Zögern auf in sein himmlisches Reich. Dein irdisches Leiden ist ihm nicht entgangen, deine Langmut, deine Kraft, all das zu ertragen, was man dir antat.«

Die Züge der Frau schienen sich zu entspannen, was wegen der Schwellungen und Verfärbungen allerdings nur undeutlich zu erkennen war.

»Er hat das Geld verspielt«, wisperte sie tonlos. »Ich habe nichts genommen.«

»Das dachte ich mir schon«, versicherte Asmus. »Ego te absolvo«, murmelte er dann, deutete mit dem in Weihwasser getauchten Finger ein Kreuz auf der Stirn der Sterbenden an. »Der Herr nehme dich auf in sein Reich. Aller Schmerz falle von dir ab und der Friede Gottes erfülle dein Herz und deinen Körper. Gehe hin in der Gewissheit der Gnade und Liebe des Herrn, er nehme dich bei der Hand und leite und führe dich durch die Finsternis ins himmlische Licht.« Diesmal schlug er das Kreuz über dem gesamten Körper.

Als er fortfahren wollte, drängte sich Thetlef wieder an seinen Rücken. »Seid Ihr nun endlich fertig? Der Mann meiner Tochter erlaubt nicht, dass sie herkommt und kocht. Die Hausfrau wird sich also selbst an den Topf bemühen müssen, die faule Schlampe!« Dabei wischte er mit seinen fuchtelnden Armen die Hostienschatulle vom Hocker neben dem Bett.

Die runden Plättchen rollten und purzelten vor die Füße des Mannes, der rau zu lachen begann.

»Anton! Anton! Komm!«, rief er und ein riesiger zotteliger Köter erschien wie aus dem Nichts. Ohne das bissige und wütend knurrende Tier hindern zu können, musste der Pfarrer mit ansehen, wie eine Hostie nach der anderen in dessen gierigem Maul verschwand.

»Dies ist der geweihte Leib Christi! Was fällt dir ein!« Der empörte Geistliche versuchte, aus der hockenden Position auf die Beine zu kommen. Doch Thetlef zielte mit der erhobenen blutigen Faust auf das Gesicht Asmusens.

»Eine Bewegung und bei dir gibt es für den Rest deines Lebens nur noch Suppe. Erst verprügel ich dich, bis sich Marias Blut mit deinem mischt, und dann hetzte ich den Hund auf dich. Der mag es nämlich gar nicht, wenn man ihn beim Fressen stört. Schon gar nicht, wenn er den Leib Christi verputzt!«

Dass die Sterbende – umgeben von so viel Leben und doch einsam – den Übergang in die Ewigkeit still vollzogen hatte, war weder den Männern noch dem verfressenen Hund aufgefallen.

12

BERNADETTE WAR BESORGT.

Die Situation war offensichtlich nicht mehr beherrschbar.

Eine natürliche Reaktion der Menschen. Immer, wenn sie etwas nicht verstanden, glaubten sie, finstere Mächte seien im Spiel, wusste sie. Man suchte einen Schuldigen. Und der sollte schnell gefunden werden. So, wie ein kräftiger Atemstoß eine Flamme zum Verlöschen bringen konnte.

Sie betätigte automatisch den Fußhebel des neuen Webstuhls, der die Fäden des entstehenden Gewebes fest zusammenschob. Ließ dann das Schiffchen erneut durchs Fadengerüst gleiten.

Tilda und Enken hatten zu ihrer Gemeinschaft gehört.

Was außer den beiden und den anderen Mitgliedern des Bundes niemand wissen konnte.

Geheimhaltung war in diesen Zeiten überlebenswichtig.

Wieder klappte der Fußhebel, erneut sauste das Schiffchen quer.

»Ich fürchte, jemand macht Jagd auf uns«, flüsterte sie ängstlich. »Es muss einen Mitwisser geben! Wir müssen noch vorsichtiger sein. Schließlich hat gerade erst eine ganze Gruppe die arme Silja bedroht, ganz öffentlich.«

Als es an ihrer Tür klopfte, fuhr sie so erschrocken zusammen, dass das Schiffchen auf den Boden schoss.

»Wer ist da?«

»Barbara!«

»Komm herein!«

Zaghaft trat die andere ein. So, als versuche sie, möglichst den Boden nicht zu berühren, ihr Gang ein lautloses Schweben. Ein Eindruck, der durch die Länge des grauen Kleides noch betont wurde.

»Setz dich doch! Dort, auf den Hocker. Was kann ich für dich tun?«, erkundigte sich Bernadette freundlich.

»Ach, Bernadette! Ich fürchte mich!« Tränen, Seufzen, Schluchzen. »Jemand versucht, uns auszurotten, nicht wahr?«

»Barbara, niemand wusste, dass diese beiden Frauen zu uns gehörten. Bestimmt ist es nur ein Zufall, dass ausgerechnet Enken und Tilda sterben mussten. Mit uns kann es nicht in Zusammenhang stehen«, drängte Bernadette ihre eigenen Besorgnisse zurück. »Wir dürfen jetzt nicht kopflos werden.«

Laut heulte Barbara auf. »Eben. Genau so wird es uns aber ergehen! Man wird uns alle töten, unsere Köpfe abschlagen und auf Pfähle stecken. Zur Abschreckung!«

»Aber Barbara!«

»Ich sage dir, wir werden beobachtet!«

»Das sind nur Hirngespinste. Du erschreckst dich selbst mit deinen Geschichten.«

»Hans! Ich habe ihn schon vor Tagen hier im Garten gesehen! Er stand am Stall und starrte zum Haus! Ganz sicher!«

»Du meinst den Kopf des Kreises?« Die Geschichte über seinen Anteil an der Beendigung des großen Sterbens wurde zwar nur unter der Hand und dem Siegel der Verschwiegenheit erzählt, und doch kannte sie in der Gegend um Rungholt wohl jedes Kind.

»Aber ja! Genau jener Hans!«, bestätigte Barbara aufgeregt.

»Nun, dadurch ändert sich alles.« Bernadette wusste, dass die Besuche von Hans nur eines bedeuten konnten: Er wusste Bescheid. »Gut. So ist es nicht zu ändern. Ruf alle zusammen, macht ein Feuer und wir besprechen, wie es nun weitergehen kann. Wir müssen davon ausgehen, dass man sehr genau weiß, was wir hier tun. Möglich ist auch, dass den anderen Geschichten über uns zugetragen wurden. Geh. Beeile dich!« Sie versuchte, das Zittern in der Stimme zu beherrschen, so ganz wollte es ihr allerdings nicht gelingen.

»Du hast auch Angst!«

»Ja. Was die Menschen nicht verstehen, lehnen sie gern vorschnell ab. Wir wohnen hier alle unter einem Dach. Die Begründung, die wir dafür anboten, ist offensichtlich nicht mehr ausreichend. Ruf alle zusammen.«

Als Barbara gegangen war, hob Bernadette ihr Webschiffchen auf, legte es ordentlich ab. Warf einen langen, traurigen Blick in ihre Kammer als sehe sie all das zum letzten Mal in ihrem Leben. Sie hatte das beunruhigende Gefühl, dem Tod noch nie näher gewesen zu sein als jetzt.

Dann rieb sie ihre eisigen Hände gegeneinander, um sie zu erwärmen, und ging zu den anderen.

Wenige Minuten später hatten sich die fünf ums Feuer versammelt.

Schweigen füllte den Raum bis in den hintersten Winkel.

Alle starrten in die Flammen. Die Mienen verschlossen, die Lippen zu schmalen Strichen zusammengepresst.

Bernadette begann sehr leise zu sprechen. »Ihr wisst, dass es in anderen Städten zu Übergriffen auf Frauen kam, die so lebten wie wir, die sich unter einem gemeinsamen Ziel gefunden und organisiert hatten. Die Zeiten sind ungünstig für uns. Nächstenliebe ist vielen plötzlich verdächtig, Menschen, die sie praktizieren, werden getötet. Man unterstellt ihnen unehrliche Motive, glaubt ihnen nicht, dass sie im Namen Gottes handeln.« Im Flackern des Feuers erkannte sie den Widerschein des Zorns und des Mutes zur Gegenwehr in den Augen der anderen. »Ja, wir sind Beginen. Früher auch respektvoll ›Seelenschwestern‹ genannt. Wir hier nennen uns einfach Helferinnen. Früher geachtet, unterstellt man uns im Moment, unlautere Dinge zu tun. Die Stimmung gegen uns ist so feindselig geworden, dass wir uns nicht einmal mehr als zusammengehörig zu erkennen geben, neue Mitglieder geheimhalten. Bisher hat man uns geglaubt, dass wir nur zusammenleben, um nicht, jede allein auf sich gestellt, verhungern zu müssen. Die Gemeinschaft rettet alle. Und wir unterstützen andere, denen es schlechter geht. So wurde es bisher von den Nachbarn hingenommen. Doch nun hat sich die Lage verändert. Hans hat uns und dieses Haus beobachtet. Barbara hat ihn gesehen.«

Ein Raunen waberte durch den winzigen Raum.

»Es hat den Anschein, als wolle man uns vernichten.« Barbaras Stimme bebte. »Zwei sind tot, Silja wurde gerade noch gerettet, als einige Männer versuchten, in ihr Haus einzudringen. Es wird nicht mehr lang dauern und auch wir geraten unter Mordverdacht oder werden der Ketzerei beschuldigt. Was dann folgt ist das Ende im Feuer – für jede Einzelne von uns und unsere Gemeinschaft. Wir müssen uns wappnen.«

»Und wie?«, hakte Margarete nach, eine der Witwen, die in die Gemeinschaft gekommen war, nachdem der älteste Sohn sie nach dem Tod des Vaters einfach vom Hof gejagt hatte wie eine stinkende Katze. »Was meinst du mit wappnen?«

»Wir dürfen nicht unvorbereitet sein. Es wird nun rund um die Uhr eine Wache am Fenster stehen. Wenn etwas Sonderbares draußen vorgeht, weckt sie die anderen. Jede legt sich eine Waffe neben das Strohbett. Sei es ein Schürhaken oder eine Axt, eine Klinge …«, verkündete Bernadette. »Wehrlos sind wir nicht! Mir ist nicht klar, woher Hans wissen sollte, wer außer uns sechs noch zu unserer Gemeinschaft gehört. Selbst wenn die drei Frauen nur zufällig ausgewählt und angegriffen worden sind, ist es ratsam, in Zukunft wachsam zu sein. Hans! Das bedeutet, der Kreis ist wieder erwacht.«

»Der Kreis? Roderich und seine Freunde? Alte Männer!«, ätzte Margarete. »Die sind nicht gefährlich! Die meisten von ihnen können kaum mehr laufen!«

»Das schützt uns nicht!«, mahnte Bernadette. »Sie können neue Mitglieder aufgenommen haben, so wie wir es getan haben. Unbemerkt, lautlos, unsichtbar.«

»Wir haben doch nichts getan!«

»Sicher, aber wir sind erfolgreich. Verkaufen unsere Produkte zu guten Preisen. Wir haben unser Auskommen und können noch die Armen unterstützen. Es ist kaum vorstellbar, aber genau das ist vielen ein Dorn im

Auge, selbst der Kirche in Rom! Wo Erfolg ist, wächst der Neid der anderen. Wir müssen vorsichtiger sein.«

»Ach, wie stellst du dir das vor?«, fragte Martha nach. »Wenn der Pfarrer uns den Brief der Inquisition vorbeibringt, öffnen wir ihn einfach nicht, sondern überantworten ihn dem Feuer?«

»Unser Pfarrer steht auf unserer Seite. Er weiß, dass wir uns im Sinne des Herrn um Kranke und Bedürftige kümmern, es uns nicht um eitles Streben zu tun ist. Wir sind da, wo der Kirche die Möglichkeiten fehlen. Warum also sollte er uns in den Rücken fallen?« Barbara schüttelte verständnislos den Kopf.

»Wenn er dazu aufgefordert wird, kann er uns nicht helfen, sonst gerät er selbst in Schwierigkeiten. Das ist ja wohl jeder von uns bewusst. Aber wir können verhindern, dass man Dinge bei uns findet, die uns verdächtig machen, wenn sie entdeckt werden. Zum Beispiel Kräuter oder Säckchen mit sonderbaren Dingen.«

»So? Und wie soll ich dann meine Kranken behandeln? Der Quacksalber bringt sie bei jedem Besuch beinahe um, weil sein Bestreben, die Säfte des Körpers ins Gleichgewicht zu zwingen, den Ärmsten schadet«, protestierte eine andere.

»Ich weiß, dass es auch schwierig sein kann, all die Heilmittel erneut zu beschaffen, wenn der Spuk hier vorüber ist. Allerdings bleibt uns keine andere Wahl, wenn wir überleben wollen.« Bernadettes Stimme zeugte von ihrer Führungskraft. Die anderen würden ihr folgen, da bestand kein Zweifel. »Bedenkt dabei auch, dass, wenn man bei einer von uns Verdächtiges findet, alle anderen ebenfalls in Todesgefahr schweben!«

»Meine Kranken werden enttäuscht sein. Nicht verstehen können, warum ich …«, quengelte Barbara.

Bernadette fiel ihr ins Wort. »Das Geld muss auch aus dem Haus! Es darf auf keinen Fall hierbleiben. Schließlich behaupten wir, gerade genug zu haben, um uns am Leben zu erhalten. Also muss es verschwinden.«

»Wie stellst du dir das vor?«, höhnte eine der Älteren. »Vergraben?«

»Ist zumindest eine Möglichkeit. Ja. Oder wir geben es sofort weiter. Alles ist besser, als jemanden in die Lage zu versetzen, es bei uns zu finden. Vielleicht fällt uns ein sicheres Versteck ein?« Bernadette sah beunruhigt in die Gesichter ihrer Schwestern.

»Jede von uns hat für das Geld hart gearbeitet. Es ist nicht richtig, dass wir uns dafür schämen sollten, nur weil wir es an Bedürftige weitergeben«, murrte Barbara leise.

»Ihr sollt euch auch nicht dafür schämen! Ihr sollt nur nicht dafür sterben müssen!«

13

HAUKE WAR VERSCHWITZT neben seiner Katharine aufgewacht.

Lauschte auf ihre regelmäßigen Atemzüge, wartete darauf, dass seine eigenen sich ihrem Rhythmus anpassten und sein Herz wieder ruhiger schlagen würde.

Vergeblich.

Vielleicht, überlegte er, vielleicht war es gar kein so guter Einfall gewesen, Shahid in die Sache zu verwickeln. Die Angelegenheit hatte sich über den Tag verkompliziert, wurde unübersichtlicher, rätselhafter. Das Beste ist, beschloss er, als es zu tagen begann, ich bitte ihn, keine weiteren Nachforschungen mehr zu betreiben. Er wusste im selben Moment, Shahid würde das nicht akzeptieren. Er konnte durchaus sperrig werden.

Hauke stöhnte leise.

Alles nur meine Schuld, kreisten seine Gedanken weiter um das Problem, aber ich konnte doch nicht ahnen, welche Konsequenzen die Morde an den beiden Frauen nach sich ziehen würden!

Witta hatte es nicht auf dem Lager gehalten.

Lange vor Anbruch der finstersten Stunde stahl sie sich davon.

Während die Brüder und Eltern bereits schliefen, warf sie sich einen Umhang über und lief in Richtung Stadt.

Die Dunkelheit war weich, hüllte sie ein und tröstete.

Tilda käme nie mehr zurück, das müsse sie nun begreifen, mahnte die Mutter. Man verstehe ihren Schmerz, doch an der Tatsache sei nun einmal nicht zu rütteln. Das Leben der anderen ginge weiter, eine junge Frau müsse an die eigene Zukunft denken, selbst in einer solch schwierigen Situation. Schließlich habe sie Verantwortung für ihre Familie. Ihre Tatkraft würde gebraucht, das ewige Gejammer bringe nur Falten und sonst nichts. Es gelte nach vorn zu schauen.

Doch Witta wollte nichts von Zukunft hören. Ihre empfand sie ohnehin als durchgängig schwarz. Hoffnungslos.

Es gab nur einen Menschen, der sie wirklich verstand. Silja. Sie konnte sich einfühlen, begriff, wie schwer der Verlust der Schwester auf ihrer Seele lastete. Ihre weichen, warmen Arme würden sie halten, ihre sanfte Stimme sie durch die Qualen der Nacht begleiten. Ich hätte ihr Angebot annehmen und bei ihr übernachten sollen, dachte Witta, es schien mir in jenem Moment nicht richtig. Ich darf mich nicht in das Leben der Älteren drängen.

Aber jetzt, allein in der Nacht, hielt sie es doch nicht mehr aus.

Fest an die Brust gepresst, trug sie ein Hemd der Schwester, das auch nach all den Tagen ihren Geruch tröstend verströmte, fast, als wäre sie noch hier, neben Witta, würde sich mit ihr im Stall ins Stroh kuscheln und kichernd Geschichten erzählen, die alle langen Nächte kürzer und fröhlicher werden ließen. Die junge Frau seufzte tief, schritt zügiger aus.

Von Weitem war das Haus der Freundin zu sehen. Seit dem vereitelten Überfall sorgte Silja dafür, dass in allen

Räumen eine Kerze brannte. Niemandem sollte es gelingen, vollkommen ungesehen ins Haus zu gelangen. Witta bewunderte diese mutige Frau, die verkündete, sie könne es mit einem jeden aufnehmen, wer auch immer es sei – und sich nach dem Tod Tildas nur noch mit einem langen Schwert an der Seite zum Schlaf legte.

Sie selbst wäre nie so mutig und unerschrocken gewesen. Schon gar nicht jetzt, wo ihre Schwester sie verlassen hatte.

Leise schlich sie ums Haus herum, suchte nach Anzeichen dafür, dass Silja noch auf war.

Aus einem der Zimmer drang Stöhnen.

Witta fuhr zusammen.

Eine Frau! Wahrscheinlich eine Kundin. Wie so häufig in den Monaten nach dem Jahrmarkt.

Gut, das ist nicht zu ändern, überlegte Witta und fühlte sich doch ein wenig zurückgestoßen, ich werde einfach am Feuer auf Silja warten. Sie wird sich sicher noch dort wärmen, nachdem sie ihre Aufgabe erfüllt hat.

Die Tür quietschte nicht, wie es sonst für alle in Rungholt üblich war. Schwang willig und lautlos auf. Ließ die heimliche Besucherin ein.

Das Feuer wärmte nicht nur den Körper, es streichelte die Seele und schon bald meinte Witta sich gut aufgehoben und getröstet. Wäre nicht das an- und abschwellende Stöhnen der anderen Frau gewesen, die leisen Schreie, sie hätte sich wohl tief entspannen können.

Neugier verhinderte das allerdings.

Was geschah hinter dem dicken, schweren Stoff? Mit wem? Warum?

Wittas Denken zog immer hartnäckigere Kreise.

Es kann ja nicht so schlimm sein, wenn ich mal nachsehe, dachte die junge Frau, vielleicht braucht Silja Hilfe,
zwei weitere Hände, die halten können.

Sie stand auf, schlich hinüber.

Schob den Stoff ein winziges Stück zur Seite.

Uneingeladen fiel ihr Blick auf einen nackten Männer-
hintern.

Haarig.

Fest.

Ein starker Nacken.

Silja brauchte augenscheinlich keine Unterstützung.

Von ihr nicht und auch von sonst niemandem!

Um ein Haar hätte Witta kreischend aufgeschrien,
schlug aber im letzten Moment beide Hände vor den
Mund, presste ihn damit fest zu. Gnädig fiel der Vor-
hang zurück und nahm ihr die Sicht.

So schnell sie konnte, lief sie davon.

Schluchzend, fast blind vor Tränen, Tildas Hemd
umkrallt von ihren Fingern.

Verrat, dachte sie voller Zorn, sie hat uns beide verraten! Wie konnte sie nur – ausgerechnet mit dieser Ausgeburt der Hölle!

Als der Tag zögernd anbrechen wollte, lieh sich Shahid
erneut die braune Stute und ritt ins Moor hinaus.

Es musste an der Fundstelle Hinweise auf den Täter
geben, dessen war er sich sicher. Man hatte nur nicht
danach gesucht, weil keiner der Männer von einem Mord
ausging. Aber er, er würde gründlich suchen – und ganz
sicher auch Spuren des Täters finden.

Das angeblich ruhige Tier entpuppte sich an jenem Morgen als ungestüm, schüttelte die Gedanken des geübten Reiters immer wieder durcheinander. Wie war Enken ins Moor gekommen? Weit vom elterlichen Hof entfernt? Ein Pferd gab es auf dem Brennerhof nicht – hatte der Mörder sie abgeholt oder zufällig getroffen und dann eingeladen, auf dem Wagen mitzufahren? Was war dann ihr ursprüngliches Ziel gewesen? Und wenn sie zu ihm auf den Wagen geklettert war, hieß das, dass sie ihren Mörder gut gekannt hatte? Hm, grübelte er weiter, möglicherweise saß eine Frau auf dem Bock und Enken stieg arglos zu.

Ging sie um diese Stunde immer denselben Weg? So wäre es dem Täter ein Leichtes gewesen, sie abzupassen.

Ach, schalt sich Shahid in Gedanken, du beschäftigst dich mit Fragen, die sich noch gar nicht stellen! Warte damit bis später. Du weißt doch, wie sinnlos es ist, im Kreis zu denken, wenn das Hirn nicht ahnt, um welches Zentrum es sich drehen soll!

Schon bald kam das Moor in Sicht.

Schnell erkannte er die Stelle, an der Enken gelegen hatte. Von unzähligen Füßen zertrampelte nasse Erde. Die Spuren des Leichenkarrens tief eingegraben. Es war deutlich zu erkennen, dass viele Helfer nötig gewesen waren, ihn bis zu festem, tragfähigem Untergrund zu schieben.

Shahid sprang von seinem tänzelnden Reittier, hielt die Zügel straff, sprach beruhigend in das linke Ohr des Pferdes, das ungeduldig schnaubte.

»Den Geruch des Todes kannst du noch wahrnehmen? Er gefällt dir nicht? Das kann ich verstehen. Wir verweilen nicht lange!«

Im ersten Licht des Tages ließ der Gelehrte seinen Blick bis zum Horizont schweifen. Nur Moor. Flach, kein Strauch, der hoch genug gewesen wäre, einem sich anschleichenden Täter ausreichend Deckung zu bieten.

»Sieh mal«, erklärte er der Stute, »wenn jemand sie überraschen wollte, müsste er aus dem Waldstück in unserem Rücken gekommen sein, sonst hätte man unseren Mörder gut sehen können. Selbst wenn Enken tot hier abgelegt wurde – aus dieser Richtung kam der Täter nicht! Die Gefahr, zufällig entdeckt zu werden, wäre zu groß.«

Entschlossen drehte er sich um, machte sich auf den Weg zum Wald, band die Stute locker an.

»Warte hier. Es dauert nicht lang!«, beteuerte er erneut.

Kaum war er zwischen die Bäume getreten, empfingen ihn Kälte und Nacht.

Er zog den Umhang enger, blinzelte blind in die Schwärze, wartete darauf, dass seine Augen sich an die Dunkelheit gewöhnen würden.

Der Wind rieb Baumstämme gegeneinander, die protestierend quietschten, einige Tiere huschten vorüber, einmal glaubte er, eine Eule habe mit ihren Schwingen im lautlosen Flug gar sein Gesicht gestreift. Er zuckte heftig zusammen, fröstelte.

Es ist nicht vorstellbar, dass die junge Frau hier im Wald allein auf jemanden gewartet haben soll, schlussfolgerte er. Viel zu unheimlich, selbst am Tag. Es sei denn, meldete sich der Zweifel, es gab einen guten Grund. Ein heimliches Treffen mit Hein, den die Familie abgewiesen hatte? Möglich, grübelte Shahid, ließ seine Augen über die Moorfläche patrouillieren.

Als er endlich Feinheiten seiner Umgebung erkennen konnte, begann er zu suchen. Hätte man ihn gefragt, wonach, er wäre nicht in der Lage gewesen, es zu benennen. Kleidung der Frau, etwas, das der Mörder vielleicht verloren hatte?

Unerwartet stolperte er über ein Hindernis.

Im ersten Moment hielt er es für einen Baumstumpf, fluchte leise, rappelte sich wieder auf.

Rieb sich das Schienbein – als plötzlich Leben in den Stumpf kam.

Erschrocken wich Shahid etwas zurück.

Dann streckte er den Rücken durch. »Wer da?«, forderte er laut zu wissen.

»Gnädiger Herr! Oh weh. Ich wollte Euch nicht … Geht schnell weg von mir, ich bin verbannt.«

»Verbannt? Eines Verbrechens wegen?«

»Nein. Der Krankheit wegen!« Dabei reckte der Mann, der unter einem Berg von Decken gelegen hatte, seine Hände in die Höhe.

Der Gelehrte ahnte die Bewegung mehr, als dass er sie sehen konnte. Verstand sofort. Einer der Aussätzigen.

»Oh, so ist das. Solltest du dann nicht eigentlich andere warnen? Und so nah solltest du ihnen auch nicht kommen, oder?«

»Ja, ja, mein Herr. Das ist wahr. Aber ich habe die Ratsche verloren, kann nicht mehr auf mich aufmerksam machen. Und ich sehne mich doch so sehr nach meinen Lieben, will sie wenigstens ab und zu beobachten. Für die Menschen in Rungholt bin ich gestorben – aber seht doch selbst: Es ist noch Leben in mir. Und das sucht die

Nähe derer, mit denen es bisher den Alltag geteilt hat. Versteht Ihr das nicht?«

Doch, Shahid verstand das sehr gut.

»Lagerst du schon länger an diesem Platz? Und wer bist du?«, erkundigte er sich freundlicher.

»Bevor man mich ›beerdigte‹ und dann vertrieb, war ich der Bauer von der Westwarft. Der Vater von Hein. Doch nun bin ich niemand mehr, trage ein Lazarushemd und bin tot und vergessen.«

»Als man die tote Frau im Moor fand, warst du ebenfalls in diesem Versteck?«, präzisierte der Fremde seine Frage.

Das Licht setzte sich zunehmend durch und er erkannte, dass der alte Mann nickte.

»Erzähle mir davon!«

Der Mann schwieg, starrte auf seine verunstalteten Hände.

»Was soll ein Toter schon zu erzählen haben«, murmelte er dann so leise, dass er kaum zu verstehen war. »Ihr werdet Euch nicht auf meine Worte berufen können. Denn wir dürften gar nicht so nah beieinandersitzen und einem Aussätzigen glaubt ohnehin niemand.«

»Du kommst öfter an diesen Ort.«

»Ja. Aber sonst bin ich aufmerksam. Um diese Stunde konnte ich nicht mit Menschen rechnen, deshalb entging mir, dass Ihr Euch nähertet.«

»Hör auf, dich zu entschuldigen. Du bist oft hier und beobachtest die Menschen?«

»Wir Aussätzigen sind tot. Unsere weltliche Habe wird vererbt, verkauft, verschenkt. Uns bleibt nur, was wir am Leib tragen und die Ratsche, mit der wir vor einer

Begegnung mit uns warnen müssen. Es gibt eine Gruppe von mildtätigen Frauen um Bernadette, die uns unterstützt, mit warmen Mahlzeiten versorgt, Wunden verbindet, für Kleidung sorgt, tröstet und dergleichen. So hausen wir zusammen. Gehen betteln. Manchmal wirft uns jemand ein Stück Brot zu. Aber es ist unvorstellbar freudlos. Einsamkeit sitzt in jedem Winkel. Nie macht jemand einen Scherz, alle brüten vor sich hin. Manche schon seit vielen Jahren. Wir haben alles verloren, unsere Liebsten, unser Leben, unseren Besitz. Und ich, versteht Ihr, ich habe solche Sehnsucht nach dem Leben!« Tränen rollten über die Wangen des Mannes. »Deshalb begucke ich es manchmal aus der Ferne.«

Shahid nickte verständnisvoll.

»Und was hast du gesehen?«

»Nun, mein Sohn hat Enken freien wollen. Ich habe die beiden beobachtet, wenn sie sich heimlich trafen. Nicht hier, in der Stadt, sollte wie ein Zufall aussehen. Aber man wies sein Werben zurück. Darüber war der Junge unglücklich. Und manchmal, wenn er seine Ruhe wollte, kam er an diesen Ort.«

»Wusste er von dir?«

»Nein! Wo denkt Ihr hin? Er wäre nur in Schwierigkeiten geraten, hätte ich mich ihm entdeckt. Ihr vergesst, dass ich gestorben bin, nicht mehr für die Lebenden existiere! Nein, nein! Aber er redete laut mit dem Herrn, fragte ihn, warum er es an Unterstützung fehlen lasse, ließ ihn tief in sein Herz schauen – und mich, der ich all das belauschte, eben auch.«

»Und als Enken starb? Hast du gesehen, wie sie zu Tode kam?«

Der Mann schwieg.

Das Tageslicht fand einen Weg durch die Baumkronen. Shahid erkannte nun immer mehr Details, sah in die zerstörten Züge des Bauern. Ein Gesicht, wie man es gemeinhin kannte, war das nicht mehr. Selbst Teile der Nasenspitze waren verloren gegangen, die Umgebung war schwarz, grünliches Sekret lief heraus. Shahid wusste, dass er nicht helfen konnte, wenngleich er es gern getan hätte, es gab keine Heilung. Blieb nur zu hoffen, dass der Bauer sich nicht mehr endlos würde quälen müssen. Die Kleidung, die er trug, bestand aus bunt zusammengewürfelten Fetzen, die keinesfalls wärmen konnten. Der Orientale beschloss, wiederzukommen und ihm ein warmes Wams mitzubringen.

»Du trägst auch Frauenkleider unter deinem Hemd der Leidenden. Sie sind von den mildtätigen Frauen?«

»Nein!«, flüsterte Heins Vater unglücklich. »Es sind die von Enken.« Dann seufzte er tief und begann zu erzählen. »Ich wartete in meinem Versteck, als ich einen Wagen heranrumpeln hörte. Eine Gestalt auf dem Bock, das Pferd konnte ich nicht mehr sehen, der Wagen war zu weit, ich sah ihn nur noch von hinten. Er hielt. Der Kerl auf dem Kutschbock sprang auf die Ladefläche, hob einen Körper in die Höhe und warf ihn ins Moor. Danach machte er kehrt, warf ein Bündel in den Wald, schnalzte dem Pferd zu und verschwand rumpelnd in Richtung Weg.«

»Wie sah das Tier aus?«

Der Mann überlegte, produzierte eine Art Summen dabei. Schließlich erklärte er: »Ich konnte das Pferd deutlich sehen, es war braun, mit einer sonderbar geformten

Blesse auf der Nase. Sah aus, als seien dicke, weiße Tropfen in immer gleichem Abstand auf den Kopf des Tieres getropft. Und jemand hatte ihm den Schwanz gewaltig gekürzt. Ist mir aufgefallen, weil Pferde das nicht mögen. Sie nutzen den Schweif, um Fliegen zu vertreiben – und wenn sie nicht mehr die Augen erreichen können, reagieren sie manchmal eigenartig.«

»Aha. Du verstehst deine Tiere gut. Offensichtlich findet man solche Menschen auf Strand eher selten. Wem gehört das Pferd mit den Tropfen auf der Nase?«

»Hm. Das weiß ich nicht. Seht ihr, ich komme nicht mehr mit den Rungholtern zusammen. Mir erzählt keiner etwas über die Pferde anderer. Ich sehe und weiß – oder eben nicht.«

Shahid nickte. Er verstand. »Die Kleidung aus dem Bündel. Ich möchte gern den Bereich über der Brust sehen«, erklärte Shahid und streckte schon beide Hände aus, um an den Lumpen des Alten zu nesteln. Doch der trat mit einem entsetzten Aufschrei drei Schritte zurück, hob abwehrend beide Hände hoch.

»Weg! Ihr wisst genau, dass Ihr mir nicht so nahe kommen dürft. Schon in Eurer Nähe zu stehen, ist nicht mir erlaubt. Selbst dann nicht, wenn Ihr Euch mir genähert habt, weil ich die Ratsche …«

»He! Es ist gut. Ich verstehe dich. Aber ich muss die Stelle sehen, an der ihre Kleidung durchbohrt wurde.«

»Es gibt kein Loch.« Der Bauer sah plötzlich sehr bekümmert aus. »Kann es gar nicht geben.«

»Ach! Wieso?«

»Weil der, der stach, erst später kam.«

14

AUCH HAUKE WAR, von seinen schlechten Träumen in unruhigem Schlaf gehalten, schon früh aufgeschreckt.

Die Geräusche der langsam erwachenden Menschen, der Wind, all das kündete von Kälte und ließ ihn zur Erkenntnis gelangen, er solle besser die Decke noch einmal bis zum Kinn ziehen und versuchen, wieder einzuschlafen.

Doch das wollte nicht gelingen.

Er registrierte eine ungewöhnliche Unruhe, die sich unter die Geräusche des Alltags zu mischen begann.

Irgendetwas musste geschehen sein.

Alarmiert stand Hauke auf, warf einen Blick aus dem Fenster. Gesprächsfetzen wehten zu ihm herauf, die Hektik der Menschen in den Gassen wirkte ansteckend.

Ungeduldig schlüpfte er in seine Kleider, kämpfte mit den engen Hosen, zerrte das Wams über den Kopf, hätte beinahe den Gürtel vergessen, der es an der richtigen Stelle halten sollte.

Im Vorübergehen warf er sich nachlässig den Umhang über und stürmte voll ängstlicher Sorge auf die Straße hinaus. Hoffentlich ist mit Shahid alles in Ordnung, war der beherrschende Gedanke, der ihn schnurstracks in die Schänke trieb, wenn Ruben und seine Haderlumpen ihm etwas angetan haben, werden sie teuer dafür bezahlen.

Schon vor dem Eintreten war deutlich, dass etwas ganz und gar anders war als sonst.

Gewöhnlich hörte man das Grölen der Gäste auch um diese frühe Stunde bis auf die Straße hinaus.

Doch heute war es still.

Mit einem mulmigen Gefühl öffnete Hauke die schwere Tür.

Leer.

Nur ein einziger Gast saß in der Nähe des Feuers.

Ben.

»Guten Morgen, Ben! Was ist denn passiert? Hast du Shahid heute schon gesehen?«, sprudelte es aus ihm heraus.

»Was möchtet Ihr zuerst wissen?«, fragte der Blinde zurück. Strich vielsagend über seinen Bauch, schmatzte leise.

Hauke machte dem Wirt ein Zeichen. Fingerschnipsen, damit Ben es hören konnte.

»So, also nun zu meinen Fragen. Was ist passiert?«

»Sie haben in einer der Siedereien einen Toten im Sud gefunden. Gerüchten nach war es Arnft.«

»Aha. Reingestürzt?«, bohrte Hauke ungläubig weiter.

»Nein. Ich war ja nicht dort. Aber es hörte sich nicht nach reingestürzt an.«

»Aha.« Hauke räusperte sich. »Wo ist Shahid?«, flüsterte er dann.

»Der Wirt sagt, er ist vor Tagesanbruch ins Moor geritten. Wollte nach Spuren suchen, hatte er erzählt.«

Hauke spürte, wie eine Gänsehaut seinen Rücken hochkroch und rasch den Nacken erreichte.

»Wer außer dir hat das noch gehört?«

»Nicht allzu viele. War ja nicht gerade die Zeit, in der hier Hochbetrieb herrscht.«

»Hm. Shahid ist leichtsinnig. Hast du mitbekommen, ob ihm jemand folgte?«

Ben dachte geräuschvoll nach, was ihm einen skeptischen Blick von Hauke eintrug. Doch davon bemerkte er freilich nichts.

»Möglich«, antwortete er dann gedehnt. »Es kam jemand rein. Dann brach Shahid auf. Ich denke, die Tür ging wenig später noch einmal auf, noch jemand verließ die Schänke. Vielleicht weiß der Wirt, wer das war. Wenn die Menschen nichts sagen, nicht husten, nicht auffällig atmen oder einen besonderen Gang haben, nicht neben mir sitzen und ich sie so nicht riechen kann, dann erkenne ich niemanden.« Ben war zerknirscht. »Ich hätte gern geholfen.«

Der Wirt stieß ihn mit dem Finger an. »Hier. Einmal heißer Dinkelbrei. Und Brot. Ist von Hauke«, brummte er dabei.

Dankbar tunkte Ben das Brot ein, lutschte es aus, begann vorsichtig zu kauen.

Hauke klopfte ihm zum Abschied auf die Schulter.

»Danke, Hauke. Der Herr wird es Euch vergelten.«

»Wann ist Shahid aufgebrochen?«

»Vor Tagesanbruch. Er hat sich eines der Pferde genommen und ist los.«

»Und sonst? Hat er etwas gesagt?«, bohrte Hauke ungeduldig weiter.

»Nicht zu mir. Da hat er nur vom Moor gesprochen. Aber zu Liese und diesem Stummen vom Herrenhaus. Die waren nämlich hier. Er hat sie verbunden, Kräuterumschläge gemacht. Sah ziemlich übel aus. Die Gnädige muss die Beherrschung verloren haben – Liese war grün und blau, selbst im Gesicht. Sie haben sich in der Ecke neben dem Feuer lange unterhalten und er hat auch versucht, mit …«

»Aha.« An der Zofe war Hauke nicht interessiert. Natürlich war sie verprügelt worden. Sie sollte ja sicher gut auf den Stummen aufpassen und hatte versagt. Elisabeth von Eichwald war nicht gerade für ihr weiches Herz bekannt.

»Ins Moor. Sag mir, wusste er von dem Toten in der Siederei?«

Der Wirt überlegte kurz, schüttelte dann den Kopf. »Nein. Die ersten Männer, die davon erzählten, kamen später.«

»Als er ging, folgte ihm jemand?«

Der Wirt setzte eine Miene unschuldiger Ahnungslosigkeit auf und zuckte mit den Schultern.

Hauke rannte förmlich davon.

Schwang sich auf sein Pferd und ritt so schnell durch die Gassen, wie es im morgendlichen Gedränge möglich war.

Das Moor lag weit und verlassen vor ihm.

Offensichtlich waren weder Torfstecher noch Lastenfahrer zur Arbeit gekommen.

Eine sonderbar unheimliche Atmosphäre lag über der Fläche, die unter einer Dunstschicht zu atmen und zu stöhnen schien.

Leise schnalzte er seinem Tier ins Ohr und der Rappe setzte seine Hufe langsam und vorsichtig. An Stellen, die ihm verdächtig schienen, testete er gar mit dem Vorderhuf die Stabilität des Untergrunds, stellte die Geduld seines Reiters auf eine harte Probe.

Als das Pferd schnaubte, hörte Hauke eine Stimme vom Waldrand.

»So, dorthin bist du also geritten«, flüsterte er und hielt auf die Stelle zu, von der das Geräusch gekommen war.

Tatsächlich. Eine braune Stute wartete mit Langmut auf die Rückkehr ihres Reiters.

Hauke saß ab.

Trat zwischen den Bäumen hindurch in den Wald, sah sich misstrauisch nach allen Seiten um.

»Shahid?«, flüsterte er. »Shahid, seid Ihr hier?«

Keine Antwort.

Er drang tiefer vor. Fühlte sich unbehaglich, spürte immer wieder Augen, die sich in seinen Rücken bohrten, über seinen Nacken tasteten, seine Beine entlang glitten. Doch wandte er sich um, war niemand zu entdecken. Niemand außer Ben und dem Wirt wissen, dass du hier bist, redete ihm eine innere Stimme Mut zu, die beiden haben sicher nicht erzählt, dass du zu diesem Ort wolltest. Doch sein Intellekt war sich in diesem Punkt keineswegs sicher. Und schließlich hatte der Freund ihm gegenüber ja schon erwähnt, er fühle sich verfolgt. Hockte der Kerl jetzt im Unterholz?

»Shahid?«

Ihm war, als höre er in der Ferne Stimmen. Zwei Männer im Gespräch? Hauke näherte sich, setzte seine Füße mit Bedacht. Doch bei seiner Größe und seinem Gewicht war eine lautlose Annäherung unmöglich. Ein Zweig knackte. Ein Ast schlug zurück, nachdem er ihn passiert hatte. Raschelte laut.

»Ist da jemand?«

»Shahid! Welch ein Glück! Ich habe Euch gefunden! Seid Ihr verletzt?«, sprudelten die Worte über Haukes Lippen, waren nicht anzuhalten, die Erleichterung war zu groß.

»Ihr wart in Sorge? Meinetwegen?« Schuldbewusst verneigte sich der Fremde leicht. »Ich bedaure, Euch in Angst versetzt zu haben. Mir war nicht bewusst, dass es Grund zur Besorgnis sein könne, wenn ich ins Moor reite. Es tut mir leid.«

»Oh, nicht doch! Ich habe Euch gesund und munter aufgefunden – was will ich mehr. Aber was wolltet Ihr denn hier?« Hauke gewann langsam seine Fassung zurück.

»Ich wollte mir den Ort noch einmal ansehen, an dem man Enken ermordete.«

»Erzählt mir unterwegs, was Ihr gefunden habt. Wir sollten zur Siederei reiten. Sie haben einen Toten in einer der Pfannen gefunden.«

»Einen der Sieder? Nun, so wird er wohl kaum von selbst zu Tode gekommen sein, nicht wahr?«, schlussfolgerte Shahid und sah den verblüfften Hauke fragend an. »Wenn es sein Arbeitsplatz war, wusste er gewiss, worauf er zu achten hatte, um so etwas zu vermeiden.« Der Fremde aus dem Orient lächelte milde.

»Ja. Ja, vielleicht. Kommt, lasst uns losreiten.«

Als sie sich in Richtung Waldrand bewegten, schien es Hauke, als winke Shahid jemandem zu. »Ihr hattet ein Treffen?«

»Ich würde es eher als eine zufällige Begegnung bezeichnen. Aber sehr aufschlussreich. Sind bei Euch in diesem Landstrich Masken aus Filz sehr verbreitet?«

»Nein! Es gibt eher Masken aus Holz, die gegen böse Einflüsse schützen sollen. Die Menschen hier sind streng gläubig, sie haben Geister aus ihrem Denken verbannt.«

»Der Mörder Enkens trug eine. Er warf sie zusammen mit der Kleidung in den Wald.«

»Das kann nicht sein! Wir haben alles gründlich abgesucht. Die Kleidung wäre gefunden worden.«

»Das wurde sie ja auch. Aber nicht von Euch und den anderen Männern, die an der Suche nach dem Mädchen beteiligt waren.«

Hauke schwieg. Deutlich verärgert, wie es Shahid vorkam.

Als sie die Salzsiederwarft erreichten, hatte sich längst ein Pulk diskutierender Männer versammelt. Schaulustige, die neugierig nach Einzelheiten zum unerwarteten Todesfall gierten, Sieder, die murrten, weil sie nicht an die Arbeit gehen konnten.

»Den Tag kriegen wir sicher nicht bezahlt! Dabei ist es nicht unsere Schuld, dass wir nicht hinein können!«, beschwerte sich Balthasar.

»Ich will es mal so sagen: Wenn es sein eigener Wille war, so zu sterben, so gehörte wohl dazu, dass wir heute keinen Lohn bekommen werden.« Tiethmar gab diese Antwort leise, fast flüsternd. »Falls es nicht in seiner eigenen Entscheidung lag, so wird es dem Mörder wohl gleichgültig gewesen sein, dass er auch uns damit schädigt.«

»*Wir* zahlen die Zeche!«, schrie ein anderer.

»Das ist die schiere Angst vor seiner Frau. Die verprügelt ihn gelegentlich. Hast du sein blaues Auge gesehen?

Der Zank war bis zu uns zu hören.« Balthasar grinste gehässig. »Er hat die Weibsleute nicht im Griff. Und wenn er ohne Lohn nach Hause kommt, gibt es sicher Ärger. Mord hin oder her.«

»Mord?«, fragte Hauke, der dicht an die beiden herangetreten war. »Dann stimmt also, was geredet wird?«

»Ja. Arnft. Also das nehmen wir zumindest an. Erkennen kann man ihn nur noch an dem Zeichen, das er sich vor Jahren hat tätowieren lassen. Von irgendeinem Geheimbund. Hat er jedenfalls behauptet. Damals, als er noch zur See gefahren ist. Da war er fast noch ein Knabe.«

»Arnft war ein schweigsamer Kerl. Über sich selbst hat er wenig gesprochen.« Tiethmar seufzte. »Dafür reden andere mehr als genug, erzählen unglaubliche Geschichten über ihn.«

Hauke nickte.

»Wird wohl jemandem unbequem geworden sein. Da fallen mir gleich mehrere – nein, jede Menge ein.« Balthasar rieb sich die schwieligen Hände. Es klang, als mahle er Sand zu Staub. »Der kannte einfach keinen Anstand!«

»Wie ist es passiert?«, erkundigte sich Shahid.

»Wisst Ihr das nicht? Er wurde im Siedetrog gefunden. Jemand hat ihn eingetunkt. Deshalb ist ja sein Gesicht – sagen wir es mal so – stark verändert. Das Fleisch ist so gut wie komplett weggekocht.«

Tiethmar schüttelte bekümmert den Kopf. »So was kenn ich nur aus der Küche. Wenn meine Frau an Festtagen Eintopf mit Einlage für die ganze Familie kocht.«

»Ob er wohl versucht hat, Salz zu stehlen?«, grübelte Balthasar. »Ayk hat neulich solche Vorschläge gemacht. Wer weiß …«

»Nein.« Tiethmar wehrte entschieden ab. »Das ist viel zu gefährlich. Das wagt keiner, der noch über gesunden Menschenverstand verfügt. Die Kontrollen sind gründlich, die Strafen drakonisch. Hier kann man nicht einen Krümel rausschmuggeln, glaub mir.«

Hauke sah sich nach seinem Begleiter um.

Verschwunden.

»Hat einer von euch den Mann gesehen, der mit mir hierher kam? Eben stand er doch noch direkt hinter mir!«

»Der ist gerade in die Siederei gegangen«, wusste Balthasar. »Mit dem Pfarrer!«, setzte er dann abschätzig hinzu.

Hauke betrat die Siederei, hielt Ausschau nach Shahid, konnte ihn aber nicht entdecken.

Allerdings wurde er schon erwartet. Malte Brand, eine Art Verwalter der Siederei, begrüßte ihn freundlich, aber den Umständen angemessen mit Zurückhaltung. »Da seid Ihr ja schon. So etwas hat es in all den Jahren noch nie gegeben. Ein schreckliches Unglück. Einfach unfassbar. Womöglich ist er betrunken in den Trog gestürzt und fand so den Tod. Ich muss Euch warnen, es ist ein haarsträubender Anblick. Nichts für schwache Gemüter. Folgt mir.«

Hauke kam dieser Aufforderung mit mulmigem Gefühl nach.

Der »haarsträubende Anblick« würde ihn am Ende noch bis in seine Träume verfolgen – wie viele andere Bilder auch.

Shahid entdeckte ihn, winkte ihn auffordernd heran.

Zögernd hielt der Freund auf die kleine Gruppe zu.

Der Anblick war mehr als verstörend.

Der Tote lag auf dem Boden, der gesichtslose Schädel starrte den Betrachter aus leeren Augenhöhlen an, ohne Nase, ohne Brauen, ohne Mimik oder Kontur. Fleischreste klammerten sich am blanken Knochen fest, hingen wie Fransen nach unten. Ab unterem Hals sah der Körper unversehrt aus. Massig, stark, fast unbezwingbar. Und doch: Jemandem war es gelungen, ihn umzubringen.

»Seht Ihr? Das Fleisch ist dort abgelöst, wo er im siedenden Trog gelegen hat. Er muss stundenlang gekocht haben«, erklärte Shahid und Hauke hörte irritiert eine Spur Begeisterung im Ton mitschwingen. Erstaunt warf er dem Gelehrten einen fragenden Blick zu.

»Nun, es dauert seine Zeit, um das Fleisch vom Knochen loszukochen.«

»Warum hat er den Kopf nicht einfach wieder hochgehoben? Wäre das nicht die natürliche Reaktion, wenn die Haut mit siedend heißem Dampf in Berührung kommt? Wie hat man das verhindert?«, stellte Hauke die naheliegenden Fragen.

»Man klemmte ihn ein«, lautete die Antwort. Shahid bückte sich und hob ein Stück Holz hoch. »Damit. Ich gehe davon aus, dass der Mörder es nicht mitgebracht hat. Es passt genau, wurde wohl extra für diesen Zweck angefertigt. Wahrscheinlich wird es gelegentlich für einen bestimmten Zweck genutzt, der sich mir noch nicht erschließen will. Dort drüben sehe ich noch eines. Es lag über seinem Genick, festgekeilt auf beiden Seiten. Durch die Feuchtigkeit quoll es schnell auf. Der Mann hatte keine Möglichkeit, sich selbst zu befreien.«

»Dieser Baum von einem Kerl?«, fragte von Brand ungläubig. »Der soll sich nicht haben zur Wehr setzen können?«

»Ja. Er wurde offensichtlich überrumpelt. Der Kopf festgeklemmt, bis über die Ohren ins Wasser gepresst. Danach konnte er bestenfalls noch treten. Möglich, dass er dabei den Angreifer verletzte. Sicher, er war stark – aber nicht imstande, das Holz zu lösen. Seine Hände …«, Shahid hockte sich neben den Leichnam und hob die rechte Pranke des Opfers an. Hauke fuhr mit einem entsetzten Aufschrei zurück. »… sind wahrlich kein beruhigender Anblick, ich weiß. Er hat um sein Leben gekämpft. Diese Wunden und Blasen beweisen uns, dass er noch lebte, als er in den Bottich gestoßen wurde, und er sich mit aller Kraft darum bemühte, den Balken zu lösen. Ein qualvolles Sterben. Fürwahr.«

Roerd Asmus schlug ein Kreuz über dem Körper des Toten. »Er war keine gute Seele, um die man lange trauern wird. Schenke der Herr ihm wenigstens jetzt Frieden«, murmelte er dabei.

»Er war also nicht beliebt?« Shahid sah nicht auf, betrachtete noch immer die geschundenen Hände des Opfers.

Asmus hustete. »Nein. Das zu behaupten, wäre eine dreiste Lüge. Manche fürchteten ihn so sehr, dass sie ihm auswichen, wenn er irgendwo auftauchte. Andere wiederum hätten ihn gern verprügelt, waren ihm aber körperlich unterlegen. Er nahm sich, was er wollte, wann es ihm beliebte und von wem es ihm passte. Sein Gebaren war grob, sein Auftreten oft eine Zumutung. Einige jedoch sammelten sich hinter seinem Rücken, wenn sie mit dem Gesetz in Konflikt gerieten, hofften darauf, dass sich so niemand an sie heranwagen würde. Oft genug ging diese Rechnung auf.« Der Pfarrer seufzte tief, sah bedrückt auf den leblosen Körper hinunter. »Ich glaube nicht, dass jemand bei mir eine Totenmesse für ihn bestellen wird. Mir etwas Positives auszudenken … hm …«

Hauke ergänzte: »Er kam sogar mit Mord davon. Einmal passte er den Sohn eines Sieders ab und verprügelte ihn einer Nichtigkeit wegen. Packte den Jungen an den Füßen und schleuderte den Kopf des Knaben gegen einen dicken Baum. Tage später war der Kleine tot. Und er stellte allen Frauen der Insel nach!«

»Wegen des Knaben wurde er nie vor ein irdisches Gericht gestellt. Aber nun wird er sich vor Gott rechtfertigen müssen, was ihm schwerfallen dürfte. Auf ihn warten die Qualen des Höllenfeuers«, beteuerte Asmus voller Inbrunst.

»Hildegard, die Frau des Kämmerers, wurde am Morgen in schrecklichen Zustand auf dem Markt gefunden. Offensichtlich das Opfer einer Gewalttat. Sie konnte noch versichern, der Angreifer sei Arnft gewesen, dann fiel sie in Dunkelheit und erwachte nicht mehr daraus. Es gab nicht einmal eine Untersuchung der Angelegenheit«, schnaubte Hauke empört.

»Gut, ich verstehe, was Ihr meint. Bleibt zu klären, wie er nachts in die Siederei gelangen konnte. Ihr habt doch gesagt, sie werde so gründlich bewacht. Und dennoch ist niemandem aufgefallen, dass mindestens zwei Personen sich hier aufhielten, dass ein Feuer angefacht worden war«, fasste Shahid zusammen. »Wer bewachte die Siederei? Wie ist sein Name? Ich denke, man sollte ihm unbedingt ein paar wichtige Fragen stellen.«

Tumult vor der Tür kündete von der Ankunft des gerichtlichen Untersuchers, Göran Hildesmann.

»Wir sollten besser gehen!«, mahnte Hauke.

Asmus nickte. »Ja, sicher. Gleich hinten raus. Ich bleibe, schließlich bin ich Pfarrer.«

Draußen drängte Hauke den Freund zur Eile.

»Schnell weg. Sicher erscheint auch gleich der Besitzer, um nach dem Rechten zu sehen. Man sollte uns dann nicht mehr in der Nähe antreffen.«

»Warum? Wir sind doch nicht mit Arnft bekannt gewesen? Ich denke nicht, dass ich ihm überhaupt schon einmal begegnet bin. Wir hatten keinen Grund, ihm etwas anzutun.«

Haukes Mienenspiel faszinierte Shahid. Er unterdrückte ein Grinsen.

»Es sind unruhige Zeiten, da braucht es nicht immer einen guten Grund, um hingerichtet zu werden.«

»Aha«, fiel die Antwort des Freundes schlicht aus.

»Was soll ich sagen? Früher kannte ich ihn. Flüchtig nur. Aber er hat sich in den Jahren verändert. Nicht, dass er zu den Wegelagerern übergelaufen wäre. Das nicht, allerdings tat er mit Absicht Dinge, die andere gegen ihn aufbrachten. Frauen. Er verführte sie. Nahm sich, wonach ihn gelüstete und ließ die Frauen in Schande zurück. Selbst verheiratete. Manchmal blieb sein Tun geheim, aber oft wurde dem gehörnten Ehemann zugetragen, was hinter seinem Rücken geschehen ist.«

»Das wird doch die anderen Frauen abgeschreckt haben.«

»Nein – nein.« Hauke schüttelte den Kopf. »Es ist sonderbar, schon unverständlich, aber er war ein Mann, dessen Drängen viele Frauen nachgaben. Er war animalisch, wild, ungebunden, hielt sich an keine Regeln. Offensichtlich fasziniert das die Weibsleute.«

Shahid warf seinem Begleiter einen wissenden Blick zu. »Aha. Das ist aber nicht die ganze Geschichte, nicht wahr?«

»Friedhelm. Meiner Tante Sohn, also mein Cousin.«

Es entstand eine Pause.

Der Gelehrte blieb stehen. Wartete geduldig.

Hauke stöhnte leise. Offensichtlich bereitete ihm schon die Erinnerung an die Vorkommnisse Unbehagen.

»Friedhelm also. Vermählt mit Margarete. Jung, sehr ansehnlich, fröhlich. Und dann guter Hoffnung. Meine Tante, Friedhelms Mutter, war natürlich hocherfreut. Margarete kam mit einem gesunden Knaben nieder. Mit Friedhelm ging eine seltsame Veränderung vor. Sein Gemüt verdüsterte sich. Wenn man ihm begegnete, starrte er einem voller Hass in die Augen, die Arbeit verrichtete er nur noch lustlos, es schien, als sei alle Freude aus seinen Tagen verschwunden. Margarete und den Knaben sah man gar nicht mehr.«

Shahid schluckte hart. »Ich glaube, ich kenne das Ende Eurer Geschichte schon«, flüsterte er betroffen.

»Ich selbst war sicher an die dreißig Mal bei ihm, fragte nach Margarete und deren Kind Er knurrte mich stets nur an. Stellte klar, dass seine Familie seine Angelegenheit sei. Was ja stimmt.« Hauke zuckte mit den Schultern. »Und dann ging das Gerücht, er halte die beiden wie Gefangene. Ohne Licht, bei Wasser und Brot. Nun, was soll ich sagen? Als man die beiden beerdigte, waren sie ausgemergelt und völlig weiß. Der Kleine winzig. Es war eine traurige Gruppe, die sich da versammelt hatte. Das Schlimmste war, dass meine Tante ihren eigenen Sohn des Mordes bezichtigte. Sie kreischte so laut, dass man ihr Schreien bis auf den Markt hören konnte. Es war so unheimlich. Friedhelm stand nur da, starrte in die Grube und keine Miene regte sich in seinem Gesicht.«

Er atmete tief durch. »Der wahre Schuldige war Arnft. Doch der blieb natürlich ungestraft. Lag, während man die beiden in die Grube senkte, gewiss schon bei einer anderen«, spie er dann zornig aus.

Hauke wollte mit schnellen Schritten zu den Pferden zurückkehren, doch der Gelehrte stoppte seinen Schwung, hielt seinen Arm umklammert.

»Lasst uns auf den Besitzer warten.«

»Besser nicht.«

»So geht allein.«

Für einen Moment sah es tatsächlich so aus, als wolle der große Mann der Aufforderung nachkommen. Doch nach wenigen Schritten machte er kehrt, kam zu Shahid zurück.

»Allein hierlassen kann ich Euch auch nicht. Ihr wusstet, dass Euch jemand folgt. Ben erzählte es mir heute früh am Morgen, dass er bemerkte, wie jemand nach Euch die Schänke verließ.«

»Ja, ich spüre seine Augen schon seit längerer Zeit. Ein huschender Schatten. Ich weiß weder, wer er ist, noch, weshalb er mich begleitet.«

»Wir sollten versuchen, nicht aufzufallen. Es wäre nicht gut ...«

»So macht Euch klein!«, riet der Orientale grinsend. »Ihr überragt alle.«

Haukes Mund verzog sich säuerlich.

Sie glitten in die Gruppe der Schaulustigen.

»Diese sonderbare Kleidung mit den kurzen Beinkleidern ist doch viel zu kalt für diese Jahreszeit. Die Männer müssen frieren.«

»Das ist die Kleidung der Sieder. Ist wie ein Abzeichen. Man erkennt sofort, welcher Zunft derjenige angehört. Und bei der Arbeit ist sie durchaus praktisch. Wenn alle Feuer entfacht sind, wird es sehr heiß an den Trögen, Wannen und Bottichen. Sie schwitzen. Dieses Tuch, das sie um den Kopf tragen, verhindert, dass ihnen die salzige Brühe in Augen und Nacken läuft«, flüsterte Hauke zurück.

»Wisst Ihr, es nimmt mich fast schon wunder, dass niemand hier Fleischpasteten verkauft«, murmelte Shahid und sah sich um. Entdeckte Liese mitten im Gewühl, nickte ihr freundlich zu. Sie lächelte strahlend zurück. Dem Orientalen wurde es warm ums Herz. Er hätte gern mit ihr gesprochen, erfahren, was sie denn ausgerechnet hier wollte, konnte sich ihr aber nicht nähern, ohne dass es unbemerkt geblieben wäre.

»Wartet, die Pasteten kommen sicher bald. Und ich sehe, Euer Herz ist für die Zofe der Elisabeth von Eichwald entflammt.« Hauke grinste breit, als er in das verblüffte Gesicht des Freundes sah. »Na, das ist ja nicht zu übersehen, mein Bester! Ihr seid ja rot wie ein Chorknabe! Aber ich möchte Euch warnen, die gnädige Frau ist nicht einfach im Umgang. Mit ihr ist nicht gut Kirschen essen, seht Euch also vor, dass Ihr den Ruf der Kleinen nicht in Gefahr bringt. Das könnte Euch sonst viel mehr Ärger einbringen, als Ihr jetzt abzusehen in der Lage seid.«

Von Bergfels sprang aus dem Sattel, bevor er seine galoppierende Stute zum Stillstand gebracht hatte.

»Wo?«, rief er laut.

Einer der Umstehenden sprang hastig herbei, griff nach den Zügeln, bemühte sich, das aufgeregte Tier zu bändigen, damit es nicht in die Menge sprenge. Ein anderer wies von Bergfels den Weg, den er auch ohne Hilfe mühelos gefunden hätte. Die Sieder traten auseinander, bildeten eine Gasse.

Von Bergfels baute sich mit hochrotem Gesicht vor einem der Männer auf, stemmte seine Fäuste in die Seite.

»Du! Warum sind hier schon alle versammelt, sogar die gerichtlichen Untersuchungsbeauftragten – nur ich nicht! Ich! Der Besitzer! Wurde nicht informiert?«

Der Angesprochene senkte den Kopf.

»Was soll das? Wäre es nicht Seine Aufgabe gewesen, mir einen Boten zu senden. Gleich! Nicht erst dann, wenn schon die halbe Stadt sich das Maul darüber zerreißt, was hier geschehen ist?«

Geballte Feindseligkeit lag in dem Schweigen, das von Bergfels umwehte.

Einer trat zur Seite und gab den Blick auf den inzwischen nach draußen gebrachten Toten frei.

»Er ist nicht bei der Arbeit gestorben«, meinte der

vom Gericht geschickte Ermittler. »Göran Hildesmann mein Name. Spart Euch den näheren Anblick. Jemand hatte wohl noch Händel mit ihm auszutragen. Soll ja in diesem Fall«, er deutete auf den Leichnam, »viele gegeben haben, die ihm das Leben als Preis für seine Taten nehmen wollten.«

Von Bergfels trat an den Körper heran, der wie ein hingeworfener Sack auf der Erde lag. Seine Augen zuckten vor dem entstellten Gesicht zurück, wanderten über den Brustkorb. »Sonst hat er keine Verletzungen? Und es ist sicher Arnft?«

»Nein, wir haben nichts gesehen, was auf eine Wunde deutet. Er wurde mit dem Kopf ...«

»Ja, das sehe ich selbst!«

»Und es ist Arnft. Wir haben sein Zeichen ...!«

»Aha! Dreht ihn um!«, verlangte der Siedereibesitzer. Vier Männer waren nötig, um diesen Befehl umzusetzen.

Von Bergfels schob den Schuh mit der hoch nach oben gebogenen Spitze weit unter die Kehle des Toten, hob den Nacken an, bis der Kopf in der Luft baumelte. Schaudern ergriff die Menge.

»Gut. Ich erkenne, was ihr meint.«

Mit einem harten Ruck zog er den Fuß zurück.

Wieder Raunen in der Menge.

Er drehte sich zu den Arbeitern um. »Nun, für heute wurde genug getrödelt. Tut nicht so, als gäbe es auch nur einen unter euch, der diesem Taugenichts nachtrauert! Also, an die Arbeit, ihr Faulenzer. Euch ist doch wirklich der geringste Anlass Grund genug zum Nichtstun! Wenn nicht gearbeitet wird, gibt es keinen Lohn. Ich zahle nicht fürs auf Tote Starren.«

Maulend machten sich die ersten Sieder von dem verstörenden Anblick des Leichnams los, trotteten an die Feuer zurück.

Zur Menge gewandt, brüllte von Bergfels: »Und ihr, die ihr offensichtlich nichts anderes zu tun habt, als Maulaffen feilzuhalten, geht nach Hause! Hier gibt es nichts mehr zu sehen!« Dabei wedelte er mit den Armen, als handle es sich um eine Gruppe Hühner, die vom Hof gelaufen waren. »Der Leichenkarren wird ihn holen und dann kann er beerdigt werden.«

»Er ist nicht einfach so gestorben«, meldete sich eine Männerstimme.

»Ayk«, wisperte Hauke. »Ein Unruhestifter. Nie um eine Idee verlegen, die das Gefüge stört.«

Shahid beugte sich weit vor, um nichts von der Antwort zu verpassen.

»Das wissen inzwischen alle, Schlaumeier! So zu sterben, wählt keiner freiwillig. Aber dies ist eine Siederei. Hier wird gearbeitet, sonst kann man keinen Lohn bekommen – ist ganz einfach zu verstehen. Wer sich allerdings zu sehr fürchtet hineinzugehen, der möge nach Hause laufen. Ich streiche dann seinen Namen von der Liste.«

Das missbilligende Grummeln unter den Wartenden nahm zu, wurde bedrohlich.

Die Sieder wirkten nicht entschlossen, eher verunsichert. Sie warfen sich gegenseitig fragende Blicke zu, produzierten Gesten der Ratlosigkeit. Waren eindeutig besorgt.

»Also, ich habe Frau und Kinder zu versorgen!« Damit kehrte der Erste Ayk den Rücken, machte sich mit hängenden Schultern auf den Weg in die Siederei. Brummend folgten die anderen. Im Herzen dankbar dafür, dass der Bann nun gebrochen war. Schließlich konnte keiner von ihnen wagen, am Abend ohne Lohn nach Hause zu kommen.

»Wenn ihr zusammensteht, wird keinem von euch etwas geschehen«, versuchte der Aufrührer einen neuen Vorstoß. »Ohne euch und eure Fertigkeiten kann ein Siedereibesitzer kein Geld verdienen. Er beutet euch doch nur aus! Ihm geht es in erster Linie nur um seinen Verdienst, seine Geschäfte, seinen Reichtum!«

»Ach ja!« Von Bergfels' Stimme triefte förmlich vor Mitleid. »Wenn ich nicht mehr zahlen kann, wer wird dann die Armenküche ausstatten? Wer wird dafür Sorge tragen, dass Rungholt ein erfolgreicher Marktplatz bleibt? Wem verdankt ihr denn die günstigen Preise auf dem Jahrmarkt? Wem das große Ritterspiel? Wessen Geld, glaubt ihr, rettet euch allen immer wieder den Arsch?«

Immer zügiger kehrten die Sieder an ihre Arbeitsplätze zurück. Sie wollten nicht zwischen die Streitenden geraten. Von Bergfels hatte recht. Er und die anderen Herren von Rungholt gaben so vielen Arbeit. Dass es zum Leben zu wenig war, konnte man nicht bestreiten. Dennoch. Die Arbeiter mussten nur selten hungern. Meist brannte ein warmes Feuer in den Unterkünften. Besser als auf Almosen angewiesen zu sein war es allemal.

»Als mein Kleiner im Herbst diesen furchtbaren Husten hatte, bezahlte Herr von Bergfels die Medizin, die ihn gerettet hat.« Der Rufer hielt den Kopf bescheiden gesenkt, trat nervös von einem Fuß auf den anderen.

»Ach so? Daran erinnerst du dich also noch!«, lobte von Bergfels und drückte die Brust stolz weit nach vorn. »Ja! Es ist wahr. Ich unterstütze meine Männer. Ihr solltet euch also besser weder vom Pfarrer noch von Ayk etwas anderes einreden lassen!«

Das Quietschen des Leichenkarrens unterbrach den Disput.

Die Menge formte eine Gasse.

Vom Rand des Menschenauflaufs war eine Stimme zu hören. »Fleischpasteten! Frische Fleischpasteten! Mit frisch geschlachtetem Schwein! Alles gut gewürzt! Gegen die Kälte in den Beinen! Fleischpastete! Frisch aus der Küche! Fleischpasteten!«

»Hier!«, rief jemand. »Hier! Ich nehme zwei!«

»Na bitte!«, knurrte Hauke. »Geschäfte werden überall gemacht.«

Hinter dem Karren ging gemessenen Schrittes Roerd Asmus.

»Na, da habt Ihr wirklich einen ewigen Meckerer und Schwierigkeitenverursacher bequem loswerden können, von Bergfels! Arnft war ein großer Sünder, keine Frage, das weiß in Rungholt ein jeder. Dennoch – ihn zu töten ist die größere Sünde und ob der Herr sie zu vergeben bereit sein wird, wage ich zu bezweifeln«, erklärte er salbungsvoll.

»Ist das nicht eine Frage der Summe, die man für den Ablass zu zahlen in der Lage ist?«, fragte jemand frech aus der Mitte der Versammelten. »Die Kirche verdient bei Mord nicht schlecht, oder?«

Ein anderer versuchte, die Worte abzumildern. »Herr

Pfarrer, wer auch immer ihn getötet hat, man wird seiner habhaft werden! Die Richter sind schon hier und untersuchen den Fall! So wird jedenfalls gesagt.«

»Ihr vergesset: Der letzte Richter ist der Herr, unser Gott. Und einem feigen Mörder wird ein Platz an seiner Seite im himmlischen Reich nicht gewährt. Er wird in den sengenden Feuern der Höllenbrut schmoren! Geld verliert dort seinen Wert! Das sollte ein jeder von euch in Erinnerung behalten!«

Asmus trat neben den Leichnam, schlug, für alle erkennbar, das Kreuz über dem reglosen Körper, entnahm der Soutane ein kleines Gefäß und sprengte wenige Tropfen Weihwasser über Arnft. Dabei murmelte er einige lateinische Worte, die die Umstehenden zwar nicht verstanden, von denen sie aber annahmen, sie sollten dem Toten den Weg in die Ewigkeit erleichtern.

Danach lud man den schweren Körper unter lautem Stöhnen und Ächzen wenig pietätvoll auf den Wagen und zog ihn rumpelnd und schaukelnd von dannen.

Schweigend sahen die Versammelten ihm nach. Die Gasse schloss sich.

»Wohin bringen sie den Toten?«, wollte Shahid wissen.

»Wohl direkt ins Beinhaus«, flüsterte Hauke. »Er wohnte mit vielen anderen in einer winzigen Behausung. Dorthin also sicher nicht. Bestimmt wird er gleich morgen in eine Grube versenkt. Man wird nicht viel Federlesens um ihn machen.«

»Und die Untersuchung? Er wurde getötet!«

»Nun, er war unbequem, frech, aufmüpfig, hatte Feinde ungezählt. Es war ihm eine besondere Freude, Frauen zu verführen, wie Ihr wisst. Verheiratete wie

Jungfrauen. Das machte ihn bei anderen Männern nicht gerade beliebt.«

»Frauen, die dann bei Silja um Hilfe nachsuchen mussten! Ja?«

Hauke nickte widerstrebend.

»Seht Ihr nicht, wie sich hier der Kreis schließt? Jemand geht sehr planvoll vor!«, knurrte Shahid finster. »Er glaubt, er wird mit all dem davonkommen. Aber ich, Shahid, werde ihm das Handwerk legen, ihn an die Richter übergeben!«

»Lasst uns gehen«, drängte Hauke erneut. Sah sich in alle Richtungen um. »Es ist besser, sich nicht zu auffällig zu benehmen. In diesen Zeiten gerät man schnell in Schwierigkeiten.«

Sie versuchten, zu ihren Pferden zurückzukommen. Das gelang allerdings nur mühsam. Die Schaulustigen drängten sich eng zusammen und machten nur widerwillig Platz.

»Es gab also viele, die fanden, Arnft wäre besser tot. Viele, die Lust gehabt hätten, ihn zu töten – oder?«

»Jaha. Und deshalb glaube ich, man wird davon ausgehen, er habe den Tod mehr verdient als manch ein anderer. Mit der Art wird man auch nicht unzufrieden sein. Sicher wollten viele, dass er qualvoll sterben muss.«

»Gut. Das habe ich jetzt verstanden. Was mir nicht in den Kopf will, ist, warum jemand annehmen könnte, wir hätten etwas mit seinem Tod zu tun!«

Hauke schwieg beharrlich.

»Hauke? Warum müssen wir so eilig von hier verschwinden? Seid ehrlich!«

»Katharine!«, spuckte der Freund mit hochrotem Gesicht.

»Oh, wollt Ihr mir sagen, dass auch Eure Angetraute …«, keuchte Shahid überrascht.

»Nein, aber sie war durchaus geschmeichelt von seinen Annäherungen. Katharine ist eine wohlerzogene Frau. Aber es gab Gerede. Zwar verstummte es schnell wieder, Ihr wisst, wie das ist, nicht wahr? Am Ende bleibt jedoch immer der Geruch der Tat, der die Betroffenen umweht wie Todesodem. Möglich, dass der ein oder andere denkt, ich hätte schon auch einen Grund gehabt, diesen widerlichen Kerl zu töten.«

»Oder Eure Frau.«

Hauke grübelte, legte die Stirn in Falten. »Wie Friedrich? Aber ich hatte keinen Anlass, zu vermuten, Katharine habe sich hingegeben.«

»Ach, werden Frauen bei Euch nicht schon bei Verdacht vom Hof gejagt?«

»Der Mann kann sich entscheiden.« Diese Antwort beendete die Diskussion, setzte einen Schlusspunkt unter jeden Verdacht.

Die beiden Männer verhielten ihren Schritt, standen sich einen Augenblick gegenüber. Shahid ließ die Prüfung über sich ergehen. Er wusste, dass Hauke sichergehen wollte, der Freund vermute nicht etwa Schwäche hinter dem Entschluss, Katharine zu glauben. Als kein Zweifel im Gesicht des Gelehrten zu erkennen war, seufzte der Freund tief auf. »Gut. So ist das geklärt!«

Wenige Schritte später wechselte der Orientale das Thema.

»Hauke, wer schließt morgens Eure Weberei auf?«

Der Angesprochene warf sich unwillkürlich in die Brust. »Ich.«

»Und solltet Ihr auf Reisen sein?«

»Nun, so wird Katharine das übernehmen«, brummelte der große Mann.

»Und falls sie Euch begleitet? Wer bekommt den Schlüssel?«

»Einer der Weber. Den würde ich in so einem Fall auswählen.«

»Hm. Es gibt nur einen Schlüssel? Solltet Ihr plötzlich krank werden und Katharine bei ihrer Mutter weilen, so müsste jemand ihn bei Euch abholen?«

»Aber ja. Möglich wäre auch, dass ich einen Bediensteten zur Weberei schicke.« Hauke lachte leise. »Die Arbeit würde in keinem Fall unerledigt bleiben! Alle Weber und Weberinnen könnten ihrer Beschäftigung nachgehen. Selbst wenn ich über Nacht verstürbe, das Klappern der Webstühle bliebe erhalten, bis ein anderer den Betrieb übernähme.«

»Aha. Das ist sehr vorausschauend von Euch geregelt«, lobte Shahid. »Und wie kam Arnft dann in die Siederei?«

»Von Bergfels schließt vielleicht nicht persönlich ab, wie ich es tue. Vielleicht hat er einen der Arbeiter beauftragt. Oh, da fällt mir ein, er beschäftigt so etwas wie einen Verwalter. Brand. Haben wir den nicht gerade getroffen? Das Abschließen gehört bestimmt mit zu seinen Aufgaben. Der könnte es schlicht vergessen haben – und nicht nur Arnft konnte hinein, jeder andere hätte auch Zugang gehabt.«

»Und Ihr haltet es für möglich, dass derjenige, dem man diese Verantwortung übertrug, nachlässig war?«

Hauke dachte nach. »Nein!«

»Hm. Arnft und sein Mörder sind aber hineingelangt. Die Tür war nicht beschädigt.«

»Arnft hat den Schlüssel gestohlen!«

Drei Schritte weiter ergänzte er: »Aber niemand hat davon gesprochen, dass so etwas möglich wäre.«

»Nun, Ihr erwartet doch nicht, dass sich der ›Schlüsselwächter‹, der das volle Vertrauen seines Dienstherrn genießt, von selbst in eine solche Situation bringt? Zugibt, dass man ihm das Wertvollste, das zu behüten seine Aufgabe war, entwendete?«

Hauke griff nach den hängenden Zügeln am Zaum seines Pferdes. »Hm, es wird herauskommen, wenn es sich so verhielt. Und von Bergfels wird ihm sein Vertrauen schon des Verschweigens wegen entziehen.«

»Nicht wenn der Mann hartnäckig daran festhält, zu behaupten, er habe nach dem Aufschließen den Toten gefunden. Das Einzige, das bleibt, ist dann das Rätsel.«

Die beiden Männer saßen auf, dirigierten die Tiere vorsichtig zwischen den Menschenleibern hindurch.

»Auf, zurück in die Stadt!«, rief Hauke und ließ seine Stute vorpreschen.

Doch Shahid schlug einen anderen Weg ein. »Ich muss noch etwas nachprüfen!«

15

LIESE WAR IN DER MENGE nicht mehr zu entdecken gewesen. Shahid machte sich auf die die Suche nach ihr.

In dem Moment, als sich aller Augen auf den toten Körper hefteten, hatte sie sich rasch davongeschlichen. Der zweite Auftrag ihrer Herrin war noch zu erledigen. Der Weg zur Hütte der alten Jolanda war weit, Liese schritt zügig aus, wenngleich eine gewisse Bangigkeit ihr den Atem beschwerte.

Aber sie musste pünktlich zurück im Herrenhaus sein, sonst würde Elisabeth von Eichwald ihre Ungeduld an Käthe abarbeiten. Das Kind tat ihr manchmal von Herzen leid. Ohne Geschwister aufzuwachsen, war im Haushalt der von Eichwalds eine harte Strafe. Jeder Fehltritt der Tochter wurde sofort bemerkt und grausam geahndet.

Als die Warft in Sicht kam, verlangsamte Liese ihren Schritt, um wieder zu Atem zu kommen.

Es wäre ihr unangenehm gewesen, dem Comte de Champagne keuchend vor die Augen zu treten.

Wenig später stand sie mit gesund rosigen Wangen ihm gegenüber.

Dem geheimnisumwitterten Mann, von dem die meisten auf der Insel redeten, den jedoch nur sehr wenige je zu Gesicht bekommen hatten.

Sie knickste artig. »Gott zum Gruße, gnädiger Herr!«

»Möge der Herr auch dich auf deinen Wegen beschützen«, antwortete der Unheimliche.

In der Hütte stank es. Ganz anders als an irgendeinem anderen Ort auf Strand. Über dem Feuer blubberte eine Flüssigkeit in einem kleinen Metallkessel. Der Dampf, der daraus aufstieg, sah grünlich aus. Das musste wohl die Quelle des unerträglichen Geruchs sein, der Liese schon nach kürzester Zeit Übelkeit verursachte.

»Meine Herrin schickt mich. Ihr Tiegel ist fast leer und sie wünscht, dass Ihr mir einen neuen für sie mit auf den Weg gäbet.«

»So? Dann ist sie mit dem Ergebnis also zufrieden?«, erkundigte sich der Mann, der zu den dunklen Beinkleidern ein schwarzes, modisch kurzes Oberteil trug, das er in der Taille mit einem ebenfalls schwarzen Lederband festgezurrt hatte. Liese kam es vor, als sei er direkt aus der Hölle ans Licht gekommen. Ein Zauberer vielleicht, einer, der schwarze Magie praktizierte. Er verkörperte all das, vor dem ihre Mutter sie gewarnt hatte.

Es kostete sie Mühe, ihre Angst zu überwinden, das Zittern ihrer Stimme unter Kontrolle zu halten. Denn ihm gegenüber Schwäche zu zeigen, wäre wohl fatal gewesen. Niemand außer ihnen beiden war hier.

»Ja, sehr sogar«, gab die Zofe die erwartete Antwort. »Sie trug die Salbe wie vorgeschrieben auf und empfand die Wirkung wie ein Wunder.«

Geschmeichelt wand sich der schwarze Wurm. »Nun, ein Wunder ist es nicht. Es ist die Kunst der Alchimie. Menschen wie ich werden die Welt und jedes Lebewesen auf ihr von allen Geißeln erlösen. Dereinst wird man uns für die gewonnenen Erkenntnisse bewundern.« Er beugte sich zu Liese hinunter, brachte sein gebogenes, raubvogelschnabelartige Riechorgan so dicht an ihre zarte Nase, dass sie einen Moment lang fürchtete, er könne sie berühren. Sein Atem schlug ihr entgegen. Niederschmetternd.

»Aber noch hält man uns für Zauberer, die mit finsteren Mächten paktieren, um ihre Erfolge zu erreichen. Das ist natürlich alles nur erfunden. Wir paktieren nicht mit dem Teufel, sondern mit der Wissenschaft«, dozierte er mit theatralischer Gestik.

»Die gnädige Frau ist von Eurer Kunst sehr angetan«, lobte die Zofe weiter. »Und da sie ihren Tiegel fast geleert hat …«

»Aber ja, mein hübsches Kind!« Der unangenehme Kerl umfasste ihr Kinn mit seiner harten Rechten und wackelte daran. »Ich werde sogleich wieder etwas für deine Herrin abfüllen. Vielleicht könntest du mir zuerst ein wenig zu Diensten sein?« Lüstern glitt seine fleischige Zunge über seine wulstigen Lippen.

»Euer Lohn steckt in meiner Tasche.« Liese nestelte einen Lederbeutel aus dem Umhang. Präsentierte ihn dem Meister, der sofort danach schnappte und den Lederriemen löste, um hineinsehen zu können. Dann machte er plötzlich ein unglückliches Gesicht. »Oh weh. Ich fürchte, das wird nicht reichen, meine Arbeit zu entlohnen!«

»Nun, es ist die Summe, die mir die gnädige Frau für Euch mitgegeben hat. Es sei mit Euch so ausgemacht, sagte sie.« Liese hörte selbst, wie schwach ihr Protest klang, so als sei alle Kraft aus ihrem Körper gewichen, wie Luft.

»Deine Herrin wollte einen speziellen Zusatz, der die Kosten bedauerlicherweise in die Höhe trieb. Ich stellte für sie extra Goldstaub her und die Wirkung ist so fulminant, dass sie keine Kosten scheuen wird. Deine Herrin und ich haben uns längst über die Begleichung der Restsumme verständigt. Keine Sorge.«

Nervös versuchte Liese, ihre Haare wieder unter die Haube zu schieben.

Dabei verrutschte ihr Umhang und gab den Blick auf ihr Dekolleté frei.

Lüstern stierte der Magier auf die sich abzeichnenden Brüste.

Hastig zerrte Liese am Umhang, der durch den Regen schwer und störrisch geworden war.

Überlegte fieberhaft, wie sie Elisabeth von Eichwald erklären solle, dass sie mit leeren Händen zurückkam. Wusste, dass sie erneut Schläge für ihren Ungehorsam würde einstecken müssen, wenngleich sie keine Schuld traf.

»Um wie viel ist der Preis gestiegen?«, piepste sie ängstlich.

»Das hängt ganz von dir und deinem Entgegenkommen ab.« Der schwarze Mann starrte sie unverwandt an. Liese war sich bewusst, wie die Röte über ihren Hals ins Gesicht schoss.

»Ihr glaubt, ich sei bereit, den fehlenden Rest aufzubringen?«, keuchte sie entrüstet.

»Aber ja, das wirst du sicher.« An mangelndem Selbstbewusstsein litt der hässliche Kerl offensichtlich nicht. Die Zofe wurde ärgerlich.

»Ihr glaubt, Frau von Eichwald wird zulassen, dass man ihre Zofe benutzt? Wohl nicht. Sollten Eure Hände sich an meinen Körper verirren, so seid gewiss, dass man Euch dafür bestrafen wird. Vielleicht davonjagt«, behauptete die junge Frau entschlossen. »Hier gilt das Wort der Eichwalds.«

»Tut mir leid. Ich habe diese Art von Entlohnung mit deiner Herrin abgesprochen. Du bist mir gleich bei meinem ersten Besuch im Herrenhaus aufgefallen.« Er trat mit einem raschen Schritt an sie heran, schlang seine kräftigen Arme um ihre Mitte, presste sie fest an sich, so dass sie sein Gemächt durch den Rock spüren konnte. Sie stemmte sich dagegen.

»Das gefällt mir!«, hauchte er. »Wie eine ungebärdige Katze! Ich liebe es, wenn Frauen sich gegen mich wehren! Denn am Ende siege immer ich.«

Er riss ihr den Umhang von den Schultern. Packte ihre Bluse, zerrte sie von den Brüsten, begann, ihren Hals mit unerwünschten Küssen zu übersäen.

»Wir sind hier ganz allein, mein Kind. Niemand wird dich retten!«, zischte er dabei, leckte mit seiner rauen Zunge vom Hals aufwärts über die Wange, dann abwärts zur Brust.

Ein Speicheltropfen rann bis zum Bauchnabel hinunter. Liese schrie.

Brüllte ihren ganzen Schmerz heraus.

Er löste seinen Taillengurt, presste die Frau mit seinem schieren Gewicht gegen die Wand der Hütte. Die Hose fiel.

Seine Hände suchten unter ihren Rock zu schlüpfen. Vergeblich wand sie sich, trat sie nach seinen Beinen. Einmal biss sie gar kraftvoll in seine Hand. Blut schoss aus der Wunde, sie verursachte sicher Schmerzen. All das beeindruckte ihn nicht, hielt ihn nicht eine Sekunde von seinem Streben ab.

Sein Körpergewicht presste ihr den Brustkorb zusammen. Atmen fiel schwer. Ihm schien es gleichgültig.

Einen Moment schoss ihr durch den Kopf, dass er nicht einmal bemerken würde, wenn sie hier und jetzt stürbe – erst nach dem Vollzug seiner Absicht könnte es ihm womöglich auffallen.

Sie schloss die Augen.

Als er das Band löste, das ihre Kleidung hielt, schrie sie ein letztes Mal auf, so laut sie noch konnte.

Danach umfing sie gnädige Schwärze.

⟜⟞⟝

خواننده

Ich erwähnte ja bereits meine Schuld – nun will ich von ihr erzählen.

Geboren wurde ich in einer anderen Zeit, einer, in der die Technik dem Menschen beim Leben und Überleben half. Ehepartner konnte man sich auswählen, Kupplerinnen waren ohne Arbeit.

Sicher wurde durchaus in manchen Familien gegen das Herz, für den Geldbeutel und die Ehre geheiratet, aber zwingend war es nicht mehr. Selbst in den Königshäusern kam es zu Eheschließungen weit unter Stand.

Meine Frau war klug, sehr hübsch, wenngleich nicht im eigentlichen Sinne schön, gutherzig und wohlerzogen. In den Jahren nach unserer Hochzeit war sie mir eine Stütze, mein Ansporn, mein geheimer Schlüssel zum Erfolg.

Ohne sie hätte ich manche Reise nicht unternommen.

Als Löser kniffliger Rätsel und fähiger Ermittler in Kriminalfällen eilte mir ein guter Ruf voraus, Depeschen baten mich um Unterstützung.

Alles hätte ich tun sollen – nur nicht der letzten Anfrage folgen.

Selbst meine Mutter riet mir, an der Seite meiner Frau zu bleiben. Die Zeiten seien unsicher, eine Schwangere solle man lieber nicht ohne männlichen Schutz zurücklassen.

Doch meine wunderbare Frau lachte nur, gurrte fröhlich an meinem Hals und jagte mich aus dem Haus, damit ich den Auftrag annehme. Kinder zu bekommen sei von jeher die Aufgabe des Weibes gewesen, ich könne dabei ohnehin nicht helfen.

Also reiste ich ab.

Was für eine fatale Entscheidung.

Das Leben meiner Familie gegen einen verschwundenen Schatz!

Ich kehrte zurück und fand mein Haus niedergebrannt!

Meine Frau und mein kaum eine Woche alter Sohn waren in den Flammen umgekommen, die von drei Einbrechern gelegt worden waren, die die Abwesenheit des Hausherrn für ihren Raubzug nutzten.

Hätte ich doch bloß ... wäre ich doch nicht ... bin ich nur ihrem Rat gefolgt, weil ich es mir so wünschte, den Auftrag zu erfüllen? Hätte ich sie retten ... den ganzen Einbruch verhindern können?

Mir blieb nur ein Grab.

Hier lagen meine sanftmütige Geliebte und mein Sohn, den ich nicht ein einziges Mal zu Gesicht bekommen hatte.

Meine Schuld.

Mit der weiterzuleben mir unmöglich schien.

Also fasste ich – wie ich fest glaubte – einen endgültigen, unumkehrbaren Entschluss.

So begann die Geschichte.

∾⊷

Als Rieke wenig später vorbeikam, um des Magiers Wäsche sauber und ordentlich gefaltet zurückzubringen, fand sie das Haus in wildem Chaos vor. Nervös sah sie sich um. Entdeckte einen Unterrock mit Flecken, die wie Blut aussahen.

Schnell stellte sie den Korb ab, stellte im Vorübergehen einen umgestürzten Stuhl wieder auf, sammelte das Kochgeschirr, das über den Boden verstreut lag, ein und fragte sich, wohin der geheimnisvolle Mann wohl gegangen war, nachdem … Was hier geschehen war, stellte keine großen Ansprüche an Riekes Fantasiervermögen.

Sie trat vor die Tür.

»Gott zum Gruße, ich habe Eure Wäsche fertig! Wollt Ihr bitte nachsehen, ob alles nach Eurem Wunsch erledigt wurde?«

Ein Grunzen von der Ecke des Hauses.

Ein Keiler aus dem Wald? Sie wich etwas zurück, wusste um die Gefährlichkeit dieser Tiere.

Doch dann erkannte sie ihren Auftraggeber, der auf allen vieren um die Hausecke bog.

»Ach herrje, was ist Euch denn geschehen!«, rief sie erschrocken aus. Betrunken war der Mann vielleicht auch, aber sein Gesicht war blutverschmiert, die Hose runtergerutscht und so offenbarte sich ihr ein blutiggeprügeltes Gesäß.

Rieke lief dem Verletzten entgegen.

»Kommt, ich helfe Euch auf«, verkündete sie, doch das war beim Gewicht des Mannes gar nicht so einfach.

Als sie später die gereinigten Wunden betrachtete, die Striemen, die aufgeplatzte Lippe, die blutende Augenbraue, dämmerte ihr, was wohl vorgefallen war.

»Oh, Ihr hattet Besuch! Und man hat sich geziert! Aber hattet Ihr denn schon vergessen, dass die Wäsche-Rieke kommt? Die ist Euch doch immer zu Willen und verletzt hat sie Euch noch nie«, erklärte sie mit leisem Vorwurf.

Das eigenartige Geräusch aus seiner Kehle konnte als Zustimmung gewertet werden, entschied die junge Frau.

Sie wandte sich umgehend den Bedürfnissen seiner malträtierten männlichen Seele zu.

»Wenn ich den erwische!«, knurrte er immer wieder. »Der wird seines Lebens nicht mehr froh, dafür will ich gern Sorge tragen!«

»Vergesst ihn!« Rieke zog ihm die Beinkleider aus, streichelte ihn zärtlich, küsste ihn auf die Stellen, die unverletzt aussahen.

Vor der endgültigen Reinigung und neuen Ertüchtigung seines Selbst griff sie nach der Flüssigkeit, die er bereitstehen hatte, und führte etwas davon ein. So konnte sie sicher sein, dass sich aus dieser Vereinigung keine Konsequenzen ergeben würden, die sie mit Silja würde besprechen müssen, hatte er versprochen.

»Milch?«, hatte sie beim ersten Mal erstaunt gefragt, doch er hatte nur nachsichtig den Kopf geschüttelt.

»Nein. Es soll nur den Anschein erwecken, als handle es sich um Milch. Sonst wird man versuchen, es mir zu stehlen, um an die Rezeptur zu gelangen. Die ist natürlich geheim, mein Kind. Es wirkt, verlass dich darauf«, hatte er versichert.

Und bisher …

Shahid brachte die Bewusstlose zum Herrenhaus.

Joachim von Eichwald rief ihn zu sich, nachdem sich der Tumult gelegt hatte, den seine Ankunft mit der Zofe im Arm ausgelöst hatte.

»Aha. Ihr wollt mir also erzählen, der Magier in der Hütte der alten Jolanda habe versucht, Liese zu ungewollter Nähe zu zwingen?«

»Ja. Ich ritt vorüber und hörte das verzweifelte Schreien einer Frau. Also sprang ich ihr bei. Rettete sie tatsächlich in letzter Sekunde aus seinen gierigen Klauen. Das Bewusstsein hatte sie bereits verloren. Ich hoffe sehr, dass sie sich von diesem Schrecken wieder erholt.«

»Woher wusstet Ihr, zu welchem Haus Ihr die Frau bringen solltet?«, erkundigte sich der Hausherr mit listiger Miene.

»Ich begegnete ihr auf dem Markt. Dort sagte man mir, sie sei die Zofe Eurer werten Gemahlin.«

»Ach, die Geschichte, über die man in Rungholt so eifrig spricht. Dort seid Ihr schon einmal aufgefallen, man hat mir über Euer Vorgehen berichtet. Diesmal nun seid Ihr ein zweites Mal ins Zentrum meiner Aufmerksamkeit gerückt«, stellte er in scharfem Ton fest und setzte dann drohend hinzu: »Seht zu, dass es Euch kein drittes Mal passiert.«

Verständnislos sah Shahid den mächtigsten Mann Rungholts und des umgebenden Landes an.

»Ich will es Eurer Unkenntnis der Gepflogenheiten bei uns zuschreiben. Und, immerhin, Ihr habt mir mein Eigentum zurückgebracht. Wenn auch ramponiert – aber das ist ja nicht Eure Schuld, wie Ihr behauptet.«

Joachim von Eichwald zog eine Schublade auf und entnahm ihr einen kleinen Lederbeutel, wog ihn abschätzend in der Hand, lächelte dann.

Warf den Beutel Shahid zu, der ihn auffing. »Wofür?«

»Ihr habt Liese nach Hause gebracht. Hättet Ihr mein Pferd gefunden und zurückgebracht, so wäret Ihr ebenfalls entlohnt worden.«

Der Orientale musterte den Lederbeutel voller Widerwillen. »Liese ist Zofe in Eurem Haushalt! Kein Tier!«

»Nun ja, sie ist nicht mehr denn eine einfache Dienstbotin. Jedes meiner Tiere ist mir mehr, ist es doch nicht ohne weiteres austauschbar. Zofen wie Liese gibt es wohlfeil überall. Wir fanden die Geschwister vor einigen Jahren in einem Waisenhaus. Meine Gemahlin war der Meinung, eine hübsch anzusehende Zofe könne ihr den Morgen und das Aufstehen erleichtern. So nahmen wir Liese und ihren nichtsnutzigen Bruder bei uns auf. Das Mädchen lernte schnell, ist geschickt und gibt nie Widerworte. Heute hat sie sich zum ersten Mal der Anweisung ihrer Herrin verweigert.«

»So hat man ihr gesagt, was sie in der Hütte erwartet? Warum schrie sie dann so entsetzt, verlor gar das Bewusstsein?«

»Werter Herr, auch wenn ich Euch nicht im Geringsten Rechenschaft schuldig bin, so möchte ich doch, dass

Ihr begreift, dass der Fehler bei Euch liegt und ihr nun die Zofe in eine missliche Lage brachtet. Soweit mir bekannt ist, forderte der Magier von meiner Gemahlin neben dem normalen Preis für ein gesundheitsförderndes Mittel, einige Zeit mit Liese verbringen zu können, wobei er diese nach eigenem Belieben und Gutdünken ausgestalten könne. Das wurde ihm gewährt. Ihr habt nur den Vorgang der Bezahlung unterbrochen. Mehr nicht. Und ich denke, der Geschädigte wird zumindest auf eine Entschuldigung von Euch warten.«

»Ihr meint, es sei an mir? Er wird nicht bestraft?«, keuchte Shahid fassungslos.

»Aber nein. Der Dienst war Bestandteil des Handels. Ihr müsst Euch das so vorstellen wie bei einem Geschäft mit Bauern. Wenn man Euch ein Stück Fleisch als Bezahlung anbietet, so wird das auch nicht aus dem Leib des Bauern stammen. Ein Schwein, ein Schaf oder eine Ziege kommt für die Schuld auf.«

Das verschlug dem Gelehrten die Sprache. Er begann zu husten. Das Geld in seiner Hand brannte und er musste an sich halten, den Beutel dem anderen nicht ins Gesicht zu schleudern.

Mühsam brachte er ein »Besten Dank« hervor und wurde durch ein Wedeln mit der Hand vom Hausherrn entlassen.

Seiner Stute flüsterte er wenig später ins Ohr: »Den Beutel geben wir Liese. Sie kann dafür einen Sprachlehrer für ihren Bruder finden – oder sich in die Freiheit retten. Hoffen wir, dass sie sich erholen kann und wir sie wiedersehen!«

Dann führte er die Braune zum Stall der Schänke

zurück, entlohnte den Knecht und machte sich zu Fuß auf die Suche nach dem Kontor des von Bergfels.

16

Witta kauerte neben dem Grab der Schwester im kalten Schlamm.

Sie schluchzte in ihre Schürze. Murmelte unverständliche Worte vor sich hin.

Die anderen Frauen, die an ihr vorbeikamen, musterten sie mitleidig, strichen ihr beiläufig über den Kopf oder legten für einen kurzen Moment ihre Hand auf die Schulter des Mädchens.

Martha ging neben der Weinenden in die Hocke, legte ihre rauen Waschfrauenhände um die der Trauernden. Warm waren ihre, fast schon heiß, die der anderen eisig, wie tot.

»Witta, das hat doch keinen Sinn. Es bringt sie nicht zurück. Geh nach Hause und wärme dich am Feuer, sonst holst du dir auch noch den Tod.«

»Auch noch? Tilda hat sich nicht den Tod geholt! Jemand hat ihn zu ihr gebracht!«, heulte das Mädchen auf und sah Martha aus verquollenen roten Augen an.

Die Wäscherin drückte die Jüngere fest an ihre üppige Oberweite. »Es ist schwer, wenn jemand uns verlässt, den wir sehr geliebt haben. Deine Schwester wird froh über deine Anteilnahme sein, glaub mir. Aber sie wird auf gar keinen Fall wollen, dass du hier im eisigen Wasser kniest! Sie war eine lebensfrohe Frau und würde dir wünschen, dass du einen Weg aus der Trauer findest«, flüsterte sie Witta ins Ohr. »Deine Schwester wäre im umgekehrten Fall sicher nicht hier und würde nicht als Häufchen Elend auf ein Grab starren, glaub mir. Aber jeder geht mit Verlust anders um, das stimmt. Geh nach Hause, Mädchen, setz dich ans Feuer. Oder tu etwas Gutes. Besuche die Familie von Enken und hilf den Männern, den Hof aufzuräumen.«

»Nein«, wisperte das Mädchen und es klang, als könne sie ihre Lippen kaum mehr dazu zwingen Laute zu formen, »Tilda braucht mich. Auf dem Brennerhof tummelt sich schon genug Weibervolk. Als ob Christian oder Klaus jetzt der Sinn danach stünde, auf Freiersfüßen zu wandeln!«

Martha lachte tief. »Nun, irgendwann wird jede Trauer überwunden. Dann ist es gut, wenn man vorher den Boden bearbeitet hat, wenn du verstehst, was ich meine.«

Witta schüttelte ärgerlich den Kopf. »Hör auf!«

Die Wäscherin erhob sich leise stöhnend, streckte dann der jungen Frau ihre Hand entgegen. »Hier lasse ich dich nicht. Komm mit mir. Du kannst bei uns sitzen und dem dummen Geschwätz der Waschfrauen zuhören, während sie ihrer Arbeit nachgehen. Und warm ist es bei uns allemal.«

Widerstrebend rappelte Witta sich auf. »Herrje!«, entfuhr es Martha. »Und deinen Rock nehmen wir uns am besten auch gleich vor. Du sitzt hier schon seit Stunden? Komm, du dummes Ding! Wir tauen dich auf!«

Wenig später hockte Witta in einer Ecke und sah zu, wie Rieke, Martha und Hanne die Wäsche in verschiedene Zuber schoben. Der Geruch der Seife reizte ihre Augen, aber da die ohnehin schon zugeschwollen waren, machte ihr das nicht viel aus. Die drei Wäscherinnen gingen geschäftig ihrem Tagwerk nach und schnatterten ununterbrochen dabei. Zunächst war Witta viel zu fremd hier, um entspannt zuzuhören.

Doch mit der Wärme, die in ihren Körper einzog, fiel die Verkrampfung immer mehr von ihr ab.

Fast schon genoss sie das Gerede der anderen, ihre Scherze, ihre Vertrautheit im Umgang miteinander. Beinahe wie Schwestern. Und für einige Momente bedauerte sie, nicht wirklich dazuzugehören, nur als Gast geduldet zu sein.

»Er grunzte wie ein Schwein?«, hörte sie Martha fragen. »Na so was!«

»Schlimmer noch. Jemand hatte ihm die Hose runtergezogen, beide Beine verknotet, das Lederband, das er normalerweise um die Hüfte trug, erst um den Hals gelegt, dann um seine Handgelenke geschlungen und dann am Bauch entlang zu den Beinen geführt und dort mit der Hose fest verknotet. Er konnte sich nicht anders als auf allen vieren bewegen, sonst hätte er sich selbst die Luft abgeschnürt. Und verprügelt worden war er. Die Lippe – soooo dick!« Rieke demonstrierte den Zustand mit den Händen. »Eine Wunde an der Augenbraue, aus der das Blut in Strömen über das linke Auge und die Wange zum Mund lief. Es sah aus, als sabbere er rot. Ziemlich furchterregend, der Anblick«, versicherte sie noch.

»Und da bist du nicht getürmt? Also, ich denke, ich wäre vor Schreck tot umgefallen!« Hannes Augen leuchteten in grenzenloser Bewunderung.

»Ach ja? Die Wäsche war doch noch nicht bezahlt! Du denkst, ich lasse den Korb stehen und vergesse zu kassieren! Sicher nicht!« Rieke übernahm den großen Rührer und fuhr energisch durch den Zuber. »Fällt mir ja nicht im Traum ein!«

»Aber der Zauberer hat doch sicher in dem Moment nicht ans Geld gedacht. Hast du es eingefordert?«, wollte Martha wissen.

»Ich habe seine Wunden gesäubert und ihm dann neue Wäsche gegeben. Dabei ist ihm die Bezahlung eingefallen. Aber er hat so gezittert, dass er kaum den Beutel aus der Lade nehmen konnte. So zornig war er. Ich dachte mir, er ist ein guter Kunde, ich sollte ihn davor bewahren, eine Dummheit zu begehen und im Gefängnis zu landen. Also habe ich für seine Entspannung gesorgt. Als ich ging, war er fast wieder der Alte!«, schmunzelte sie zufrieden.

»Die Entspannungsbehandlung hast du sicher auch entlohnt bekommen«, lachte Hanne.

»Er ist durchaus großzügig, wenn man sich nicht gar so dämlich anstellt. Die Liese sollte ein Teil der Entlohnung für ihn sein … Na, und die hat sich wohl so ungebärdig gezeigt, dass ihm der Appetit vergangen war. Aber es muss noch ein Mann im Spiel gewesen sein. ›Das wird er mir büßen‹ und solche Dinge hat er vor sich hin gemurmelt, während ich seine Verletzungen behandelt habe.«

»Oh, wie aufregend. Liese hat einen Liebhaber! Und der kam, sah, was passierte, ging dazwischen und verdrosch den Ärmsten ganz fürchterlich? Irgendwie ist das doch sehr romantisch!«, seufzte Hanne sehnsüchtig. »So was hätte der Meine nie getan. Eher noch einmal neu über den Preis verhandelt und mehr rausgeschlagen!«, setzte sie dann ernüchtert hinzu.

Witta konnte es kaum fassen.

Wie konnten die drei nur so leichtfertig darüber reden? »Was, wenn du nun von ihm empfangen hast?«, fragte sie schrill aus ihrer Ecke.

Die drei Waschfrauen, die die Besucherin schon vollkommen vergessen hatten, schraken zusammen. Martha wäre um ein Haar die Seife in den Zuber geglitten.

Als sie sich erholt hatten, antwortete Rieke atemlos: »Das passiert nicht. Er hat ein geheimes Mittel, das einen solchen Unfall verhindert. Darüber braucht man sich bei ihm keine Sorgen zu machen.«

Martha prustete los. »Oh du liebe Güte, Rieke! Das erzählt er allen und es hat noch bei keiner gewirkt! Es ist Milch! Reine Kuhmilch.«

17

Shahid suchte nach dem Haus der Familie von Bergfels.

Als er an einem der großen Portale stand, hörte er lautes Weinen bis auf die Gasse hinaus.

Nachdenklich stoppte er die Hand, die den Klopfring umfassen wollte, überlegte, ob es ein klug gewählter Moment sei, sein Anliegen vorzubringen. Offensichtlich war er dabei, ein Trauerhaus zu betreten.

Doch dann obsiegte seine Neugier.

Laut hallten die dumpfen Schläge des Eisenrings durch das Haus.

Energische Schritte näherten sich.

Shahid wich unwillkürlich ein wenig zurück.

Die hohe Eichentür wurde trotz ihres Gewichts mit viel Schwung aufgerissen und der wütende Salzsiedereibesitzer, den er vom Morgen her kannte, stand vor ihm.

»Und?«, fauchte er, noch immer zornig.

»Mein Name ist Shahid ...«, begann der Fremde, wurde aber vom Hausherrn rüde unterbrochen.

»Ich weiß wohl, wer Ihr seid! Heute wart Ihr dabei, als man Arnft aus dem kochenden Solebad zog, oder irre ich mich? Ihr seid einer von denen, die beständig ihre Nasen in die Angelegenheiten anderer Leute stecken, eine wichtige Miene aufsetzen und am Ende still von der Szene abgehen, ohne etwas zur Klärung beigetragen zu haben!«

»Nun, man kann sicher von mir behaupten, dass ich

eine gewisse Neugier für derartige Rätsel aufbringe«, räumte der Gelehrte ein. »Aber im Gegensatz zu Eurem Eindruck verhält es sich doch so, dass ich viele ähnlich gelagerte Begebenheiten auflösen konnte.«

»Aha!« Von Bergfels rückte nicht zur Seite, versperrte den Eingang.

»Vielleicht solltet Ihr mich einlassen, damit ich Euch erklären kann, was mich zu Euch führt.«

»Nun gut. Sollte sich herausstellen, dass Ihr nur meine Zeit stehlen wollt, so macht Euch darauf gefasst, dass ich Euch zur Tür hinauswerfen lasse!«, drohte der Herr des Hauses finster und trat zur Seite.

»Begleitet mich in mein Kontor!«

Shahid folgte dem raumgreifenden Schritt des anderen artig.

Als sie den Raum betraten, sah sich der Orientale beeindruckt um. Papiere überall. In Stapeln und halb geöffneten Schubladen. Auf der Schreibunterlage etwas, das wie eine Rechnung aussah, Lieferscheine, Lohnzettel. Es wirkte, als sei der Siedereibesitzer wirklich sehr beschäftigt.

Unter all den anderen Geräuschen des Hauses war noch immer das klagende Weinen einer Frau zu hören.

»Und?«, wiederholte von Bergfels seine Frage, verzichtete darauf, dem Besucher einen der Stühle anzubieten, signalisierte deutlich seine Ungeduld.

»Wie Ihr schon bemerkt habt, ich war unter den Ersten, die Arnft gesehen haben. Eindeutig konnte er sich nicht selbst in diese Lage gebracht haben. Und mich beschäftigt die Frage, wie er und derjenige, der für sein überraschendes Ende verantwortlich ist, in die Siederei gelangen konnten.«

»Ihr könnt mir glauben: Diese Frage beschäftigt mich ebenfalls!«

»Ihr habt natürlich einen Schlüssel?«

»Was soll das? Selbstverständlich besitze ich einen! Mir gehört die Siederei!«, brauste der Mann sofort auf und lief bedrohlich rot-blau an.

»War der an seinem Platz, als Ihr zur Siederei geritten seid?«

»Aber selbstverständlich war er das! Wo denkt Ihr hin?«

»Hattet Ihr gestern am späteren Abend Besuch? Einen überraschenden Gast?«

Die Augen des anderen wurden schmale Schlitze. »Doch. Weshalb fragt Ihr?«

»Weil es denkbar ist, dass jemand den Schlüssel entwendete – und vielleicht sogar unbemerkt zurückbringen konnte.«

Schweigen. Feindseliges.

Shahid erkannte, dass er einen neuen Weg einschlagen musste. »Wer öffnet die Türen für die Sieder?«

»Malte.«

»Ist das der Mann, der Arnft gefunden hat?«

»Ja, natürlich ist das der Mann! Er wollte aufschließen und fand die Tür offen.«

»So war sein Schlüssel also ebenfalls nicht gestohlen«, stellte der Fremde freundlich fest und lächelte vertrauensbildend.

»Und das ist wirklich seltsam«, murmelte von Bergfels nun. »Es gibt nämlich nur drei Schlüssel. Einen habe ich, einen Malte und einen behütet meine Frau. Für den Fall, dass die anderen beiden zu beschädigt sind und man damit das Schloss nicht mehr bewegen kann.«

»Wenn alle drei Schlüssel an ihrem Platz waren, muss es einen vierten geben. Oder einer lügt. Möglicherweise wollte Malte nur nicht zugeben, dass man ihn bestohlen hatte.«

»Malte? Ihr meint, jemand nahm ihm den Schlüssel ab, er bemerkte es erst heute?«

»Stellt Euch vor, er will losreiten und der Schlüssel ist weg. Der Schreck muss groß gewesen sein. Er reitet los, hofft, er habe ihn vielleicht am Abend zuvor vergessen. Als er an der Siederei ankommt, ist die Tür nicht verschlossen, sein Schlüssel steckt von innen. Er ist froh, dass er nur vergessen hat, abzuschließen. Doch als er Arnft entdeckt, kommt ihm ein völlig anderer Verdacht. Aber was passiert, wenn er Euch nun berichtet, dass Arnft ihn möglicherweise bestohlen hat?«

Nun war das Gesicht des von Bergfels so intensiv verfärbt, dass Shahid Angst bekam, der Mann könne einfach tot umfallen. »Dann hätte ich ihn sofort entlassen!«, brüllte er unbeherrscht. »Ich setze Vertrauen in ihn und er gibt nicht ausreichend acht auf das, was ihm anvertraut wurde! Wie unglaublich! Den werde ich mir gleich noch zur Brust nehmen! Ihr werdet es durch die ganze Stadt hören, dessen könnt Ihr gewiss sein.«

»Es war nur eine der Möglichkeiten, die ich durchdachte. Ein Gedankenspiel über Eventualitäten und Gelegenheiten. Es gibt keinerlei Beweis dafür, dass Euer Vertrauen missbraucht wurde. Ihr solltet mit dem Zur-

Brust-Nehmen noch warten, bis wir wissen, was wirklich geschehen ist«, mahnte Shahid vernünftig.

»Warten ist meine Sache nicht!«, tobte der andere und begann, mit abgehackten Schritten und vorgestrecktem Kopf das Kontor zu durchmessen. Da es jeweils nur wenigen Schritten Raum bot, musste er ständig hin- und hergehen.

»Als der Schmied Euch das Schloss einbaute, hat er vielleicht einen Reserveschlüssel gefertigt. Einen, den er Euch anbieten konnte, im Fall, einer der anderen bräche ab oder ginge verloren. Allemal kostengünstiger, als ein neues Schloss bauen zu lassen.«

Von Bergfels bedachte diesen neuen Ansatz. Schüttelte dann aber den Kopf. »Wenn er einen mehr gefertigt hätte, als ich bestellte, so wäre auch dies ein Vertrauensbruch gewesen. Er wusste, dass ich das niemals geduldet hätte. Stellt Euch nur vor, es wird bei ihm eingebrochen. Und in einer Schublade liegt ein Schlüssel, womöglich noch mit Namensvermerk. Nein! Das glaube ich nicht.«

»Aber ausschließen könnt Ihr es auch nicht!«

»Nein«, räumte von Bergfels ein. »Aber das ist nur ein Teil der Fragen, nicht wahr? Was wollte Arnft in der Siederei? Salz? Dann wäre er ja nicht mit dem Kopf in der Pfanne gefunden worden, oder?«

»Man hätte ihn in diesem Fall doch eher dort entdeckt, wo Ihr das Salz lagert. Und wir wissen, dass Arnft nicht allein war. Möglicherweise hat der andere Arnft dazu gebracht, das Feuer zu entzünden und ihm zu zeigen, wie man Salz aus Torf gewinnen kann.«

»Nun, tatsächlich fällt mir kein Grund ein, warum Arnft mitten in der Nacht in meiner Siederei einem Fremden zeigen sollte, wie man Torf kocht. Er war mehr an Frauen jeden Alters als an Arbeit interessiert. Ich kann mir beim besten Willen nicht vorstellen, dass er freiwillig nachts zum Salzkochen kommt.« Er lachte unfroh, verzog angewidert das Gesicht.

»Würdet Ihr mir erlauben, mich noch einmal gründlich in der Siederei umzusehen?«

»Wozu soll das gut sein? Er war ein böser Mensch. Hat Unglück über viele Familien gebracht. Es ist gut, dass er tot ist. Wir sollten keinen Mörder jagen, der uns diesen Gefallen tat. Anstoßen und feiern wäre die richtige Antwort!«

»Ich verstehe schon – man wird ihn nicht vermissen.«

»Genau, das seht Ihr richtig. Keiner furzt nach ihm! Er war ein Ärgernis.«

»Dennoch sollte jemand aufklären, wie er umgekommen ist. Wir haben zwei tote junge Frauen in wenigen Tagen und nun einen toten Mann. Was, wenn der Mörder der beiden Frauen plötzlich Jagd auf Männer macht? Wollt Ihr riskieren, dass man euch Untätigkeit vorwirft, wo es doch nur darum geht, mir zu erlauben, die Siederei nach Hinweisen abzusuchen? Bedenkt, dass Eure Männer vielleicht nicht mehr zur Arbeit kommen, wenn noch einer von ihnen sterben muss.«

»Nun«, antwortete von Bergfels nach gründlicher Überlegung, »so will ich Eurem Ansinnen nicht im Wege stehen. Ihr findet allein raus?«

Shahid deutete eine Verbeugung an und verließ das Kontor.

Vor der Tür zur Stadt erwartete ihn bereits ein Bediensteter mit seinem Umhang.

»Es ist schon arg für die Ärmste!«, erklärte Shahid und seufzte bedrückt.

»Ja. Wenn die Liebe groß ist, so reißt der Tod eine schreckliche Wunde«, bestätigte der Mann und legte dem Gast den Filzumhang über die Schultern.

»Aber ausgerechnet Arnft.«

»Nun, sie ist ihm verfallen. Wie so viele andere Weibsleute davor.«

»Ich verstehe gut, dass der Vater mit einer solchen Verbindung nicht einverstanden war. Was für ein Gerede hätte das gegeben! Und von Treue wollen wir gar nicht sprechen. Das Kind wäre auf ewig unglücklich geworden.«

»Da sprecht Ihr ein wahres Wort. Aber nun weint sie so bitterlich. Um einen, der es nie und nimmer wert ist!«

»Der Vater war gestern Abend noch spät unterwegs. Wusste die Ärmste bei seiner Rückkehr schon vom Tod des Liebsten? Wie schrecklich, sich vorzustellen, eine so junge Frau könnte mit so großem Schmerz allein gewesen sein.«

»Das wäre nun wirklich eine grausame Vorstellung, Ihr habt recht. Gerade in diesem Alter, da tun sie sich manchmal etwas an, wenn das Schicksal ihnen zu viel aufbürdet. Aber der Vater war zum Glück rechtzeitig zurück. Lange bevor wir Kunde von diesem Tod bekamen.«

Sie schwiegen.

Es schien, es herrsche zwischen ihnen wortloses Verstehen und Verständnis.

»Dabei war der Herr nun ausgerechnet gestern unterwegs, um eine Lösung zu finden. Er besuchte einen Freund, der ihm behilflich sein sollte, Arnft zu mehr Häuslichkeit zu erziehen. Vielleicht wäre alles noch gut ausgegangen! Und nun das!«, setzte der Hausdiener bewegt hinzu.

Die beiden Männer nickten sich zum Abschied in stillem Einvernehmens zu und mit einem satten Knall fiel die Tür hinter dem Besucher ins Schloss.

Zufrieden ging Shahid seiner Wege. Manchmal kam man eben mit solch kleinen Taschenspielertricks sogar weit über das Ziel hinaus!

18

Witta und Silja sassen am Feuer und schwiegen einträchtig.

Hin und wieder seufzte eine von ihnen – wohlig und zufrieden, vielleicht sogar glücklich.

»Es ist gut so!«, stellte Witta leise fest. »Warum konnte das nicht schon früher passiert sein?«

»Weil es immer einen Entschlossenen braucht. Und bisher gab es eben keinen, der mutig und zornig genug gewesen wäre.«

»Was schade ist. Tilda könnte noch leben, hätte jemand dieses Verderben vor Monaten ausgerissen!«

»Ach, Witta. Es ist nicht so einfach, einen Menschen zu töten. Und sei er das Böse selbst. Arnft wurde von vielen geliebt – nicht nur gehasst. Es ist und bleibt eine Sünde, die nicht vergeben werden kann. Am Tag des Jüngsten Gerichts wird sich der Mörder vor seinem Schöpfer verantworten müssen!«

»Dann wollen wir hoffen, dass er dort nicht allein stehen muss!«, dröhnte der Bass des Pfarrers durch die Stube. »Es wäre gut, alle, die jetzt über Arnfts Tod erfreut sind, stellten sich neben ihn, um ihn zu unterstützen. Auf dass der Herr in diesem Fall Gnade vor Recht walten lasse!«

»Gnade? Belobigen sollte man den, der uns von diesem Übel befreit hat!«, fauchte Tildas Schwester und ihr hübsches Gesicht verzerrte sich vor Wut zu einer abscheulichen Fratze.

»Wer ohne Fehl ist, der werfe den ersten Stein – hast du keinen Grund, mit dem Wurf zu zögern? Die Reichen Rungholts glauben, sie könnten das Recht in die eigenen Hände nehmen, dort sei es besser aufgehoben als bei Gott. Doch diese Haltung ist falsch, sie führt in die Irre«, sagte Asmus leise und eindringlich. »Es gibt nur *ein* Recht für jedermann. Nicht eines für den Einzelnen. Wenn du den Tod Arnfts gutheißen möchtest, musst du dich fragen lassen, ob es nicht auch Menschen gab, die nicht um Tilda trauern.«

Witta sprang auf, stand zornbebend vor dem Pfarrer, die Hände zu Fäusten geballt. Sie konnte vor Empörung kaum sprechen. »Wollt Ihr damit sagen, man könne annehmen, es sei recht, dass Tilda getötet wurde?«, stieß sie dann mit Mühe hervor. »Jemand habe Rungholt von einem bösen Geist befreit? Ja?«

»Nun, sie war nicht bei allen beliebt, nicht wahr? Und tatsächlich sind das die meisten Menschen nicht. Es gibt in der Regel jemanden, der sich beleidigt fühlt, schlecht oder ungerecht behandelt vorkommt, übervorteilt wurde. Mit allen Menschen zugleich kommt keiner aus. Wenn man so denkt wie du, haben immer einige recht, die sich den Tod des anderen wünschen. Siehst du jetzt, wie falsch es ist, so zu denken? Und dabei wissen wir erst seit Kurzem, dass sie keinen Unfall hatte.«

Silja senkte den Blick.

»Nicht wahr, das kommt Euch bekannt vor? Auch Eure Heilkünste sind nicht bei jedermann willkommen.«

»Das stimmt. Aber vieles von dem, was man über mich erzählt, entspricht nicht der Wahrheit«, gab die Heilerin leise zurück.

»Ach«, höhnte der Pfarrer, »aber was man über Arnft erzählt, muss wahr sein?«

Witta brach in Tränen aus, fiel in die ausgebreiteten Arme Siljas.

»Er war noch viel schlimmer, als man erzählen kann, glaubt mir!«, schluchzte sie, während Siljas Hände sanft über ihren Rücken strichen.

Plötzlich stand Utz in der Tür.

»Was geht hier vor?«, fragte er drohend.

»Nichts, was den Rattenfänger interessieren könnte!«, gab der Pfarrer barsch zurück.

»Den Rattenfänger vielleicht nicht, aber möglicherweise den Beschützer!«, brüllte Utz unbeherrscht zurück und ließ offen, für welche der beiden Frauen sein Schutz gelten sollte.

»Utz«, Siljas Ton war beschwichtigend, »es ging nur um die Frage, ob man froh über den Tod eines Mitmenschen sein darf.«

»Ach so«, knurrte der Riese und wirkte beschämt. »Dann ging es um Arnft.« Er atmete tief ein und aus. »Das ist nichts, wozu ich eine Meinung hätte. Ich beseitige nur die vierbeinige Plage, für die zweibeinige sind andere zuständig.«

Asmus sah ihm direkt ins Gesicht. »Utz, weißt du, wer Arnft ans Leben wollte? Du kommst doch viel rum, man unterhält sich mit dir. Gab es jemanden, der vorhatte, ihn zu töten? Vielleicht als Rache für sein Verhalten?«, formulierte er seine Frage vorsichtig.

Der Rattenfänger schüttelte den Kopf. »Niemand spricht gern mit einem, der Kadaver über der Schulter hängen hat.«

Damit wies er zwei tote Ratten vor, die an einem Band befestigt waren und bisher hinter seinem Rücken gebaumelt hatten. »Die beiden habe ich noch erwischt«, wandte er sich nun an Silja. »Ich denke, fürs Erste seid Ihr die Viecher los. Mir scheint, die haben im Augenblick ohnehin andere Sorgen. Es herrscht Unruhe unter dem Volk.«

Witta schälte sich aus Siljas Armen, damit die Heilkundige aufstehen und Utz entlohnen konnte.

Mit zufriedenem Lächeln steckte der Hüne den kleinen Beutel in die Tasche, die an seinem Gürtel baumelte. »Danke. Ihr seid sehr großzügig.«

»Und Ihr sehr mutig. Mir will scheinen, die Tiere werden immer stattlicher!«

»Ja«, lachte Utz. »Geben schon eine richtige Mahlzeit ab!«

Damit verabschiedete sich der grobschlächtige Mann und verkündete im Rausgehen, er wache später vor der Tür.

»Ist wegen Ruben und seiner Meute. Seit sie mit Fackel hier aufgelaufen sind, bewacht Utz die Warft. Zumindest nach Anbruch der Dunkelheit. Ich konnte seine Schwester behandeln und seither ist er dankbar.«

Der Pfarrer zuckte zurück.

»Nein, nein!«, beruhigte Silja. »Nicht so, wie Ihr denkt! Sie litt an Schmerzen in jedem Monat. Ich konnte mit einem krampflösenden Kraut Abhilfe schaffen. Das war alles.«

»Seid vorsichtig mit solchen Dingen!«, mahnte Asmus. »Nicht jeder in Rungholt begegnet Euren Künsten mit Ruhe und Langmut. Hans und der Kreis sind wieder aktiv, sie vermuten einen bösen Geist hinter den Morden. Geratet Ihr in seinen Fokus, kann ich nichts für Euch tun. Ihr seid Euch wohl darüber im Klaren, dass auch Eure wohlhabenden Freunde Euch nicht beispringen werden. Wer möchte schon der Ketzerei beschuldigt werden?«

Siljas blasse Haut verfärbte sich gelblich, sie schwankte, fing sich aber wieder. »Nun, wenn der Herr ein solch ungerechtes Schicksal für mich vorgesehen hat, so will ich es tragen. Ich habe Ihm viele neue Herdenmitglieder möglich gemacht – er sollte besser Seine Hand schützend über mich halten.«

Asmus hatte den Eindruck, sie versuche, ihm zu drohen. »Ich werde Ihm Eure Worte weiterleiten!«, versicherte er, maliziös lächelnd, und wandte sich zum Gehen.

»Meint Ihr, er hat verstanden, was Ihr ihm angedeutet habt?« Witta wischte sich die Tränen mit ihrer Schürze vom Gesicht.

»Aber gewiss, mein Kind. Roerd Asmus ist nicht dumm. Er hat klare Vorstellungen von seinem Glauben und wie er gelebt werden sollte. Viele Rungholter werden denen nicht gerecht. Auch ein Weg, sich mächtige Feinde zu machen.«

19

SHAHID TRAF AN DER SIEDEREI auf den Schlüsselverwalter.

»Was kann ich für Euch tun?«, erkundigte sich Malte Brand zuvorkommend.

»Es sind noch ein paar Fragen offen. Zum Beispiel die nach der Wache. Ich dachte, die Siederei …«

»Oh ja. Natürlich. Ich darf annehmen, Herr von Bergfels weiß, dass Ihr hier solche Fragen stellt?«, erkundigte sich der andere misstrauisch. »Versteht mich nicht falsch, aber das sind Dinge, die wir nicht mit jedermann besprechen.«

»Ja. Deshalb habe ich mir die Erlaubnis vorhin im Kontor eingeholt. Ich bin befugt, Fragen zu stellen und mich umzusehen.«

Shahid rechnete schon damit, nach einem Schreiben gefragt zu werden, das diesen Umstand bestätigte, doch Brand verzichtete darauf nachzuhaken.

»Gut. Nun denn. Es gibt einen Nachtwächter in der Stadt und die Schutzmänner von Eichwalds, die das Herrenhaus im Auge behalten und durch die Straßen gehen, um finsteres Gesindel von Raubzügen abzuhalten. Von Bergfels beschäftigt vier Männer, die umschichtig die Siederei vor Einbrechern beschützen, bei Tag und bei Nacht. Sie lassen grundsätzlich niemanden durch, auch keinen Sieder, der hier nicht arbeitet. Es sind zuverlässige Männer, stark und wehrhaft. Sie sind gewandt im Umgang mit dem Säbel und man sollte sich auf keinen Fall mit ihnen anlegen.«

»Aber Arnft gelang es hineinzukommen. Und seinem Mörder ebenfalls.«

»Ja«, druckste Brand plötzlich, »gestern gab es einen Zwischenfall. Es scheint, die Wache, die ab der dunkelsten Stunde hier Dienst hatte, fiel aus. Ich habe schon nach dem unzuverlässigen Kerl geschickt, um ihn zur Befragung zum Richter zu übersenden, doch er ist nicht zu Hause. Seine Familie schwört, er sei pünktlich aufgebrochen. Er ist wie vom Erdboden verschluckt.«

»Niemand hat ihn gesehen?«

»Nein, bisher hat sich noch keiner daran erinnern können, ihm begegnet zu sein. Vielleicht ist er betrunken hinter einem Busch eingeschlafen und traut sich jetzt nicht nach Hause, nach dem, was hier geschehen ist. Oder er hatte einen Unfall …« Brand zuckte mit den Schultern.

»Die Wache hat aber keinen Schlüssel?«

»Wenn sie jemanden bemerken, ist er draußen. Also benötigen sie keinen. Und es wird rund um die Uhr gearbeitet, es ist immer jemand hier. Nur an den wichtigsten kirchlichen Feiertagen ist geschlossen.«

»Gestern war kein Feiertag.«

»Das stimmt. Aber am Nachmittag kam ein Bote und verkündete, Herr von Bergfels habe verfügt, diese Hütte über Nacht zu schließen. Er überbrachte mir die Weisung, die Hütte sorgfältig zu sichern und am nächsten Morgen zum ersten Hahnenschrei wieder zu öffnen.«

»Aus welchem Grund?«

»Einen Grund nannte der Bote nicht. Und mir kommt es nicht zu, nach einem zu fragen.«

»Dein Schlüssel war an seinem Platz, als du ihn heute Morgen an dich genommen hast?«

Malte nestelte an seinem Hemd, öffnete das Band, zog den Stoff auseinander und präsentierte eine grobe Kette, an der der Schlüssel etwas oberhalb des Nabels baumelte. »Zufrieden? Ich lege ihn nur am Sonntag zum Baden ab. Ich bin am Morgen der Erste und schließe auf, am Abend der Letzte und versperre die Tür.«

»Hm. Dann müssen die beiden anders hineingelangt sein, nicht wahr? Ich sehe mich um.« Damit stapfte Shahid los.

Kopfschüttelnd sah Brand ihm nach. »Verbissen, würde ich mal sagen. Richtig verbissen.«

Shahid betrat die Salzhütte und wurde von feuchter, drückender Schwüle gefangen genommen.

Selbst ihm, dem wärmesehnenden Mann aus dem Orient, war es viel zu heiß.

Die Sieder lösten die Sole aus dem Torf und kochten sie dann in großen Pfannen so lange, bis das Wasser vollständig verdampft und nur das graue Salz übrig geblieben war. Damit die Masse nicht am Boden der Pfanne haftete, benutzten sie eine Art Schieber an einer langen Stange, um die träger und schließlich zu einer körnigen Masse werdende Flüssigkeit in Bewegung zu halten. Unter den Pfannen brannten lodernd die Siedefeuer.

Mit einer ungeduldigen Bewegung riss er sich den Umhang von den Schultern und wischte sich den Schweiß mit dem Ärmel seines Hemdes von der Stirn. Selbst die Kopfbedeckung nahm er ab.

Nun verstand er gut, weshalb die Kleidung für die Sieder kurze Beinkleider und kurzärmelige Oberteile beinhaltete, sowie einen Schutz für den Kopf und den Nacken, wo der Schweiß sich am Rand der Behaarung sammelte und über Gesicht und Hals abzulaufen versuchte.

Eine harte Arbeit.

Kein Zweifel eine körperliche Belastung. Für die Männer musste die eisige Kälte vor der Tür am Abend wie ein Schock sein. Bestimmt grassierten Krankheiten wie Husten und Schnupfen, Reizungen der Lunge unter ihnen, viele hatten sicher Schwierigkeiten mit dem Atmen.

Als er einen von ihnen ansprechen wollte, winkte der jedoch nur ab, deutete auf die Pfanne, in der die fast getrocknete Salzschicht sorgfältig gerührt werden musste. Shahid musste einsehen, dass hier niemand Zeit für ein Gespräch mit ihm haben würde. Wenn er Fragen hatte, musste er die Männer auf dem Heimweg abpassen.

»Wisst Ihr, wie wir das Salz gewinnen? Wenn nicht …«

»Tatsächlich würde es mich sehr interessieren.«

»Das Meerwasser überflutet regelmäßig die Torfgebiete. Dort lagert es sich ein, durch Verdunstung wird es im Torf angereichert. Die Torfstecher tragen ihn ab, verbrennen ihn in Meilern. Aus dem Rest formen sie feste Stücke, die gestapelt und gelagert werden können.«

»Wie Kohle«, stellte Shahid freundlich fest.

»Unter großen Häuten schützen wir sie vor der Witterung. Jeder Sieder nimmt sich solche Stücke heraus, legt sie in einen solchen Trichter.« Brand zeigte auf ein Gebilde aus gepresstem Stroh. »In diesem Trichter werden die Stücke aus Asche und Salz mit Meerwasser aufgeschwemmt. Wasser und Salz gelangen hindurch, die Asche bleibt zurück.« Brand grinste schief. »Die meiste Asche jedenfalls. Die Salzlösung fangen wir auf und gießen sie in die Siedepfannen, die Ihr hier seht. Darin trocknen wir alles – und nur das weiße Gold bleibt übrig.«

Der skeptische Blick des Fremden entging dem Mann nicht.

Er lachte leise. »Na ja, in diesem Fall ist es leicht graues Gold. Aber das tut der Qualität keinerlei Abbruch.«

Damit wandte er sich um und lief vor die Tür, um Schaulustige zu verscheuchen, die sich nach dem Mord erkundigten.

»Der Leichnam ist längst weg! Es gibt nichts zu gaffen und ich habe nichts zu erzählen! Geht nach Hause!«

Shahid sah sich weiter um.

Vor den Fenstern waren stabile Holzläden angebracht, die von innen verschlossen wurden, damit niemand eindringen konnte.

Neugierig betastete er die Riegel, die verhindern sollten, dass die Flügel sich durch schiere Kraft würden öffnen lassen. Metall. Der Schieber wie die Öse, die ihn aufnahm. Jeder Riegel mindestens drei Finger dick. Gepflegt. Als er einen zu bewegen versuchte, glitt er willig aus der Hülse und hätte sich sicher ebenso in die auf der anderen Seite schieben lassen.

Langsam spazierte er von Laden zu Laden, probierte alle aus.

Spitzte gelegentlich die Lippen, schmatzte, zog die Augen zu Schlitzen zusammen, riss sie weit auf. Wirkte nachdenklich und beschäftigt.

Niemand beachtete sein Treiben.

Einzig Brand behielt ihn ständig im Auge.

Der Fremde konnte ebenso gut gekommen sein, um alle Umstände auszukundschaften. Wer wusste schon, ob so einer nicht Böses im Schilde führte, sich nur den Anschein gab, als wolle er den Mord aufklären. Was auch immer er von Bergfels erzählt haben mochte – er, Brand, kannte sich aus mit diesen Kerlen aus fernen Welten – ihm konnte so schnell keiner was vormachen. Von Bergfels als Besitzer hatte nur mit den Kaufleuten zu tun, dem waren die kriminellen Wesenszüge der dunklen Gestalten nicht geläufig. Aber er war für die Siedehütten und das gewonnene Salz verantwortlich!

Shahid runzelte die Stirn.

Warf seinen Umhang über, setzte die Mütze auf und trat in den kalten Wind hinaus.

Brand folgte.

»Nun? Habt Ihr herausgefunden, wie die beiden reingekommen sind? Ohne Schlüssel?«

»Ja«, gab der Gelehrte zurück. Wandte sich nach links und band sein Pferd los, schwang sich in den Sattel.

»Wo wohnt die Familie des verschwundenen Wächters?«

Brand warf dem Fremden einen giftigen Blick zu.

»In der Stadt. Drei Straßen vom Markt ... Matthias heißt er.«

Shahid drückte der Stute die Fersen in die Flanke und das Tier trabte an.

Niemand war widerrechtlich hereingekommen. Keine Veränderungen an den Riegeln, keine Vorkehrungen, die es ermöglicht hätten, einen der Läden zu öffnen. Derjenige, der hier eindrang, kam durch die Tür. Das Schloss zeigte keine Spuren von unsachgemäßen Versuchen. Arnft und sein Mörder fanden die Tür entweder unverschlossen vor oder war im Besitz des passenden Schlüssels.

Das engte den Kreis der möglichen Beteiligten allerdings nicht ein. Ich frage mich, was der Grund gewesen sein kann, das Verriegeln der Fensterläden durchzuführen und das der Tür zu vergessen. Eile?

Und falls der Schlüssel entwendet wurde – wer hatte Zugang zu ihm? Ein Fremder würde nicht einmal gewusst haben, wo von Bergfels ihn aufbewahrte! Und Brand wäre er unmöglich vom Hals wegzustehlen gewesen.

Nienken? Aber sie liebte ihren Arnft – warum sollte sie ihn in der Siedepfanne kochen? Brutal und mit hautnahem Kontakt zum Opfer? War das denkbar? Ich werde mit Hauke sprechen, sobald ich ihn sehe. Vielleicht kann er mir noch ein bisschen mehr über die Familie erzählen.

20

BERTHOLD STARRTE AUF DIE INNEREIEN der Ratte, die Utz ihm zum Lesen gebracht hatte.

»Nun, äh, also Ratte ist immer ein bisschen schwierig. Sie verbirgt gern, was sie uns offenbaren könnte. Man muss einen gründlichen und tiefen Blick wagen, damit sie einen nicht in die Irre führen kann.«

Utz schwieg, starrte auf Därme und Organe, wartete gespannt.

»Ich denke, du wirst bald schon die Erfüllung deiner wichtigsten Wünsche erleben«, begann der Wahrsager mit schwankender Stimme. »Eine Frau tritt in dein Leben.«

»Ist sie schon«, murrte der Rattenfänger ungeduldig.
»Ist sie schon. Ich will wissen, ob sie auch bleibt.«

Berthold zog die Innereien mit den Zeigefingern beider Hände etwas auseinander – fast so, als wolle er einige Buchstaben sortieren, damit sie Worte formen sollten. Gab sich konzentriert und geschäftig.

»Es könnte daran liegen, dass sie schon eine Weile tot ist. Und freiwillig gestorben ist sie nicht, macht deshalb ein bisschen Gewese um ihre Geheimnisse. Oder berichtet die Zukunft, die sie noch als solche kannte, die nun für uns bereits vergangen erscheint. Versucht, uns in die Irre zu führen, selbst in diesem Zustand.«

»Frisch!«

»Wie?«

»Sie ist frisch. Von heute Mittag. Glaubt Ihr, ich bringe Euch eine verrottete Ratte her, um meine Zukunft zu erfahren?«

»Oh, sicher nicht. Nein. Sie duftet noch nach Leben und Abenteuer, ganz und gar unbelastet vom Odor des Todes«, versicherte Berthold eilig, beugte sich tief über das Gekröse, bließ darüber, als sei es heiß.

Dann lehnte er sich zurück, schloss die Augen, seufzte laut und schwer.

Utz empfand den Anblick des Wahrsagers als sehr befremdlich. Die Handknöchel waren blutig, ein Auge dunkelviolett und angeschwollen, im Augapfel des anderen schwamm Blut. Gelegentlich wischte der Mann die aus dem Augenwinkel triefende Flüssigkeit mit einem Tuch ab, auf dem deutlich große rötlichbraune Flecken zu sehen waren. Gern hätte der Rattenfänger gefragt, doch er war sich nicht sicher, ob eine solche Indiskretion womöglich den Blick in die Zeit, die kommen würde, trüben konnte. Das Lesen störe die Verletzung nicht, hatte Berthold gleich zu Beginn versichert, es sei ja mehr das innere Auge, das die Innereien lese – und das habe keinen Schaden genommen.

Als Berthold die Augen wieder öffnete, schrak Utz gewaltig zusammen.

Er sah nur noch das Weiße!

In diesem Fall zumindest in einem Auge nur das Rote.

Ein entsetzter heiserer Aufschrei entfuhr ihm und beinahe wäre er von dem Baumstammstück gesprungen, das als Sitzgelegenheit diente.

Berthold begann mit einer monotonen, sonderbar dumpfen Stimme zu sprechen. »Ich sehe eine Frau mit dunklen Haaren, die in dein Leben getreten ist. Sie ist nicht mehr jung, hat die Blüte ihrer Jahre bereits hinter sich gelassen. Dennoch geht von ihr ein gewisser Zauber aus. Du bist schon ganz in ihrer Nähe, teilst viel von deiner Zeit mit ihr. Sie fühlt sich in deiner Gesellschaft wohl, beschützt und gut aufgehoben. Ich sehe deutlich, dass ihr beide bis an das Ende eurer Tage zusammenbleiben werdet. Sie wird dich glücklich machen. Allerdings sehe ich keine Kinder aus dieser Verbindung. Vielleicht ist es euch also nicht mehr vergönnt, welche zu bekommen. Es ist auch denkbar, dass es noch zu früh ist, um über diesen Punkt Aufschluss zu bekommen. Frage später noch einmal danach.«

Die Augen rollten an ihren Platz zurück.

Utz war perplex.

»Das kannst du alles aus dem Dreck sehen? Allerhand!«

»Ja, ja – von wegen allerhand!«, nuschelte der Bruder von der Feuerstelle her. »Meine Muscheln und Schteine schagen wasch anderesch.«

»Reicht es nicht, dass dir jetzt zwei Schneidezähne fehlen?«, erkundigte sich Berthold freundlich. »Das ist von nun an der Preis für Widerspruch. Jedes Mal zwei weitere Zähne. Erstens kann dich dann eh keiner mehr verstehen – und wenn es mal Fleisch gibt, kannst du mir nicht mehr alles wegfressen.«

Utz sah rüber zu Johannes. Der lächelte ihn an – und offenbarte die beiden Fehlstellen im Oberkiefer, was auch das Nuscheln zumindest teilweise erklärte. Die linke Hälfte der Unterlippe hing kraftlos in Richtung Kinn, die Wange war blutunterlaufen und das Jochbein gewaltig angeschwollen, was dem Gesicht den Anschein verlieh, aus zwei einander fremden Hälften zu bestehen. Der Rattenfänger fragte sich, warum der Beruf des Wahrsagers so risikoreich war. Unzufriedene Kunden vielleicht, grübelte er.

»Ja, ja. Dem eigenen Bruder die Schäne ausschlagen, das kannscht du!«

Utz zuckte zusammen. Also doch. Berthold hatte den eigenen Bruder so zugerichtet. Doch dann rückte sein Denken wieder alles ins Lot. Johannes hatte schließlich auch kräftig ausgeteilt.

»Vielen Dank!«, murmelte er wohlerzogen. »Es freut mich, dass sich nun alles zum Guten wenden wird.« Dann zog er ein großes reines Tuch aus der Jacke hervor, in das der Lohn für die Weissagung gewickelt war. Sofort erfüllte das Aroma eines würzigen Käses die Hütte.

Johannes schnupperte gierig.

Berthold verneigte sich leicht.

»Gott soll dir deine Großzügigkeit lohnen!«

»Ja, dasch scholl er! Und dafür sorgen, dass diescher böscheschte Bruder unter der Schonne mit mir teilt«, ergänzte der Bruder schnell.

Utz war schneller draußen, als man ihm bei seiner Größe und Masse zugetraut hätte.

In der Kälte atmete er tief durch, hustete den Rauch aus der Lunge und machte sich zügig auf den Rückweg in die Stadt.

Was gut für die Brüder war.

Denn sonst hätte er womöglich noch gehört, wie Johannes nörgelte: »Dasch mit Schilja habe isch herauschgefunden! Du wirscht also teilen müschen. Dass Utz schtändig um schie herumschleicht, ischt Schtadtgeschpräch, von dem dir gansch gewisss niemand erschählt hätte«, und dann setzte er ätzend hinzu, »Bruderhersch!«

»Sei still!«, fauchte Berthold und eilte zur Tür. Sah den breiten Rücken des Rattenfängers den Weg entlangeilen. Ob er Johannes' Worte gehört hatte, würde vorerst wohl sein Geheimnis bleiben.

21

Shahid ritt am Wald entlang.

Ein paar Dinge hätte er den Vater des Bauern gern noch gefragt, doch selbst auf lautes Rufen antwortete der Kranke nicht.

Allerdings war ein anderes Geräusch zu hören, das die Aufmerksamkeit des Gelehrten auf sich zog.

Jemand stöhnte.

Leise nur, schwach, aber eindeutig.

Mit Schrecken dachte er an die drakonischen Strafen, die gern gegen die Kranken verhängt wurden, wenn man sie ohne die Ratsche antraf. War der Bauer entdeckt und verprügelt worden?

Er trieb die Stute auf einem schmalen Pfad in den Wald hinein.

Das Tier bewegte sich vorsichtig in der einsetzenden Dämmerung. Setzte die Hufe zögernd auf, wich an einigen Stellen gar weit zur Seite aus, wenn ihm der Untergrund nicht fest genug erschien, was den Weg der beiden fast wie Schlingern wirken ließ. Shahid tätschelte den Hals der willigen Stute, vermittelte ihr das Gefühl, er wisse, was er wolle, und sie brauche sich nicht zu fürchten. Langsam gelang es ihm, das Tier davon zu überzeugen, er sei allen Gefahren gewachsen. Er konnte spüren, wie es sich bei jedem Schritt mehr entspannte. Die Ohren jedoch bewegte es aufgeregt hin und her.

»Du hörst es auch, nicht wahr?«

Das Stöhnen kam von abseits des Weges aus dem Unterholz.

Shahid saß ab.

Strich in gedachten Streifen zwischen den Bäumen hindurch, einmal links, dann kehrt und rechts herum zurück.

Das Ächzen nahm an Lautstärke zu, je weiter er sich von Stute und Pfad entfernte.

Plötzlich, als er den rechten Fuß aufsetzte, bröselte der Boden unter ihm ins Ungewisse.

Der Orientale warf sich nach hinten, konnte gerade noch einen Sturz verhindern.

Auf allen vieren kroch er zum Rand der Grube, versuchte, erkennen zu können, was sich dort am Boden bewegte.

Ein Tier? Ein Bär vielleicht? Gab es überhaupt Bären auf Strand? So nah an Rungholt? Eher ein Wolf?

Sonderbare Geräusche drangen aus der Grube.

Gefährlich – und doch sonderbar vertraut.

Shahid machte sich möglichst flach, lauschte in die Tiefe.

Nachdem er minutenlang zugehört hatte, entschied er, es handle sich um einen Menschen.

»Hallo?«

»Hmmmpf!«

»Hallo?«

»Ja, verdammt! Zieh mich raus, du Dreckskerl!«

»Oh, unter diesen Umständen lasse ich das vielleicht lieber bleiben!«

»Erst eine Grube ausheben, rechtschaffene Leute vom Pfad locken, und dann? Wolltest du mich hier verrecken lassen, du Missgeburt?«

»Ich habe diese Grube nicht ausgehoben.«

»Klar, das glaube ich dir, du Mistkerl! Ich weiß, du findest das lustig, aber ich kann über so etwas nicht lachen! Dein angespitzter Pflock hat sich in meinen Fuß gebohrt. Wenn ich nicht mehr arbeiten kann, dann wirst du für meine Familie sorgen. Ich werde dich kriegen und vor Gericht zerren.«

»Ich bin Shahid. Und ich habe diese Grube nicht ausgehoben, das schwöre ich. Aber ich kann dir helfen, herauszukommen. Aber ich tue das nur, wenn ich sicher sein kann, dass du nicht die Gelegenheit nutzt und mich verprügelst! Denn ich bin der Falsche!«

»Shahid? Der, der sich tote Menschen anguckt?«

»Ja. Wenn du es so sehen willst.«

Ein lautes Jaulen aus der Grube. »Dann lebe ich gar nicht mehr! Ich werde meine Familie nie mehr wiedersehen! Herr im Himmel, wie konntest du das zulassen? Meine wunderbare Frau muss nun ganz allein für …«

»Ruhe!«, brüllte der Gelehrte.

Es wirkte.

»Du bist nicht gestorben! Wenn du noch Schmerzen spürst, ist auch noch Leben in dir, glaub mir. So, ich werde dir jetzt aus deiner misslichen Lage heraushelfen. Moment …«

Die Stute trug geduldig das beeindruckende Gewicht des Wachmanns.

Shahid hatte dem Mann den Fuß notdürftig geschient, um der Wunde Ruhe zu gönnen, und alles mit Stoffstreifen fixiert, die er aus dem Saum seines Hemdes gerissen hatte. Der Mann schwieg nun, hatte offensichtlich

Fieber und musste im Sattel gestützt werden, damit er nicht herabfalle.

So erreichten sie erst nach geraumer Zeit seine Hütte.

Immerhin hatte Shahid auf dem Rückweg in die Stadt erfahren, dass der Mann, angelockt von einem zappelnden Eichhörnchen, das er erlegen wollte, den Pfad verlassen hatte. Zu spät bemerkte er, dass das Tier längst tot und aufgespießt war. Die Bewegungen erzeugte jemand, der im Verborgenen wartete. Doch da gab der Boden unter ihm schon nach und er stürzte in das gut getarnte Loch.

»Ich denke, es war ein Scherz. Bei uns sind die etwas rauer als anderswo. Gut, die Sache mit den Pfählen am Boden der Grube war unnötig, aber, wie ich zugeben muss, sehr wirksam. Mit dem verletzten Bein konnte ich auf keinen Fall allein hinausklettern.«

»Wenn ich dich nicht gefunden hätte …«

»Wäre ich vielleicht gestorben«, räumte der Verletzte mit schwacher Stimme ein. Fiel dann in tiefes Schweigen. Schwankte bedrohlich.

Shahid glaubte nicht an ein zufälliges Zusammentreffen der Ereignisse. Für den Mörder war es viel zu praktisch, dass der Wachmann nicht zum Dienst erschien. Nein, das war Kalkül. So stiegen die Chancen, unentdeckt zu bleiben, deutlich.

Er schritt zügig neben der Stute her, grübelte bei jedem Schritt.

Entschied dann, er brauche ein wenig Ruhe, um der Lösung der Mordfälle näherzukommen.

22

IN DER SCHÄNKE war reger Betrieb.

Der neue Mord war Gesprächsthema an jedem Tisch und zwischen allen Gästen.

»Na, Ruben. Glaubst du, dass Silja auch hier ihre Finger im Spiel hatte?«, wollte einer der Würfelspieler wissen und lachte laut.

Shahid suchte sich einen Platz am Feuer, rieb sich die Hände. Versuchte, unauffällig in der Masse zu verschwinden, um zuhören zu können, was man an den Tischen der Schänke über Opfer und Täter dachte.

»Nun, willst du es ausschließen?«, fragte der Angesprochene aggressiv zurück.

»Silja überwältigt Arnft? Wie soll das zugegangen sein?«, höhnte eine weitere Stimme.

»Sie hat ihm sicher vorab einen Trank verabreicht. Seine Sinne verwirrten sich, er stieg in die Hütte ein, sie schlich ihm nach, wartete, bis er das Bewusstsein verlor, und musste ihn ja dann nur noch in die Pfanne hängen und ein Feuer entfachen.« So schnell gab Ruben seine Theorie nicht auf.

»Der Ermittler des Gerichts hat das anders gesehen«, wusste ein weiterer Gast.

»So, wie denn?«

»Göran sagt, er war nicht betäubt. Der komische Kauz aus dem Orient hat wohl beweisen können, dass er sich noch gewehrt hat.«

Shahid unterdrückte ein Schmunzeln. Sein Hereinkommen war also nicht aufgefallen. »Komischer Kauz«, rekapitulierte sein Denken, sollte er sich nun ärgern oder taugte die Formulierung gar als Orden?

»Was weiß der schon!«, tat Ruben den Einwand ab.

»Hildesmann sah das ebenso. Er meinte, es gäbe Spuren an Arnfts Körper, die belegen, dass er sich bemühte freizukommen.«

»Ist doch egal. Arnft ist weg! Wir können unsere Frauen beruhigt allein zu Hause lassen!«, rief einer aus der Menge.

»Ach, war deine Frau auch mit ihm …«

»Halt dein blödes Maul! Ich komm gleich und polier dir die Fresse! So gründlich, dass du danach nie wieder zum Zahnbrecher gehen musst, dass garantiere ich! Meine Frau ist anständig!«

»Ich meine ja nur …«

»Hört auf!«, brüllte der Wirt über die Köpfe der Gäste. »Wenn ihr streiten wollt, dann draußen!«

»Gute Idee! Los, gehen wir!« Ruben stellte sich breitbeinig auf, stemmte die Fäuste in die Seiten.

»Ach, lasst das! Jeder von uns hat Angst gehabt, seine Frau könne von diesem Schwein überredet werden. Und das, obwohl unsere Frauen alle anständig sind!«

Shahid lauschte aufmerksam. War das nicht die Stimme von Hauke?

»Ja, Ihr habt gut reden! Eure Katharine würde nie …« Ruben wollte die Aussicht auf einen guten Faustkampf, aus dem er zweifelsohne als Gewinner hervorgehen würde, nicht so schnell aufgeben. »Also? Kommst du nun?«

Doch der Redner blieb unerkannt.

Übellaunig plumpste Ruben auf seinen Stuhl zurück.

Ballte aber die Faust noch einmal in der Luft, als Zeichen dafür, dass er bereit war, es jederzeit mit jedem Gegner aufzunehmen. »Wenn Silja es nicht war, wer dann?«, verlangte er zu wissen.

»Oh, da fällt mir Hans ein. Ihr wisst ja, dass er wieder Ketzer jagt. Und Arnft kam eindeutig direkt als Bote aus der Hölle, brachte Unzucht mit, Verführung, Gier. Sorgte dafür, dass gegen das sechste Gebot verstoßen wurde – und mehr. Er selbst verhielt sich pausenlos gegen das neunte Gebot. So einer muss damit rechnen, dass sein Verhalten anderen ein Dorn im Auge ist, sie es schlicht beenden wollen. Ich könnte mir auch vorstellen, dass er und der Kreis dahinterstecken«, meinte einer der Würfelspieler.

»Hm. Habt ihr schon gehört, was dem Kerl passiert ist, der in Jolandas Haus wohnt?« Die gesamte Schankstube hing an den Lippen des Sprechers, der die Geschichte um alle denkbaren Details erweiterte, während er sie zum Besten gab. Gejohle und lautes Lachen war die Belohnung dafür.

»Und man weiß nicht, wer es war?«

»Nein, er schweigt dazu. Aber Rieke berichtete ihren Freundinnen in allen Einzelheiten, wie sie ihn vorgefunden hatte.«

»Willst du damit andeuten, dass Hans und der Kreis auch hier zugeschlagen haben?«

»Nein. Obwohl er ja für seine Lust bestraft wurde. So gesehen, kommt der Kreis schon in Betracht.«

»Man erzählt sich, dass dieser Shahid eine junge Frau aus den Klauen des Kerls befreit hat. Die Zofe von Elisabeth von Eichwald. Nun, im Herrenhaus gab es wohl einen großen Disput mit unserem Gelehrten«, wusste ein anderer kichernd zu berichten. »Sieht so aus, als habe der Orientale noch nicht alles verstanden, was bei uns so üblich ist.«

»Ah! Sie war Teil des Entgelts für einen Dienst? So eine wundersame Heilsalbe? Für ewige Jugend?«, lachte einer der Würfelspieler laut. »Oh weh. Dann ist da ja noch eine Rechnung offen, die bald beglichen werden muss!«

»Sonst weiß man ja nicht, ob er nicht eine Faltenmachwirkung im Tiegel versenkt!«, grölte ein anderer.

Shahid hatte Mühe, seinen aufwallenden Zorn im Zaum zu halten.

»Mir ist der Kerl ohnehin suspekt. Sitzt immer da, hört zu, spricht wenig und wenn er doch was sagt, ist es manchmal mehrdeutig oder ganz unverständlich. Wer weiß, ob nicht sogar er hinter den Morden steckt?«, gab einer mit leiser Stimme zu bedenken.

»Wenn wir es genau bedenken, sterben die Leute ja erst, seit er hier ist!« Ruben sah eine Gelegenheit, sich an dem lästigen Kerl zu rächen, der sich ständig in Dinge einmischte, die ihn nichts angingen. »Es wäre doch denkbar, dass er mit Silja gemeinsame Sache macht. Ich habe ihn aus ihrem Haus kommen sehen, in der Nacht, in der wir sie … nun ja. Er kam erst raus, lange nachdem er die Männer weggejagt hatte.«

Sollte ich nun auf mich aufmerksam machen, um nicht in den Verdacht zu geraten, die Gespräche der anderen Gäste zu belauschen? Oder wäre es doch geschickter, noch ein bisschen unerkannt zuzuhören? Vielleicht würde der

*Gedankenaustausch sehr schnell ein Ende finden, wenn
ich mich zu erkennen gäbe, und ich könnte nicht erfahren,
welche Bewohner Rungholts inzwischen schon der Morde
verdächtigt wurden? Ich beschloss, möglichst unbeteiligt
vor mich hin zu starren, hielt den Kopf gesenkt und versuchte, so viel von der Diskussion mitzubekommen, wie
nur möglich war.*

*Hier war so einiges, was zu verpassen bedauerlich
gewesen wäre.*

»Das ist wahr. Die Frage, die sich stellt, ist ja eher, ob sie
auch gestorben wären, wäre er nie angekommen. Und da
muss ich euch sagen: Ja! Mit Shahid hat das alles nichts zu
tun!«, mischte sich eine Stimme ein, die dem Gelehrten
bekannt vorkam. Hauke? Oder eher doch nicht? »Die
Frauen und auch Arnft sind aus Gründen gestorben, die
mit Rungholt zu tun haben – und nichts mit dem Zweistromland. Oder glaubt ihr etwa, Enken sei vor Jahren schon einmal dort gewesen, habe sich den Zorn des
Orientalen zugezogen und nun sei er gekommen, um
sich zu rächen?«

»Nein«, räumte ein anderer ein, »Die war nie weg
von Rungholt!«

»Eben. Ihr habt nicht die geringste Veranlassung, Shahid zu verdächtigen.«

»Gut, dann war er es eben nicht«, antwortete Ruben
patzig. »Aber warum findet man ihn immer in der Nähe
der Toten, hä?«

»Weil«, erklärte der, dessen Stimme eindeutig doch
nicht zu Hauke gehörte, wie der Orientale feststellte,
»er darum gebeten wurde, sich der Morde anzuneh-

men. Oder wollt ihr warten bis halb Strand begraben ist?«

»Was, wenn man nun ausgerechnet den Mörder mit der Aufklärung betraut hat?« Ruben wollte nicht von seinem Lieblingstäter abrücken.

Plötzlich erhob sich Utz aus einer Gruppe am Tisch in der Ecke. »Es reicht! Hans und sein Kreis, Silja, der Fremde ... wer fällt euch wohl noch ein?«

Utz, der Mann, der keine Angst kannte.

Ein schmächtiges Männchen meinte mit zitternder Stimme: »Für den Tod von Arnft kommen so viele infrage, da reicht es nicht, sie an Fingern und Zehen eines Mannes abzuzählen. Aber bei den Frauen ist es doch unwahrscheinlich, dass ihnen gleich mehrere nach dem Leben getrachtet haben sollen. Bleiben wir einstweilen bei ihnen und überlegen, wer dafür verantwortlich sein könnte.«

Ein guter Ansatz, dachte Shahid, doch er wird dazu führen, dass ihr euch im Kreis dreht.

Utz nickte und fragte: »Wir könnten uns auch darüber unterhalten, Warum weder Berthold noch sein Bruder Johannes in ihren Weissagungen nicht ein einziges Wort über eine Reihe von Todesfällen verloren haben. Sie behaupten doch, sie könnten alles voraussehen – wie war es ihnen möglich, drei Morde nicht zu entdecken?«

23

Silja schnalzte leise und wartete auf das Antwort-schnauben ihrer Stute.

Lächelte, als der warme Atem des Tieres ihren Nacken traf.

»Du hast noch nicht geschlafen, nicht wahr?«, flüsterte sie liebevoll und strich zärtlich über die Blesse, die sich bis unter die Stirnmähne der Braunen zog. »Wir machen noch einen kleinen Ausflug. Utz habe ich in die Schänke geschickt, damit er sich dort umhöre. Aber wir beide machen uns jetzt auf den Weg. Es gibt ein paar Antworten, die wir brauchen, die gehen wir uns nun holen.«

Sanft schob sie das Zaumzeug über Maul und Nase des Pferdes, führte es hinaus in den kalten Wind. »Es ist kalt, du magst das nicht, ich weiß. Dennoch, Perle, es geht nicht anders. Ich lege die ganz warme Decke auf.«

Perle tänzelte unruhig, als ihr der Wind entgegenblies. Silja schwang sich auf den Rücken. Sie war eine sehr gute Reiterin, saß wie ein Mann, brauchte keinen Sattel, leitete das Tier durch Zuspruch und leichten Zug.

Bevor sie das Kommando zum Start gab, sah sie sich noch einmal gründlich um. »Es ist niemand zu sehen. Wollen wir hoffen, dass ich mich nicht täusche!«

Dann galoppierten Perle und ihre Reiterin in die Dunkelheit.

Schon nach kurzer Strecke war klar, dass sie schrecklich geirrt hatte.

Ganz eindeutig waren sie nicht allein!

Der gedämpfte Hufschlag eines anderen Pferdes mischte sich unter den Schritt der Stute.

»Oh weh. Wir sind entdeckt«, flüsterte die Heilerin und Perle legte an Geschwindigkeit zu.

Doch der andere Reiter holte auf, war nur noch wenige Pferdelängen entfernt. Silja drehte sich immer häufiger um, versuchte erkennen zu können, wer ihr da folgte, doch das wollte nicht gelingen.

»Oh, Perle. Ein schwarzer Reiter. Ich fürchte, du wirst nachher allein nach Hause finden müssen. Er ist hier, um zu töten – und du bist nicht das vorgesehene Opfer.«

Das Tier atmete laut. Silja spürte eine furchtbare Enge in der Brust. Dachte daran, dass es klüger gewesen wäre, wenn sie … Doch das spielte jetzt keine Rolle mehr. Zu spät.

Sie hörte, wie der Reiter klirrend sein Schwert aus der Scheide zog.

Er plante wohl, sie im Vorbeireiten zu erstechen.

»Nun«, flüsterte sie in das große Ohr des Pferdes, »kann auch sein, er enthauptet mich. Mit einem Streich. Dann krieg nur keinen Schreck, kehre um, laufe in deinen Stall und warte dort auf Utz.«

Perle schleuderte den großen Kopf auf und ab, als nicke sie heftig.

»Kluges Tier.«

Das herangaloppierende Pferd war gleichauf. Silja ahnte die Bewegung, glitt an der Seite der Stute hinab, die Hände fest in die Mähne gekrallt.

Der Reiter fluchte laut.

Offensichtlich ging der Stoß ins Leere.

Behände zog sich die Frau wieder auf den Rücken der Stute zurück.

»Lauf!«, rief sie Perle zu, doch dieser Aufforderung hätte es nicht bedurft. Kraftvoll trat die Stute an, rammte ihre Hufe in den weichen Boden, stürmte gegen den Wind.

Doch der Verfolger gab nicht auf.

Sie spürten, wie er näher kam.

Und letztlich hatten sie keine realistische Chance.

⌒◈⌒

خواننده

Als mir bewusst wurde, dass ich meine Schuld nie mehr würde tilgen können, beschloss ich, mich und die Welt von mir und meinem Leid zu befreien. Was sollte man mit einem Kerl wie mir anfangen, der ganze Tage neben dem Grab von Frau und Kind saß, weinte, jammerte, anklagte – und des Nachts neben dem Grab so laut schluchzte, dass man ihn bis zu den fernen Wohnhäusern hören konnte und dort niemand Schlaf fand.

An Arbeit war gar nicht zu denken.

Mein Hirn leergefegt.

All mein Denken drehte sich um mich und meine Rache.

So konnte man keine Rätsel lösen oder Mörder aufspüren.

Und tatsächlich bekam ich zu jener Zeit auch keine Anfragen, wurde von keiner privaten Person, einer Firma oder gar einem Staat um meine Dienste gebeten, um Hilfe ersucht. Als hätte ich einen Platz unter einer gläsernen Käseglocke gefunden. Von außen war ich noch zu sehen, ein bisschen verzerrt vielleicht, aber zu mir hinein drang das Leben nicht mehr.

Und so beschloss ich ... aber das wissen Sie ja schon.

Die Menschen glauben, Zeit sei ein absoluter Wert. Messbar. Zuverlässig. Jede Stunde dauert sechzig Minuten, danach beginnt eine neue und nach 24 Stunden ist der Tag um und wir messen von vorn.

Doch das ist nur Einbildung. Ein Ordnungssystem, das unsere Tage regelt, dafür sorgt, dass wir Termine vereinbaren und auch einhalten können.

In der Wirklichkeit zeigt unsere alltägliche Erfahrung, dass es nicht stimmt.

Wer hat nicht schon gespürt, dass die Zeit zäh sein kann? Wenn man darauf wartet, dass der Schmerz vergeht, dass der Liebste kommt, dass der nächste Geburtstag schnell kommen möge, weil man so viele Wünsche hat. Wie oft hofft man dann, die Zeit möge irgendwie vergehen, doch den Gefallen tut sie uns nicht. Gefahr, Folter, Haft, Krankheit – wir wissen, wie sich die Zeit in solchen Situationen verhält. Die Minute dehnt sich wie ein extralanger Honigfaden.

Diese Längen beulen das Netz der Zeit an manchen Stellen aus.

Ja, die Zeit ist tatsächlich ein Fischernetz aus kleinen Einzelwaben. Jede Veränderung in der einen wirkt sich auf die anderen aus. Wenn sich also Ihre Zeit unerträglich dehnt, wird Ihre Wabe weit. Damit die nächste nicht eingedellt wird, muss ein Ausgleich geschaffen werden. Und genau der entsteht am Rand des Netzes. Ein Zeit-

fenster, eine Zeitlücke, wie auch immer man es nennen möchte.

Und mit ein bisschen Glück – oder Pech – gelangt man durch eine solche Dehnungsstelle in eine andere Zeit.

Die man sich allerdings auch nicht aussuchen kann.

Es gibt Zeichen, die, wenn man sie deuten kann, davon künden, dass der Ausgleich solch einer Dehnung im Gefüge nah ist. Vögel werden unruhig, ziehen grundlos von einem Punkt zum anderen, die Tiere allgemein reagieren nervös. Manche versuchen gar, den Ort zu verlassen, an dem sie ihr gesamtes bisheriges Leben verbracht haben. Das Wetter überrascht die Menschen mit unerwarteten Kapriolen, jahreszeitlich untypische Wetterphänomene vernichten Ernten und bringen Hunger.

Sie merken schon: Sicher sind diese Zeichen nicht. All das geschieht oft genug auch, ohne dass jemand durch die Jahrhunderte fällt.

Als ich zum ersten Mal stürzte, versuchte ich, menschentypisch, einen Grund darin zu finden, warum ausgerechnet ich, der nichts lieber sein wollte als tot, nun ausgerechnet zum Weiterleben verdammt wurde. Und schnell merkte ich, dass ich meine Fähigkeiten einbringen sollte. An all den sonderbaren Orten, in denen ich in Dunkelheit und leichter Verwirrung erwachte, wartete ein Rätsel auf mich. Seltsam genug. Doch wenn ich klar denken kann, verstehe ich die jeweilige Landessprache und kann mich auch in ihr verständigen. Mein Name ist Shahid, ich komme aus dem Zweistromland und bin gut ausgebildet. Das bleibt. Und so ist es nie überraschend, dass mein Schatz an Vokabeln aufgefüllt werden kann, ich über Kenntnisse verfüge, die vielen neu sind. Nichts-

destotrotz ist es mir in jeder Zeit und in jedem Land möglich, sofort mit meiner Arbeit zu beginnen.

Wäre ich ein wirklich religiös geprägter Mensch, so
könnte ich annehmen, ich müsse meine Schuld abarbeiten und würde dann erlöst. Fände endlich den Tod. Würde
vielleicht neben meiner wunderbaren Frau und unserem
Kind beigesetzt. Doch leider gehöre ich nicht zu denen,
die an eine göttliche Steuerungsmacht glauben. Nicht
mehr.

Als ich im Bauch des Schiffes nach Rungholt erwachte,
war ich neugierig auf die Ermittlung, die ich hier durchzuführen haben würde.

Und wie ich zugeben muss, ist das Rätsel diesmal vertrackt.

Aber nicht unlösbar.

24

ROERD ASMUS WAR AUFGEBRACHT.

Stapfte in Richtung seines Gotteshauses.

Schimpfte dabei laut vor sich hin.

»Ein Ritterspiel wollen sie abhalten! Wunderbar. Aber
nur für die Reichen. Die Armen werden ausgenom-

men. Und was ist, wenn bei diesem Turnier Ritter und Zuschauer sterben? Ha, das haben sich die ja fein ausgedacht. Die Kosten für die Bestattungen muss dann die Gemeinde aufbringen!«

Seine Schritte waren lang, das schwere silberne Kreuz schlug kräftig gegen die Brust, die Soutane wickelte sich um seine Beine, brachte ihn beinah zu Fall. »Na, das werden wir ja sehen! Nicht mit mir! Roerd Asmus kämpft.«

Er betrat die Kirche und begann damit, die Kerzen in den Leuchtern zu entzünden.

»Warum ist das noch nicht erledigt?«, wunderte er sich. »Normalerweise brennen die doch längst, wenn ich komme.«

Als alle Flammen in der leichten Zugluft im Gotteshause flackerten, war der heilige Ort in warmes Licht getaucht. Asmus seufzte tief. Spürte tröstlich die Nähe des Herrn. War froh, dass er auf göttliche Unterstützung bauen konnte.

Leider gab es keine Musik.

Die Orgel ... nun, es fehlte an Geld. Der Lautenspieler war krank, lag im Fieber. Wurde behauptet. Asmus hatte einen anderen Verdacht. Gerüchte hatten ihn erreicht, die von einem Saufgelage und Würfelspiel berichteten, der Lautenspieler habe sein Geld verloren und der Abend endete in einer wüsten Prügelei. Wie so oft.

Nicht so schlimm, entschied der Pfarrer. Er, Asmus, hatte ein tragendes, klares Organ, das würde reichen.

Außerdem ging es um das, was er zu sagen hatte. Seine Predigt, die Rede ins Gewissen, wichtiger denn je!

Als er Stimmen vor dem großen Rundportal hörte, ging er öffnen.

Er würde jeden einzelnen Gläubigen mit Handschlag begrüßen.

Wenig später, nachdem die einführende Liturgie gehalten war, stieg er die drei Stufen zum Altar hoch, wandte sich um und ließ seine Augen über die versammelte Gemeinde patrouillieren.

Dann holte er tief Luft, breitete die Arme weit aus.

»Wir haben uns heute hier versammelt, um der Toten zu gedenken, die uns auf gewaltsame Weise verlassen mussten, schmerzlich vermisst werden und eine Lücke reißen, die wie ein tiefer Graben in unserem Fühlen spürbar ist. Zwei Frauen und ein Mann wurden getötet. Einige von euch sehen darin eine Strafe des Herrn. Rungholt, dieses reiche Siedlungsgebiet, wird seit Monaten von Unbilden heimgesucht. Die Morde sind nur der Gipfel dessen, was wir in der letzten Zeit zu ertragen hatten!«

Raunen ging durch die Reihen. Köpfe nickten, Füße scharrten.

Plötzlich rief eine Stimme: »Bei den Frauen will ich das noch glauben, doch das Geschwür Arnft wurde ausgerissen, um uns Gutes zu tun!«

Auch dieser Sicht auf die jüngsten Entwicklungen wurde Zustimmung gezollt.

»Mag sein, dass mancher von euch das so sieht. Arnft war eine verlorene Seele. Doch eines muss euch gewiss sein: Hätte der Herr ihn uns zum Guten aus unserer Mitte entfernen wollen, wäre Arnft einer tückischen Krankheit erlegen, einen Unfalltod gestorben, im Zweikampf tödlich getroffen worden. Niemals schickt der Herr einen Mörder! Von ihm werden keine Menschen gedungen, die anderen das Leben nehmen! Das zu tun, obliegt nur ihm selbst.«

Hauke hielt den Blick auf seine Hände gesenkt.

Er hatte natürlich erwartet, dass Asmus die Gelegenheit nutzen würde, seinem Zorn lange Zügel zu lassen. Er ahnte, was noch kommen würde.

»Mord ist kein Erziehungsmittel! Mord ist ein Verbrechen! Ein Verstoß gegen das fünfte Gebot. Das Leben ist ein Geschenk des Herrn, das wir niemandem nehmen dürfen! Und in unserer Mitte läuft ein solcher Mensch umher: Sieht aus wie jeder andere, spricht wie alle, guckt dich aus seinen Augen offen an! Er bleibt unerkannt, sitzt gerade jetzt mitten unter euch. Und möglicherweise haben wir derer sogar zwei. Sein oder ihrer beider Ziel ist es, dieses Geschenk des Lebens anderen zu rauben. Sie morden!«

Es war, als halte die Gemeinde den Atem an. Vorsichtige Blicke huschten zu den Banknachbarn, über die Reihe, nach hinten und vorn.

»Ja, seht euch um! Einer eurer Nächsten bringt eure Töchter um, tötet unbeliebte Männer. Irgendjemand nimmt das Gesetz in seine eigenen Hände! Und das ist, was dort geschieht, wo zu viel Geld in den Händen weniger versammelt ist. Der Glanz des Goldes, das Bewusstsein des eigenen Reichtums führen dazu, dass mancher Mensch seinen Rang missdeutet, sich Gott gleich wähnt.«

Joachim von Eichwald räusperte sich warnend. Er würde sich von einem Pfaffen nicht in seine Geschäfte reden lassen, Asmus musste lernen, seine Grenzen zu erkennen. Schon begann er über einen Plan nachzusinnen, der dem Pfarrer diese Erkenntnis bringen sollte.

»Unser Lautenspieler ist krank. Liegt mit Fieber. Und warum? Er hat gewürfelt und verloren. Seine Familie weiß nun nicht, wie sie den Rest des Monats etwas zu essen bezahlen soll. Leichtfertig hat er das Schicksal aller aufs Spiel gesetzt, musste splitterfasernackt den Heimweg antreten, in Regen und Kälte. Geld oder die Gier danach verderben den Charakter. Manche der Verzweifelten scheuen dann auch nicht davor zurück, einen Mordauftrag zu übernehmen.«

Hauke schluckte. Ihm schien, Asmus ginge nun doch zu weit. Im Grunde beschuldigte er gerade einen der Kaufleute, Fabrikbesitzer, Siedereibesitzer, einen Mörder gedungen zu haben. Er schielte von unten hoch in Richtung von Eichwalds und konnte unschwer erkennen, dass der die Worte des Pfarrers ebenso verstanden hatte. Die Lippen des Mannes waren zu einem dünnen Strich zusammengekniffen, die Augen funkelten wild aus Schlitzen, die Hände, die eigentlich fromm gefaltet sein sollten, rangen umeinander.

»Ich weiß«, donnerte Asmus' Stimme weiter durch den hohen Raum, »dass ihr alle auf die Ritterspiele hofft. Doch ich sage euch, die einzigen, die von diesem Turnier profitieren, sind die, bei denen das Geld ohnehin schon versammelt ist. Die Bauern, die Sieder, die Armen – alle geht ihr leer aus. Statt teurer Spiele wünscht euch lieber mehr Gelder für die Unterstützung der Mittellosen, weniger Forderungen an die Bauern, die nicht wissen, wie sie die Abgaben begleichen sollen. Die Ernte ist mehr als mickrig ausgefallen. Es bleibt kaum genug für die Familien, um das Überleben zu sichern. Und in solchen Zeiten sollen hier Ritterspiele abgehalten werden?

Gott schickt euch Zeichen – und ihr seht nicht hin! Er schickt Sturm und Regen, beißende Kälte, lässt euch spüren, dass er den Menschen von Rungholt runterwehen könnte – und ihr reagiert nicht! Die Sitten verfallen – und niemand sieht hin. Ihr erzürnt den Herrn ohne Unterbrechung! Hurerei, Glücksspiel, lebensgefährliche Streiche, verantwortungsloses Handeln! Unter euch grassiert der Größenwahn: Ihr baut einen vier Ellen hohen Damm, stolziert darauf herum und ruft dem blanken Hans zu, er könne es ruhig wieder versuchen, diese Insel könne er nun mit all seinen Wassermassen nicht auslöschen, denn der Damm schütze sie! Gott kann euch schützen! An ihn wendet euch um Hilfe! Doch ihr verärgert ihn mit Arroganz, Hoffart und Dünkel. Deutet die Zeichen endlich, kehrt auf diesem Irrweg um. Diese Gemeinde hier könnte gottgefällig leben – dann wäre der Herr vielleicht geneigt, uns alle von diesem Elend zu erlösen! Ansonsten werdet ihr die gerechte Strafe erleiden. Macht kehrt!«

»Genau!«, rief Hans laut dazwischen und erhob sich. Aller Augen wandten sich ihm zu. Zum Teil angstvoll, andere sahen in ihm eine Hoffnung auf bessere Zeiten.

»Es ist gar nicht so schwer, wieder gottgefällig zu werden. Es ist eindeutig, dass das Ketzerwesen in Rungholt erneut Fuß gefasst hat! Seht euch um. Der Pfarrer hat recht! Hunger, Elend, Kälte, Tod. Und ihr alle wisst sehr gut, woher das kommt!«

Stille.

»Wir kennen all das bereits von früher!«

Beharrliches Schweigen.

»Unser Pfarrer bekämpft den Ketzer nicht!«, trumpfte Hans schließlich auf. »Und so hat der freie Bahn!«

»Es gibt keinen Ketzer hier!«, protestierte Asmus vehement. »Es gibt nur zu viele zu reiche Menschen! All das, was du beschreibst, bewirken das Geld und der verantwortungslose Umgang damit. Habt ihr euch auf dem Markt umgesehen? Lebende Fische in großen Fässern werden hier verkauft. Doch wer von den Rungholtern kann so etwas bezahlen? Fleischpasteten, deren verbackener Inhalt nicht fragwürdig ist – wer kann sich das leisten? Edle Pelze, wunderbar Gearbeitetes aus Leder – hat einer der Bauern etwas gekauft? Neue Schuhe vielleicht? Und das, was man kaufen könnte? Brot, Gemüse, grobe Stoffe? Eisenspäne im Brot, falsch abgemessener Stoff, angefaultes Gemüse. Das ist es, was die Rungholter sich gerade noch leisten können. All das andere ist nur für die wenigen!«

»Und ich sage euch: Es gibt wieder einen Gottlosen unter uns, der den Zorn des Herrn auf diese Insel gelenkt hat. Er muss gefunden werden. Entweder verjagen wir ihn oder lösen das Problem endgültig. Danach kehren erneut Ruhe und reges Geschäftstreiben bei uns ein, die Ernte im kommenden Sommer wird berauschend sein! Aber vorher müssen wir das Ketzerschwein finden.« Hans hatte sich von Neuem in Rage geredet.

»Raus aus meiner Kirche! Du wirst nicht im Hause des Herrn zur Tötung eines Menschen aufrufen! Raus!«, polterte Asmus und wies mit ausgestrecktem Arm und bebend vor Wut auf den Ausgang. »Es gibt keinen Ketzer in dieser Gegend!«

Auf ein Zeichen von Hans erhoben sich weitere Männer, schickten sich an, ihn beim Verlassen der Kirche zu begleiten.

»Was weißt du schon, Roerd Asmus?«, fragte einer und verzichtete bewusst beleidigend auf die korrekte Anrede. »Wir werden mal sehen, ob Rom nicht der Meinung ist, es sei besser, einen ketzerischen Pfarrer abzuberufen und ihn vor ein Kirchengericht zu rufen!«

»Was er euch nicht erzählt, ist, dass er regelmäßig Silja Besuche abstattet. Dieser Hexe! Und wir wissen, dass er in seinem Haus eine Katze füttert. Wir haben euch alle sehr gut im Blick!«, triumphierte Hans und sah zufrieden den Pfarrer erbleichen. »Besser, ihr glaubt ihm nicht. Warum sollte ausgerechnet einer wie er den Ketzer verraten?«

25

MÜRRISCH RITT SHAHID zur Hütte der Jolande.

Seine Gedanken waren düster, seine Stimmung gereizt.

Natürlich, er sah ein, dass er ein Gespräch mit dem Herrn dort führen musste, wollte er Liese vor weiterem Unbill bewahren. Doch ergriff ihn stets, kaum dass er angefangen hatte über die richtigen Worte nachzusinnen, eine solch unbändige Wut auf den Kerl, der sich über die junge Frau geworfen und sie bedrängt hatte, dass er die

Formulierungsversuche nach wenigen Momenten aufgeben musste. Dann auch noch zu erfahren, dass man seine Liese, es fiel ihm gar nicht auf, dass er sie in Gedanken schon seit der ersten Begegnung so nannte, seine Liese als Teil der Bezahlung für einen Tiegel Salbe einsetzte!

»Eigentlich müsste ich mir von Eichwald und seine holde Gattin vorknöpfen!«, presste er zwischen den zusammengebissenen Zähnen hindurch. »Stattdessen muss ich hier den Schuldigen geben und um Vergebung bitten, damit Liese und ihr Bruder nicht in größte Schwierigkeiten geraten. Das Leben ist nicht gerecht.«

Die Stute, die ihn im Laufe der gemeinsamen Ausritte offensichtlich gut kennengelernt hatte, verlangsamte stetig ihren Schritt, als wolle sie seinen Gedanken den zeitlichen Raum bieten, den sie benötigten. Sie schien zu spüren, wie sehr ihr Reiter mit dem Schicksal, den Regeln und sich selbst haderte.

Kaum war die erste Phase des Grübelns überwunden, sann er über die Frage nach, ob er diese grässliche Entschuldigung, die man ihm hier abnötigte, nicht durch geschicktes Taktieren in ihr Gegenteil verkehren konnte. Es musste doch einen Weg geben, diesem lüsternen Bock sein Begehren ordentlich zu vergällen!

Als die Hütte schließlich in Sicht kam, war der Plan in groben Zügen fertig.

Der Comte Maurice de Champagne hatte Pferd und Reiter schon auf größere Entfernung ausgemacht. Um nicht erneut in eine demütigende Lage zu geraten, beschloss er, es sei ratsam, sich in Sicherheit zu bringen, zumal ihm die Absichten des Mannes nicht deutlich waren.

Shahid beobachtete amüsiert, wie der dickliche Mann über die tiefgründige Wiese davonzulaufen versuchte.

Sanft trieb er die Stute an.

Holte den Fliehenden mit wenigen kraftvollen Sätzen des Tieres ein.

»Wartet!«

Doch der Comte ließ sich nicht aufhalten, stapfte weiter, sank bei jedem Schritt bis zur halben Wade ein.

»So wartet doch! Ich bin gekommen, um Euch um Vergebung zu bitten!« Mit elegantem Schwung sprang der Orientale aus dem Sattel.

Misstrauisch blieb der Alchimist stehen, musterte den anderen prüfend.

»So?«

»Ja! Man erklärte mir, ich hätte aus Unkenntnis der Umstände die Situation, in der ich Euch und die junge Frau vorfand, falsch eingeschätzt. Deshalb bleibt mir nur, mein tiefempfundenes Bedauern über mein Verhalten zum Ausdruck zu bringen.« Shahid spürte, wie Seele, Herz und Magen bei diesem Gesülze zu rebellieren begannen.

»Ich tat nichts Unrechtes!« Der Mann warf sich in die Brust.

»Nun, das habe ich inzwischen ebenfalls erfahren. Herr von Eichwald stellte das in einem Gespräch bereits klar.«

»Nun denn!«, bemerkte der Dicke zufrieden.

Shahid verharrte regungslos neben dem Mann auf der Wiese.

»Und? Was gibt es noch?«, fragte der Comte ungeduldig.

»Oh – eigentlich – unser Zwist ist damit beigelegt?«

»Ja. Ja! Zieht Eurer Wege und lasst mich in Frieden! Trollt Euch schon!« Der Comte wedelte hektisch mit beiden Händen vor seiner Brust, als könne er das Verschwinden des Besuchers damit beschleunigen.

Doch der Besucher schien wankend, wirkte unentschlossen. Nahm das Ross am Zügel, wollte aufsitzen, ließ es dann doch, wandte sich zum Comte um, schüttelte den Kopf, schickte sich erneut an, sein Pferd zu besteigen.

»Was noch?«, verlangte der Alchimist übellaunig zu wissen.

»Ich bin ein Medicus, wie Ihr das nennen würdet. Und, obgleich wir diese Meinungsverschiedenheit hatten, sehe ich es als meine Pflicht an, Euch eindringlich zu warnen. Viele der Frauen hier leiden an Krankheiten, die durchaus auf den Mann übergehen können, neben dem sie liegen. Denkbar, dass auch Ihr Euch eine solche zugezogen habt.«

Der Mann wurde sehr blass.

»Tödlich?«, stieß er dann mühsam hervor.

»Im einen oder anderen Fall – ja.« Shahids dunkle Augen leuchteten wie schwarze Seen. Der Comte glaubte, darin echte Besorgnis um seinen Gesundheitszustand zu erkennen.

»Und es gibt kein Mittel?«, fragte er angstvoll.

»Doch. Gegen manche wohl.« Der Orientale schwang sich auf den Rücken der Stute. »Aber nur gegen wenige der Krankheiten ist ein Kraut gewachsen. Die Behandlung ist mühsam, langwierig und schmerzhaft.«

»Aber es kann das Leben des betroffenen Mannes retten?« Die Hoffnung überzog das Gesicht des Comte mit neuem Glanz.

Shahid nickte zurückhaltend.

»Woran merke ich denn, dass ich krank bin?« Die Stimme des Alchimisten klang unangenehm schrill und hysterisch.

»Ihr wollt, dass ich Euch untersuche?«

»Ja – ich glaube schon.«

Shahid saß wieder ab. Legte seine Hand auf die fahle Stirn des anderen. Wiegte bekümmert den Kopf. Umfasste das Handgelenk des Comte, fühlte den Puls am Handgelenk. Seine Züge zeigten mehr und mehr ernsthafte Sorge.

»Nun?« Die Stimme des Adligen war nur mehr ein Hauch.

»Ich denke, wir sollten hineingehen«, meinte der Orientale ernst. »Euer Herz schlägt sehr schnell. Das könnte durchaus ein Zeichen sein, das wir beachten müssen.« Er legte die Hände seitlich an den Kopf des Patienten, zog mit den Daumen vorsichtig die Unterlider herab, dann die Oberlider hoch. Räusperte sich. »Eure Augen sind leicht blutunterlaufen.«

»Oh, mein Gott! Werde ich sterben?« Die Beine des Comte versagten auf dem Weg über die Wiese und er presste seine Knie tief in den kalten, matschigen Grund.

Shahid wandte den Blick gen Himmel. Grau. Unfreundlich.

»Und?«, fragte der andere, der sich mühsam aufrappelte.

»Was und?«

»Nun, werde ich sterben?«

»Oh, die Frage galt mir? Ich dachte, sie sei an Euren Gott gerichtet. Ihr hattet Euch auf die Knie … Oh, ein Missverständnis, ich sehe schon.« Dabei lächelte er milde, als wolle er dem Todgeweihten nicht den letzten Funken Hoffnung nehmen. »Aber – ja, der frühe Tod ist möglich. Meist geht ihm ein langes Siechtum voraus.«

Er half dem Wimmernden, den Weg zur Hütte zu überwinden.

»So schlimm ist das doch nicht. Seht es mal so: Es gibt viele Dinge, die Spaß machen und Abenteuer bedeuten – und möglicherweise ein tödliches Risiko in sich bergen: Ritterspiele, Experimente, Kriege, Frauen.«

Der Comte schwieg.

In der Hütte fiel er auf sein Lager und schloss stöhnend die Augen.

Shahid griff nach dem Kessel und füllte Wasser ein. Hängte ihn übers Feuer. Entnahm seinem Umhang ein Säckchen und streute eine großzügige Menge getrockneter Kräuter hinein.

Dann suchte er nach Stoffstücken, die er für seinen Zweck gebrauchen konnte.

Draußen schnaubte die Stute, die bemerkte, wie sich der Himmel wieder verdunkelte, und vor dem nächsten Regen im Stall sein wollte. »Gleich, meine treue Gefährtin. Ich bereite noch die Arznei fertig zu, dann machen wir uns auf den Rückweg.«

Zum Comte gewandt, erklärte er: »Seht mich an. Gut. So, hier in dem Kessel werde ich einen Sud aus Kräutern ansetzen. Trinken dürft Ihr den nicht, der ist nur für die äußerliche Anwendung. Er riecht etwas streng, nach Mäusen, aber daran werdet Ihr Euch schnell gewöhnen. Ich lege für Euch einige Stücke Stoff ein, die Ihr einmal am Tag auf Euer Gemächt legt. Den ersten Umschlag übernehme ich, dann wisst Ihr, wie es zu geschehen hat. Beobachtet Euch genau. Wenn heftige Schmerzen, Schwellungen und Rötungen auftreten, so ist der Sud wirksam und wird Euer Leben retten. Wenn nicht, dann könnt Ihr getrost die Therapie abbrechen. Dann kommt sie nämlich entweder zu spät und kann Euch nicht mehr helfen oder man hatte Euch nichts übertragen. Solltet Ihr alles aufgebraucht haben und es tritt keine Linderung ein, so muss ein neuer Sud angesetzt werden. In diesem Fall lasst mir eine Nachricht zukommen.«

»Danke«, röchelte der Sterbende. »Was bin ich Euch schuldig?«

»Nichts. Wartet erst ab, ob es Euch hilft.« Er warf mehrere Stofffetzen in den Kessel, angelte einen über einen hölzernen Löffel heraus, begutachtete ihn, tauchte ihn erneut ein und rührte um. Dann hob er den Löffel mit dem Tuch wieder heraus, ließ einen Teil der Flüssigkeit in den Kessel zurücktropfen. Schwenkte den Lappen vorsichtig hin und her, um ihn abzukühlen.

»So glaubt Ihr, ich werde dennoch sterben?« Die Stimme war nur noch ein Hauch.

»Aber nein. Dann würde ich mir doch sofort Geld von Euch geben lassen, oder? Wenn Ihr genesen seid, könnt Ihr mich entlohnen. Und stellt Euch darauf ein, dass es eine ganze Weile dauern kann, bis Ihr vollkommen wiederhergestellt seid.«

Eilig entledigte sich der dicke Mann seiner engen Beinkleider und der Orientale drapierte den feuchten, noch leicht dampfenden Stoffstreifen an delikater Stelle. »Hier legt ihn auf. Nehmt eine Decke und ruht Euch aus. Sorgt für gleichbleibende Wärme. Die Wirkung sollte recht zügig einsetzen – wenn Ihr schon erkrankt seid.«

Stöhnend warf sich der Comte zurück ins Stroh. Schloss die Augen.

»Alles Gute für Euch! Und – während Ihr den Sud verwendet, solltet Ihr keine Weibsleute zu Euch aufs Lager holen. Zu gefährlich. Wartet, bis alle Anzeichen der Krankheit wieder abgeklungen sind.«

Das Letzte, was der Comte noch hörte, war das Trappeln der Hufe, als Ross und Reiter sich auf den Heimweg machten.

Der Schmerz kam schnell und heftig.

Das untrügliche Zeichen der Erkrankung.

26

KÄTHE SASS AN LIESES BETT und wartete darauf, dass die Zofe ihre Augen aufschlagen würde.

Dem Mädchen war schrecklich langweilig. Was war nur plötzlich mit allen los? Mit niemandem konnte man sich mehr vernünftig unterhalten, selbst die Köchin hatte schlechte Laune. Und das war ein Ereignis von Seltenheitswert. Ihrer Mutter ging sie besser ganz aus dem Weg.

Der Ärger hatte damit begonnen, dass Liese etwas

nicht gekauft hatte, was Käthes Mutter unbedingt gebraucht hätte. Liese lag krank darnieder, konnte nicht zur Rechenschaft gezogen werden, der stumme Bruder war nicht aufzufinden.

Unzufrieden und mürrisch stupste das Mädchen Lieses Arm an.

»Nun sag doch, um was für ein Ding es ging. Mutters Zorn vergiftet das Haus, keiner wagt mehr ein Wort zu sagen.«

Liese schlug zögernd das linke Auge auf.

»Was ist der Grund für all die Wut?«

»Eine Salbe. Der Alchimist sollte sie mir verkaufen, doch dazu kam es nicht«, flüsterte die Zofe. »Gleich morgen gehe ich wieder zu ihm hin und diesmal bringe ich den kleinen Tiegel mit.«

»Meinst du, dass du morgen aufstehen kannst?«, erkundigte sich das Mädchen hoffnungsfroh.

»Ich muss. Es wird irgendwie gehen. Schließlich müssen wir dafür Sorge tragen, dass deine Mutter wieder besserer Stimmung sein kann.«

»Ja, das wäre gut!«, seufzte Käthe aus tiefstem Herzen. Liese wusste sofort, dass sie geschlagen worden war.

»Hast du etwas angestellt?«

»Ich habe mit Edgar gespielt. Ich habe ihn so genannt. Er mag es sehr, wenn man sich mit ihm beschäftigt. Und als er weggelaufen ist, bin ich ihm nachgegangen, trug ihn im Arm wieder ins Haus zurück. Und da hat mich ein seltsamer alter Mann angesprochen. Der wollte mir Edgar wegnehmen. Ich will ihn aber behalten. Und als ich laut gerufen habe, ist endlich jemand aus dem Haus gekommen. Aber der Alte hat mir Edgar aus dem Arm gerissen. Der hat gekratzt und konnte entkommen. Es gab einen Tumult. Mutter wurde aufmerksam.«

»Hm. Der alte Mann ... klein, gebeugt, keine Haare? Und er hieß Hans?«

»Woher weißt du das?«, staunte Käthe.

»Oh weh, Käthe. Es gibt hier in Rungholt viele Menschen, die denken, dass Katzen wie Edgar mit dem Teufel einen Pakt geschlossen haben. Sie glauben, Edgar sei böse. Und schnell gehen sie davon aus, dass die Menschen, bei denen Katzen leben, auch böse sind. Das möchte deine Mutter natürlich nicht. Dieser alte Mann ist durchaus mächtig, weißt du?« Liese richtete sich mit schmerzverzerrtem Gesicht auf. »Es kann deine Eltern in große Schwierigkeiten bringen.«

Käthe interessierte das nicht. »Wenigstens kann er Edgar in keine Schwierigkeiten mehr bringen. Den habe ich nämlich aus dem Käfig gerettet, in den dieser Mann ihn gesperrt hatte. Ich kann doch nicht zulassen, dass mein einziger Freund in dieser Welt von diesem Mann verschleppt wird!« Die Augen des Mädchens funkelten angriffslustig. »Das verstehst du doch? Du lässt deinen Bruder doch auch nicht zurück, wenn er ...«

Liese nickte.

»Wo hast du Edgar versteckt?«, flüsterte sie. »Niemand darf davon erfahren. Ich werde versuchen, dir zu helfen.«

»Ich habe aus der Küche ein bisschen Fisch gestohlen und ihn in mein Zimmer gebracht. Er ist nun ganz leise und schläft. Unter einer Decke.«

»Gut. Es wird bald dunkel. Ich komme zu dir und hole ihn ab. Danach verstecke ich ihn bei einem Freund.

Wir werden ihn retten. Aber hier darf er nicht mehr gesehen werden, sonst bringt er uns alle in Gefahr. In wahre Todesgefahr, Käthe. Vertrau mir, ich nehme mich der Angelegenheit an.«

Käthe verstand nicht, wie eine Katze so viel Ärger verursachen könnte. »Aber Liese, ich kann auch mit Vater sprechen. Er wird mir sicher erlauben, Edgar zu behalten, wenn ich ganz lieb darum bitte!«, maulte sie leise.

»Nein, das wird er diesmal nicht. Geh in dein Bett und sorge dafür, dass der Kater nicht maunzt. Ich werde zu dir kommen. Und denke daran: Niemand darf ihn sehen!«, mahnte Liese eindringlich.

Als das Mädchen gegangen war, versuchte Liese, auf die Beine zu kommen. Sie hatte gewaltige Schmerzen, so, als sei die monatliche Unsauberkeit eingetreten, nur heftiger. Doch das konnte nicht sein, die unreine Zeit war gerade vorbei. An die Geschehnisse konnte sie sich nicht genau erinnern – nur daran, dass unerwartet der orientalische Gelehrte aufgetaucht war und sie aus der schrecklichen Lage befreit hatte. Wie es ihr gelungen sein konnte, nach Hause zu kommen, wusste sie nicht zu sagen. Stöhnend richtete sie sich auf, probierte aus, ob ihre Beine sie tragen wollten. Warm lief Blut an ihrem Bein entlang, anders als sonst. Schon die Farbe. Sie traf die notwendigen Vorkehrungen, fand heraus, dass sie vor Schmerzen kaum Wasser lassen konnte, quälte sich langsam vorwärts.

»Mein Gott, wohin willst du denn?« Die Köchin schlug die Hände über dem Kopf zusammen. »Du solltest besser liegen bleiben!«

»Aber die gnädige Frau wird wissen wollen, warum ich den Tiegel nicht bringen konnte. Und morgen in der Früh erwartet sie mich zur Morgentoilette. Es wird schon gehen.«

»Sieht ehrlich gesagt nicht danach aus«, gab die Köchin besorgt zurück. »Du bist weiß wie der Tod. Und gerade stehen kannst du auch nicht. Wenn es um deinen Bruder geht, so sei nur ganz beruhigt. Er ist bei mir und es wird ihm nichts geschehen. Er ist sehr geschickt im Verstecken.« Die üppige Frau lachte leise und warm.

Elisabeth von Eichwald saß vor ihrem Spiegel und löste die Zöpfe.

»Ach, da bist du ja wieder!«, rief sie verächtlich, als sie ihrer Zofe ansichtig wurde.

»Ich weiß, ich habe den Tiegel nicht mitgebracht. Morgen werde ich ihn holen. Gleich in der Früh.«

»Ach ja? Wo du dich heute schon so dämlich angestellt hast? Wie soll ich dir nun glauben oder überhaupt noch Vertrauen in deine Worte setzen? Dir war wohl bewusst, wie wichtig mir die Salbe ist – und dennoch fehltest du!« Die sehnigen Finger griffen nach der Gerte. Und ehe Liese noch ausweichen konnte, fuhr der Strich ihr über Nase und Wange. Blut spritzte. »Du bist zu nichts nutze!« Ungerührt beobachtete Elisabeth von Eichwald die hilflosen Versuche der Zofe, die Blutung aus dem Riss in der Wange aufzuhalten. »Erst das Theater am Markttag, dann bist du zu dumm, um einen einfachen Auftrag zu erfüllen – und nun stellt sich heraus, dass du auch Käthe nicht gut beaufsichtigt hast. Dieses dumme Balg spielte mit einer Katze! Ich werde nicht zulassen, dass dieses Kind uns alle gefährdet. Noch einmal so etwas und ich schicke sie mit dem Schiff weit weg, wo sie sich mit der Arbeit ihrer Hände ihren Unterhalt verdienen muss!« Ein schlauer Zug kroch wie ein Schatten über ihr Gesicht. »Es sei denn, mein Gatte verheiratet sie gewinnbringend!«

Natürlich hätte Liese einwenden können, dass sie nicht in der Lage war, auf das Mädchen aufzupassen, und ihre Herrin das ja gewusst hatte, doch sie unterließ es, genau wie den Hinweis auf die Einsamkeit Käthes. Warum die Gnädige noch weiter reizen.

»Ich hole die Salbe für Euch und werde mit Käthe über Katzen und ihre Bedeutung sprechen.«

»Das sei dir auch geraten!« Sie hielt die Bürste hoch. »Hier, kämme die Haare aus, du unnützes Ding!«

Wenig später schlich Liese zu Käthe.

Edgar lag zusammengerollt am Fußende des Bettes und sah neugierig auf, als Liese eintrat. Zärtlich nahm sie ihn in den Arm und wickelte ihn in ein Tuch, ermahnte ihn, schön ruhig zu sein.

So huschten die beiden in die dunkle Nacht hinaus. Unbemerkt.

27

HAUKE, DER AN DER SCHÄNKE VORBEIGING, um seinen Freund Shahid zu treffen, wurde vom Raunen auf der Straße überrascht.

Offensichtlich war nach dem Todesfall in der Siederei noch immer keine Ruhe eingekehrt. Ihn erstaunte das sehr, war doch das Opfer bei den meisten unbeliebt gewesen. Warum also?

Ben hockte in der Ecke am Ofen, wie gewöhnlich, die Würfler waren da, Utz erzählte von seiner Jagd und dennoch war etwas anders als sonst.

Shahid hatte einen Teller mit Fleisch vor sich stehen, dazu Brot.

Als er Hauke entdeckte, winkte er ihn an seinen Tisch.

»Hallo, Shahid. Wisst Ihr, warum eine solche Unruhe über der Stadt liegt?«

»Ich denke schon. Veronika ist angeblich verschwunden.«

»Was? Die Leichenwäscherin? Wohin sollte sie wohl verschwunden sein?«

»Genau diese Veronika, ja. Ich hatte sie gewarnt. Nun ist sie womöglich doch dem Mörder aufgefallen mit ihrem leichtfertigen Geschwätz. Er mag geglaubt haben, sie könne ihn erkennen.«

»Ihr denkt, sie wurde umgebracht?« Hauke war entsetzt. »Die alte Frau? Wer tut denn so etwas?«

»Bleibt ruhig, wir wissen noch nicht, was vorgefallen ist. Soweit ich aufgeschnappt habe, ist sie nicht zu Hause. Was ja nicht unbedingt bedeuten muss, dass sie gemeuchelt wurde. Vielleicht ist sie morgen wieder da«, beruhigte der Gelehrte.

»Hm. Und da regen sich alle erst mal auf? Weil ihr etwas zugestoßen sein *könnte*?«

»Ihr müsst zugeben, dass in den letzten Tagen viele Morde geschehen sind. Aufgeklärt wurde bisher nicht einer. Solche Situationen sind gut geeignet, Unruhe unter den Menschen aufkommen zu lassen. Und so vermuten sie immer gleich das Schlimmste. Und, ehrlich gesagt, ich bin auch eher davon überzeugt, dass ihr etwas zugestoßen ist, als davon, dass sie nur zufällig nicht anzutreffen ist.«

»Ihr meint also doch, es wäre gut, sie suchen zu lassen?« Hauke zog die Mütze vom Kopf und fuhr sich durch das nasse Haar. »Dieser Regen ist unangenehm. Kalt bis auf die Haut. Ich habe kaum mehr einen trockenen Fetzen im Haus.«

»Ich meine, der Mörder ist noch nicht fertig. Denkbar, dass Veronika irgendwo eine unbedachte Äußerung aufgeschnappt und sich ihren Reim darauf gemacht hat. Und – ja, ich bin besorgt.«

Veronika wäre froh gewesen, hätte sie gewusst, dass man sie vermisste und über ihren Verbleib spekulierte.

Ihre persönliche Lage war nicht nur unbequem, schon gar nicht für eine Frau ihres Alters, sondern auch bedrohlich. Lebensbedrohlich.

Erst ging sie davon aus, der Schlag über den Kopf habe verursacht, dass sie nun Dinge sähe, die nicht wirklich wären. Doch schnell war sie gezwungen, diese Auffassung zu korrigieren.

Das Ding bewegte sich.

Funkelnde Augen.

Von einer Fackel erhellt: eine Maske.

Darüber eine Kapuze.

Alles schien körperlos.

Ein unsichtbarer Mund stellte Fragen. Aber Veronikas Kopf war noch nicht bereit, die Antworten zu finden. Schwindel behinderte das Denken, Kopfschmerz und Lichtreflexe vor den Augen lenkten sie ab. Außerdem beschäftigte sich ihr Hirn mit der Frage, warum man sie verschleppt hatte und wer dafür verantwortlich war.

»Was hat der Fremde dir erzählt?«, wollte die Stimme schon wieder wissen. »Nicke, wenn du mir Antwort geben willst!«

Die Maske ließ ihr einen Augenblick, als sie nicht nickte, folgte ein schmerzhafter Stich in den Arm.

Veronika hätte gern geschrien.

Doch den Schrei band ein Tuch fest in ihrem Schlund.

Hinderte ihn am Herauskommen.

Die Fesseln scheuerten an Hand- und Fußgelenken.

»Wie lautet der Name des Mörders?«

Pause. Stich.

Meine Arme müssen schon durchlöchert sein, dachte die Leichenwäscherin, warum kommt mir niemand zu Hilfe?

»Wer hat die Frauen umgebracht?«

Pause. Stich.

»Er hat es dir doch gesagt! Los! Sag es mir!«

Pause. Stich.

Verabschiede dich von dieser Welt, forderte ihr Denken, das überlebst du nicht. Und um die grässliche Maske nicht mehr sehen zu müssen, schloss sie die Augen und erwartete, ihrem Herrn zu begegnen.

»Hauke, heute ist so viel passiert, dass ich noch gar nicht dazu gekommen bin, Euch zu fragen, wer auf Strand ein braunes Pferd mit weißen Flecken als Blesse besitzt. Und das einen Wagen ziehen kann.« Shahid brach ein Stück Brot ab und schob es in den Mund.

»Ein braunes Tier mit hellen Flecken? Im Augenblick wüsste ich nicht … Eher verbreitet sind bei uns einfarbige Tiere. Robust und willig. Aber ich höre mich um.« Hauke runzelte die Stirn. »Was will Utz denn hier? Normalerweise kommt er nur selten in die Schänke, macht sich dann auch nicht mit den anderen gemein, sondern sitzt allein hinter seinem Bier und genießt seinen Schnaps. Ist seltsam, ihn im Gespräch mit anderen zu sehen.«

»Tja, er ist in diesen Zeiten auch nicht gern allein«, meinte ein Gast vom Nebentisch.

»Soweit ich weiß, wollte er das Haus von Silja bewachen. Entweder ist das nicht mehr nötig oder er wurde ihr lästig«, mutmaßte ein anderer.

Utz warf dem Sprecher einen wütenden Blick zu.

»Ich habe Ohren wie eine Ratte! Passt bloß auf!«, ließ er alle wissen.

Der Wind wehte den Pfarrer herein.

»Holla, Herr Pfarrer! Auch Lust auf Gesellschaft?«, grölten die Würfler fröhlich. »Vielleicht mal ein Spielchen wagen?«

»Ihr benehmt Euch, als könne euch in diesem Leben nichts mehr geschehen. Doch ich warne euch: Das Meer tost, Menschen sterben, in unserer Mitte lebt ein Meuchelmörder! Das ist nicht der rechte Moment, um die Zeit mit Glücksspiel zu verbringen!«, polterte Asmus.

»Ach, Herr Pfarrer! Sorgt Euch nicht! Der blanke Hans kann uns nun nicht mehr gefährlich werden. Der wird sich an unserem Deich die Gischt ausbeißen!«, rief Ruben durch die Schänke.

»Der Herr hat gehört, was Ihr in Eurer selbstherrlichen Verblendung gerufen habt. Wer sich erhöht, fällt tief!«, prophezeite Asmus.

»Ihr seid ein Schwarzseher!«

»Und zwar einer, der nicht einmal den Leib des Herrn vor den Zähnen von Thetlefs Hund schützen könnte. Und der Herr hat sich nicht gewehrt, habe ich gehört, der Hund hatte keinerlei Bauchschmerzen!«, meinte Ruben und vereinte die Lacher auf seiner Seite.

Asmus sah aus, als wolle er dem anderen an die Gurgel fahren.

»Können wir etwas für Euch tun, Herr Pfarrer?«, bemühte sich der Wirt rasch um ein Glätten der Wogen.

»Ja. Ich suche den gerichtlichen Ermittler, der den Tod von Arnft untersucht. Göran. Wisst Ihr, wo ich ihn finden kann?« Der unterdrückte Zorn ließ die Stimme Asmusens beben.

»Ich vermute, dass er mal wieder seine Nase tief im Dreck stecken hat, der ihn einen Scheiß angeht!«, brüllte einer der Würfler laut.

Der Wirt gab dem Rufer ein eindeutiges Zeichen. Entweder, er würde jetzt den Mund halten, oder ... der Holz-

prügel lugte für einen kurzen Moment über den Tresen.
Als Warnung für alle.

»Die alte Veronika ist weg«, informierte ein anderer
den Pfarrer. »Womöglich ist der Ermittler bei ihr und
versucht herauszufinden, ob sie ebenfalls getötet wurde.«

»Quatsch! Der Mörder mag nur junges, festes Fleisch!«
Die Würfler lachten rau.

»So wie das von Arnft, meinst du?«, rief ein anderer
von der Bank am Feuer her. »Wer weiß! Mörder sind
vielleicht beim Geschlecht der Opfer nicht wählerisch!«

Wieder erfüllte lautes Grölen die Schankstube.

»Es ist nie gut für eine Gemeinschaft, wenn sie Mörder
in ihrer Mitte duldet. Nicht lange und ein jeder muss zu
jeder Stunde um sein Leben fürchten – ob er nun Geld
hat oder nicht!«, mahnte Asmus und zog die Tür kraftvoll hinter sich zu.

»Ich habe Hildesmann heute gesehen. Und ich weiß,
was er denkt. Er geht davon aus, dass dieser sonderbare
Orientale der Mann ist, den wir suchen. Er durfte gar die
Leiche in Augenschein nehmen – und konnte so von sich
als Mörder ablenken! Aber er entkommt dem Gericht
nicht, da kann er sich noch so viele Kniffe ausdenken!«
Rubens Stimme übertönte mühelos all die anderen. »Und
Veronika erzählte mir, der Fremde habe sie bedroht, ihr
angekündigt, der Mörder werde versuchen, sie ebenfalls
unter die Erde zu bringen, wenn sie über die Untersuchung rede. Na ja, die Alte hat sich noch nie gern etwas
vorschreiben lassen.«

Sofort setzte an allen Tischen Getuschel und Geraune
ein. Überall war man sich einig. Im Grunde habe man
das als Rungholter gleich gewusst, dass es Keiner der

Einheimischen gewesen sein konnte. Warum sollte man die eigenen Mädchen töten, bevor sie für Nachwuchs gesorgt hatten?

Ben hörte aufmerksam zu.

Wusste, dass er Shahid warnen musste.

Aber wo war der Freund nur wieder hin verschwunden?

Er lauschte ins Stimmengewirr und erkannte, dass Hauke nicht mehr in der Schänke sein konnte.

Also war auch er aufgebrochen. Offensichtlich von allen unbemerkt. Hoffentlich, um Shahid über die Ermittlungen von Göran Hildesmann zu informieren.

Denn, dachte Ben, es wäre doch ein ganz besonders schlauer Schachzug von Hauke, wenn er den Gelehrten die Leiche untersuchen lassen würde und sich – wie von ihm geplant – keinerlei Hinweise auf ihn als Täter ergeben würden. Es war nur eine Frage der Zeit, bis man auf Shahid als Verdächtigen verfallen würde. Ein Fremder, keiner von hier, das war für alle die beste Lösung. Erst Silja und nun Shahid. Und, wusste Ben, Hauke hatte einen guten Grund, auch Arnft … die Vögel kündeten allerorten von Katharines Sündenfall, mochte der gehörnte Gatte das Geschehene noch so eifrig wie entschieden in Abrede stellen.

28

Göran Hildesmann war ins Stocken geraten.

Natürlich kam nur einer als Mörder in Betracht, das lag klar auf der Hand, fatalerweise hatte er bisher noch keinen Beweis gefunden.

Shahid war immer da, wo ein Toter lag. Das allein reichte allerdings nicht. Er schwang kluge Reden – doch auch darauf konnte man eine Mordanklage nicht stützen. Und von Eichwald bestand darauf, ein Prozess müsse geführt werden, öffentlich, damit die Rungholter sehen konnten, dass ein von Eichwald tatsächlich um ihre Sicherheit besorgt war.

Nun gut. In Gedanken fluchte er leise, empfand seine Lage als sehr inkommod. Er schlich diesem Mann nun nach, würde er von ihm entdeckt, so könnte er leicht ebenfalls den Tod finden, wie die anderen – falls Shahid der Mörder war. Falls nicht, saß er hier vollkommen unnötig in Kälte und Regen, käme mit leeren Händen nach Hause und von Eichwald wäre nicht nur wenig erfreut, sondern möglicherweise richtig wütend – was ebenfalls zu seinem Tod führen konnte. Eine ziemlich vertrackte Lage. Ein echtes Dilemma.

Im Augenblick glaubte er zu wissen, wo der Fremde war.

Bei Liese.

Offensichtlich hatte er ein Auge auf die Zofe geworfen. Andererseits, grübelte der durchgefrorene Mann weiter, andererseits ist es denkbar, dass er versucht, über Liese die Geschäfte der Herrschaft auszuspionieren.

Wie er es in Gedanken auch drehte oder wendete, ein tatsächlicher Hinweis darauf, dass der Orientale mit den Morden in Verbindung stehen könnte, war bisher nicht zu finden, es war vertrackt.

Gut, der Kerl hatte Silja besucht.

Möglicherweise mit ihr ein Komplott geschmiedet.

Dann steckten diese beiden Fremden unter einer Decke.

Was vielleicht gar keine so große Überraschung wäre!

Dann könnte er von Eichwald gleich beide Störenfriede liefern.

Görans Stimmung besserte sich merklich.

Joachim von Eichwald ging in seinem Arbeitszimmer auf und ab.

Der harte Schritt zeugte von Zorn und Ungeduld.

Ärgerlichkeiten überall. Das Meer war unruhig, die Besatzungen der Schiffe, die den Hafen glücklich erreichten, berichteten von heftigen Stürmen während der Fahrt, hatten gar Teile der Ladung an das brausende Meer verloren, manch einer der Männer war über Bord gespült worden. Er hatte erfahren, dass einige der dringend erwarteten Handelsschiffe in sicheren Häfen ankerten, um auf ruhigere See zu warten. Die Waren würden frühestens in ein paar Wochen im Hafen von Rungholt anlegen. Viele bestellte Güter blieben bis auf Weiteres für die Rungholter reines Wunschdenken. Manche der Handwerker würden auf Rohstoffe warten müssen.

Er knurrte wie ein wütender Hund.

Das andere Ärgernis war die Unruhe, die durch die Morde entstanden war. Dieser Orientale, der sich als Ermittler aufplusterte, aus Unkenntnis Schwierigkeiten verursachte. Und wahrscheinlich selbst die Wurzel allen Übels war. Schließlich konnte ja niemand wissen, was der Fremde dachte. Unmöglich erschien es nicht, dass er die Frauen getötet hatte. Arnft wurde vielleicht zum Zeugen der Taten und musste deshalb sterben.

»Göran Hildesmann! Ich hoffe sehr, dass Ihr den Mann ertappen könnt. Zu dumm, dass er sich mit Hauke befreundet hat! In ihm hat er einen mächtigen Fürsprecher, dessen Einfluss nicht zu unterschätzen ist«, zischte er seinem Falken zu. »Sonst … Aber er wird einen Fehler machen, da bin ich gewiss. Er ist die Art Mensch, die ständig auffällt, die sich einmischt, wo es besser wäre zu schweigen, nichts zu unternehmen. Die Angelegenheit mit dem Comte …« Er schüttelte den Kopf. »Wenn wir ihm eindeutig frevelhaftes Verhalten nachsagen könnten … hm … es wäre möglich, dass der verblendete Hans mit seinem Kreis sich berufen fühlte, die Sache in seine bewährten Hände zu nehmen.« Er klatschte in die Hände. »Das könnte die eleganteste Lösung für das Problem sein!«

Seine Stimmung hellte sich spürbar auf.

Shahid und Hauke saßen in der Weberei.

»Jetzt ist es schon so weit gekommen, dass wir uns nicht einmal mehr in der Schänke ungefährdet unterhalten können«, schimpfte der Webereibesitzer und schenkte aus einem Krug Wein ein.

»Es begegnet mir nicht zum ersten Mal. Erst will niemand an ein Verbrechen glauben, dann sind plötzlich alle des Mordes verdächtig und am Ende wählt man den Fremden als Mörder, weil das bequem ist. Was Ihr gehört habt, ist erst der Beginn.«

»Das will mir auch so scheinen. Auf Euer Wohl!« Hauke hob das Glas, prostete dem Freund zu. »Und ich fürchte, meine Bitte an Euch, den Leichnam in Augenschein zu nehmen, hat Euch erst in diese Situation gebracht.«

»Oh nein. Das glaube ich nicht.«

»Habt Ihr denn herausgefunden, wer der Mörder ist? Könnte ich Euch in irgendeiner Weise behilflich sein?«

»Nun, Hauke, ich denke, dass ich ihn enttarnt habe. Es sind noch Gespräche vonnöten, aber dann … Von Bergfels hat mich belogen. Ich finde heraus, warum. Mit Witta und Silja muss ich noch einmal sprechen. Wenn ich bis dahin noch nicht im Kerker sitze.«

»Shahid! Darüber solltet Ihr nicht scherzen!« Hauke war bleich geworden.

Der Gelehrte schmunzelte.

Griff nach dem Sack, den er über der Schulter getragen hatte.

»Was habt Ihr denn da?«

»Etwas, das unauffällig verschwinden muss.«

»Aha?«

»Ja. Käthe von Eichwald hatte einen Kater versteckt. Sie gab ihm sogar einen Namen. Hans hat das bemerkt. Damit nun nicht das ganze Herrenhaus unter Ketzerverdacht gerät, hat Liese das Tier gefangen und mich gebeten, es zu versorgen. Das tue ich jetzt.«

»Wie? Ihr werdet es hoffentlich ertränken! Ich hatte Euch ja schon gewarnt: Bei uns sollte man beim Kontakt mit Tieren Vorsicht walten lassen.«

»Nicht doch! Er wird leben – und sehr gut sogar.«

»Und Liese? Was verbindet Euch mit ihr?«

»Ein unsichtbares Band«, lautete die undurchsichtige Antwort.

Damit stand der Freund auf, schulterte den Beutel und verließ das Haus.

Was hätte ich ihm sagen sollen? Liebe? Und selbst wenn – ich bin einer, der nie bleiben kann.

Zum ersten Mal seit langer Zeit höre ich mein Herz wieder schlagen. Ich weiß, ich könnte sie zur Frau nehmen, ihren Bruder heilen, ihr ein gutes Leben bieten nach all der Zeit im Herrenhaus. Doch es ist nicht möglich. Es käme vielleicht sehr schnell der Tag, an dem ich sie und unsere Kinder verlassen müsste. Und dann bliebe sie in einem Zeitalter zurück, das mit verlassenen Frauen nicht zimperlich umgeht. Nein. Deshalb darf ich ihr Gefühl für mich nicht unterstützen, wenngleich ich durch die Rettung aus der Umklammerung des Comte natürlich eine Nische in ihrem Herzen erobert habe.

Sie muss einen anderen finden, der sie auf Dauer glücklich macht.

So sehr ich es bedaure, ich kann es nicht sein.

Im Stall durfte Edgar, der vorbildlich stumm geblieben war, endlich aus dem unbequemen Gefängnis in die Freiheit kriechen. Überrascht sah sich das Tier um. Strich Shahid um die Beine, schnurrte, als wisse er, dass er nun gerettet war, und wolle sich bedanken. Dann huschte er ins Heu.

»So, hier kannst du bleiben. Es sind ohnehin Katzen hier, da fällst du nicht auf. Mäuse? Reichlich!«

29

BERTHOLD BRACH DEN BAUCH der zweiten Ratte auf.

Blut, Gedärme, Organe – alles eigentlich wie immer.

Und doch … Berthold stockte der Atem. Ungläubig starrte er auf die Melange, die sich auf dem Holzteller ausbreitete.

Bilder! Viele. Und Schreie von Menschen! Er schloss die Augen, öffnete sie wieder. Die Bilder blieben.

Er roch das Meer.

Spürte das Salz auf seiner Haut.

Sah mit zunehmendem Entsetzen, wie die See gegen den Deich anrannte, wie die Menschen in ihre Häuser flohen, dort sich versammelten, um im Gebet Gnade zu erflehen. Doch Gott war wohl gerade andernorts beschäftigt, denn er verhinderte nicht, dass der schwarze Himmel seine Schleusen öffnete und ungekannte Regenmengen auf Rungholt hinunterstürzen ließ.

Er hörte die Schreie derer, die versuchten, ihr Hab und Gut zu retten, das Vieh in Sicherheit zu bringen.

Sah die Verzweiflung in den Gesichtern, das Entsetzen und die unbändige Angst vor dem Tod.

Fühlte die Hoffnungslosigkeit, die manchen ergriff.

Die Kälte des Wassers stieg durch Bertholds Schuhe und erreichte in eisiger Umklammerung seine Knöchel.

Er stöhnte auf.

Eine Katastrophe für die Rungholter!

Er starrte weiter ins Gekröse, hoffte, das Ende zu sehen.

Und ... würde der Deich standhalten ...?

Johann trat neben den Bruder und stieß ihn an. »Bruder? Was ist dir?«

»Ich sehe!«

»Ach, das ist ja nun keine Neuigkeit!«, maulte Johann, wollte sich wieder ans Feuer setzen. Doch die leichenkalten Finger Bertholds griffen nach seinem Handgelenk. »Lass mich! Ich gehe zur Wärme zurück. Ich denke, ich bin krank. Fieber schüttelt mich.«

»Ich sehe, dass Rungholt vom Wasser bedroht wird. Der blanke Hans! Und der Himmel lässt Wassermassen herunterstürzen. Menschen schreien, Vieh brüllt. Es ist schrecklich!«

»Berthold! Du hast zu viel getrunken. Da kommt dergleichen schon mal vor.«

Doch als der Rattenleser seinem Bruder Johann das Gesicht zuwandte, erkannte der, wie ernst die Angelegenheit war. »Du siehst aus, als sei dir ein böser Geist erschienen!«, flüsterte er.

»Nein, ich hatte eine Vision! Ich habe wirklich etwas gesehen! Anders als sonst! Verstehst du?«

»Du meinst ... aber das konnten wir noch nie?«

»Ja, eben drum! Sonst sehen wir Steine und Muscheln oder Gedärm und fabulieren für die Menschen, erzählen, was sie schon wissen oder hören wollen. Aber diesmal war es anders! Ich konnte hören, schmecken, fühlen und sehen. Alles gleichzeitig!« Berthold begann heftig zu zittern.

»Und was hast du nun gesehen, gehört und gefühlt?«

Der alte geringschätzige Ton stahl sich in diese Frage und Berthold hob den Blick. Drohend. Johann hielt stand.

»Wir können es auch ausfechten. Möchtest du wieder ein paar Zähne ausspucken? Nach dem, was ich gerade gesehen habe, wirst du nicht mehr dazu kommen, das Ausheilen der Wunden zu genießen!«

»Meinst du, ja? Nun, wenn das so ist, dann kannst du es in der Stadt herumerzählen, dass der blanke Hans kommen wird, uns zu vernichten. Wer soll dir das glauben? Der Deich …«

»Ich konnte nicht sehen, ob der Deich hält. Aber das Wasser umspülte meine Knöchel und stieg weiter. Und ich sah den Wasserberg! Riesig. Gewaltig. Vernichtend. Johann, das Ende ist nah! Glaub mir!«

Dann nach einer Pause entschied er: »Ich muss die Rungholter warnen! Hoffentlich ist es noch nicht zu spät!«

Der Prügel traf ihn hart am Kopf und schickte ihn in die Dunkelheit.

Johann schüttelte besorgt den Kopf.

»Du Idiot! Wenn du rumerzählst, dass du zum ersten Mal wirklich gesehen hast, fordern alle unsere Kunden ihr Geld zurück. Da wir uns das nicht leisten können, wird man uns in den Kerker werfen oder gleich hinrichten! Ich will noch nicht sterben!«

30

Bernadette war mit dem Wagen zum Haus der Aussätzigen unterwegs.

Guter Dinge summte sie eine leichte Melodie vor sich hin. Die Frauen hatten ihren Rat beherzigt und die meisten geheimen Zutaten für Wickel oder Ähnliches gut versteckt. Zum Wegwerfen war keine zu überreden gewesen.

Die Gelder lagen zwischen den Wurzeln des großen Baumes, den man von der Tür aus sehen konnte. Unter einem Ameisenhaufen. Dort würde der Kreis nicht suchen.

Nach seinem Auftritt in der Kirche und der öffentlichen Drohung an alle möglichen Ketzer aus der Gegend war es still um Hans geworden. Bei ihnen wurde er ebenfalls nicht mehr beobachtet.

Vielleicht war er krank.

Das nasse Wetter, der eisige Wind, all das setzte inzwischen vielen Rungholtern zu.

Auf dem Weg kam ihr eine der Wäschefrauen entgegen.

Sie winkte hektisch, rief etwas, das Bernadette nicht verstehen konnte. Sie signalisierte dem Pferd, einen ruhigeren Schritt zu wählen, und brachte es neben Rieke zum Stillstand.

»Nanu, Rieke! Ist etwas geschehen?«

»Ja! Stellt Euch nur vor, der Comte ist schwer erkrankt. Er liegt auf seinem Lager, stöhnt und röchelt. Selbst die

Speise, die ich für ihn zubereitete, rührt er nicht an. Geschweige denn …« Den Rest des Satzes hielt sie in der Schwebe.

Bernadette lächelte verstehend.

»Er erscheint unerwartet lustlos? Verständlich nach seinem jüngsten Erlebnis.«

»Ach was! Das jüngste Erlebnis, wie Ihr das nennt, hatte er mit mir. Und es ging ihm gut. Er war getröstet. Nein, es ist etwas anderes. Er hat starke Schmerzen. Glaube ich.«

Bernadettes Entschluss war schnell gefasst.

»Man muss die, denen man hilft, nicht immer mögen. Das gilt auch für den Comte. Also, spring auf.«

So ruckelten sie langsam zur Hütte der Jolande.

Schon beim Absteigen hörten sie ihn ächzen und jammern, ja, gar inbrünstig beten.

Bernadette drückte sofort ein schlechtes Gewissen, weil sie Riekes Klage über den Zustand des Mannes nicht ernst genommen hatte.

Doch als sie die Hütte betrat, schnupperte sie. Und verstand. Unterdrückte ein lautes Lachen. Dieser Shahid! Kein anderer hätte sich diese Bestrafung ausdenken können, dachte sie, ein guter Mensch!

»Gott zum Gruße, Comte. Ich hörte, Ihr habt schreckliche Schmerzen. Vielleicht kann ich helfen, ich kenne mich gut aus mit Kräutern und anderen Arzneien.«

Die Augen des Kranken waren glasig, ihr Blick in die Ferne gerichtet. »Mir ist nicht mehr zu helfen. Ich werde sterben. Die Zeichen der Krankheit sind deutlich und lassen nicht nach. Das bedeutet, dass mein Ende nah ist.«

»Ihr habt einen Sud gekocht?«

»Shahid. Der Gelehrte aus dem Orient. Er kennt die Krankheit, die auf mich übergegangen ist. Und wenn die Zeichen nicht abklingen, sterbe ich.«

»So, auf Euch übergegangen? Von einem Weib?«

Der geschwächte Mann konnte nur noch nicken.

»Und Ihr legt Tücher auf?«

»Woher …?«

»Nun, ich denke, es ist eine gute Therapie. Ihr solltet sie fortführen, bis die Schmerzen abklingen. Sterben werdet Ihr nicht, aber ein wenig leiden.« Bernadette schlug mit einer schnellen Bewegung die Decke zurück. Rieke gelang es nicht, sich rasch genug umzudrehen, und so erhaschte auch sie einen Blick auf den entzündeten und grotesk geschwollenen Bereich, ohne den Prostest des Mannes zu hören. »Oh, là là!«, entfuhr es Bernadette. Schnell setzte sie nach: »Es sieht schon gut aus. Wird aber sicher noch ein paar Tage dauern. Esst kräftig, bleibt liegen und meidet den allzu nahen Umgang mit Frauen.« Sie breitete die Decke wieder über den Kranken, der nun schon erleichterter aussah.

»Und ich sterbe nicht daran?«

»Solange Ihr die Brühe nicht aus Versehen trinkt, bleibt Ihr dem Leben erhalten!«, versicherte die Besucherin freundlich.

Rieke folgte ihr nach draußen.

»Er hat eine Krankheit, die übergeht?«, erkundigte sie sich, nun ebenfalls besorgt.

»Ja. Meide den körperlichen Kontakt mit ihm, bis er sich vollkommen erholt hat. Aber ganz ehrlich, ich denke nicht, dass er im Augenblick Lust auf eine Frau verspürt.«

»Gestern sah er noch nicht so aus, als ich …«

»Nein. Natürlich nicht. Es ist eine Reaktion auf den Sud. Willst du bleiben oder soll ich dich ein Stück mitnehmen?«

»Ich komme mit«, entschied Rieke schnell, rief einen Gruß ins Haus und saß schon auf dem Bock, bevor Bernadette aufgestiegen war.

»Sehr gut«, flüsterte die Heilerin vor sich hin. »Shahid, Shahid, von Euch können wir nur lernen!«

Als sie die Waschfrau an einer Weggabelung absetzte, war sie fröhlich wie lange nicht mehr.

»Sag Liese Bescheid. Sie kann die Salbe für ihre Herrin abholen, soll aber dem Herrn nicht böse sein, wenn er sich ihr nicht nähern will. Er ist krank.«

Nach einem Blick über die Schulter, der ihr zeigte, dass Rieke weit genug entfernt war, um sie nicht mehr hören zu können, begann sie laut zu lachen, bis ihr die Tränen übers Gesicht liefen.

»Gratuliere, Shahid. Schierlingsumschläge! Was für ein genialer und schmerzhafter Plan!«

31

»Herr Pfarrer! Herr Pfarrer!«

Roerd Asmus drehte sich auf seinem Lager um und zog die Decke etwas höher.

Wartete.

Manchmal erledigte sich die dringende Angelegenheit ganz von allein, wenn er sich nur ganz ruhig verhielt.

Diesmal nicht.

»Pfarrer Asmus! Pfarrer Asmus! Schnell!«

Er stöhnte.

»Was?«

»Veronika! Wir haben die Leichenwäscherin gefunden!«

»Was hat das mit mir zu tun?«, brummte Asmus so unfreundlich wie möglich, um den Rufer zum Aufgeben zu bewegen.

»Sie stirbt! Wir haben sie ins Wirtshaus gebracht! Sie möchte die Letzte Ölung.«

Eilig sprang Asmus auf, warf sich die Soutane über, küsste das kunstvoll gearbeitete Kreuz und legte es sich um. Im Losgehen griff er nach dem Beutel mit allem, was er für diesen Zweck brauchte, und riss die Tür auf, bevor er noch die Kapuze über den Kopf gezogen und den Umhang geschlossen hatte.

Der Mann, der dort auf ihn wartete, war ihm vollkommen unbekannt.

»Wer seid Ihr?«, fragte er überrascht.

»Claudius. Maat der Santa Constanza. Man schickt mich, Euch zu sagen, dass Ihr Euch sputen sollt, wollt Ihr nicht zu spät an ihrem Lager eintreffen.«

»Ist sie krank?« Asmus geriet bei dem schnellen Schritt, den der langbeinige Seefahrer vorlegte, schnell außer Atem. Keuchte.

»Nun, sie redet wohl wirres Zeug. Man hat sie in die Schänke gebracht. Sie stirbt, das ist gewiss!«

Asmus wurde von einer Gruppe Männer in Empfang genommen, die ihn in ein kleines Nebengelass stießen. Angetrunkene raue Burschen, er kannte keinen von ihnen. Ihre blitzenden Augen verhießen nichts Gutes.

Der Pfarrer kniete nieder, richtete all die Dinge, die für das heilige Sakrament gebraucht wurden.

Von Veronika kamen nur sonderbare Laute. Offensichtlich hatte sie das Bewusstsein verloren und konnte nicht mehr berichten, was ihr zugestoßen war. Die Haube, die man ihr aufgesetzt hatte, um sie gegen die kalte Zugluft zu schützen, verbarg praktisch den gesamten Kopf. Die Decke war bis zur Nase hochgeschoben, das Gesicht abgewandt.

»Man hat sie wohl in einem Schweinekoben gefangen gehalten«, meinte einer der Männer leise. »Jedenfalls stinkt sie so, als habe sie in Schweinescheiße gebadet.«

Des Pfarrers noch vom Schlaf umnebeltes Denken klarte auf.

»So.« Er packte die Decke und riss sie vom Körper auf dem Stroh.

»Eine alte Sau! Ihr wagt es, mich nachts zu einer besoffenen Sau zu rufen!«, tobte Asmus, bebend vor Zorn.

Grölen, Gelächter, Gejohle.

Mit zitternden Fingern und Hass im Herzen stopfte Asmus die Hostien, das Öl und das Kreuz zurück in den Lederbeutel, warf ihn sich über die Schulter, wandte sich zum Gehen.

»Was Ihr hier getan habt, ist gotteslästerlich! Ihr Verblendeten!«

Als er sich an der Gruppe vorbeidrängen wollte, die sich noch immer vor Lachen ausschüttete, griff plötzlich einer der rauen Kerle an seine Kehle und drückte mit der bloßen Hand so weit zu, dass dem Pfarrer Sterne vor den Augen tanzten, er röchelte.

»Du scheinheilige Pfarrersau! Du, der du im Pakt mit deinem Herrn stehst – du wirst uns jetzt rüber in die Schänke begleiten. Dort wird bis zum Morgen getrunken. Und wehe, du hältst nicht mit.«

Er lockerte den Griff, Asmus bekam schwer Luft. Kämpfte gegen den Schwindel. Einer der Seemänner holte die Hostien aus dem zu Boden geplumpsten Beutel, verfütterte sie an die Sau, die benommen knabberte, was man ihr vor die Schnauze hielt.

Der Protest aus der Kehle des Pfarrers klang schwach und heiser. »Das ist der geweihte Leib Christi. Das dürft ihr nicht!«

»Ach, so ist das? Wir haben gehört, dass in Rungholt selbst die Hunde damit gefüttert werden!«, rief einer laut. Erntete erneutes Gelächter.

Gemeinschaftlich zerrten sie Asmus in die Schänke, zwangen ihn, sich zu setzen.

Einer holte den Messkelch aus dem Beutel, machte dem Wirt ein Zeichen. »Bis zum Rand! Spare nicht!«

»Das ist für das Blut des Herrn! Nicht dazu bestimmt, irdische Gelüste zu befriedigen!«

»Halt die Klappe, Pfaffe, sonst schlagen wir dich so zusammen, dass du nicht mehr nach Hause kommen kannst. Dann werden wir ja sehen, wie dein Gott den Seinen zu Hilfe eilt, nicht wahr?«, zischte einer mit blondem Bärtchen lauernd.

Damit Asmus nicht glauben sollte, das sei eine leere Drohung, rammte er ihm seine Faust in den Magen.

Der Pfarrer krümmte sich, spürte eine Welle von Übelkeit, die er nur mühsam beherrschen konnte.

»Lass dir nicht einfallen, in die Schankstube zu kotzen! Das hat der Wirt nicht gern!«, johlte ein anderer aus der Gruppe.

»Trink!«, forderte der Schläger.

Was blieb Asmus schon übrig? Er trank.

Von den Rungholtern, die an den Tischen würfelten oder Mühle spielten, eilte ihm niemand zu Hilfe. Sei es aus Angst vor den gewaltbereiten Seemännern oder aus Schadenfreude, dass auch Pfarrer sich roher Kraft beugen müssen, machte für ihn in dieser Lage keinen Unterschied.

Als er wieder aufstand, torkelte er beträchtlich.

Der Wirt steckte den Messkelch in den Beutel zurück, reichte ihn dem Pfarrer.

»Tut mir leid. Ich konnte es nicht verhindern. Das sind Kerle, mit denen man sich besser nicht anlegt.«

»Und dennoch: Es war deine Sau, die sie für ihr schändliches Verhalten missbrauchten. Du hast sie ihnen überlassen.«

»Wie sollte ich wohl anders handeln? Die Sau hat mit Freuden gesoffen, was sie ihr angeboten haben.«

»Nun, sie wird einen gewaltigen Kater haben.«

»Ihr auch, hoffe ich!«, mischte sich einer der Seemänner ein und stieß den Pfarrer rüde aus der Tür in die Nacht hinaus.

Betrunken wie er war, stürzte er wie ein Sack Mehl, schlug mit dem Gesicht hart auf.

Asmus stöhnte laut, schmeckte Blut, spürte, wie seine Knie und Ellbogen zu schmerzen begannen.

Schaffte es gerade noch mehr kriechend als aufrecht um die Ecke.

Als er sich erleichtert hatte, der Magen leer war und nur noch leise rebellierte, probierte er aus, ob er gehen konnte.

Zorn trieb ihn an.

Es ging sogar recht gut.

»So leicht ist Asmus nicht unterzukriegen!«, sprach er sich selbst Mut zu. Er sah zum schwarzen Himmel auf. »Herr! Wie konntest du diese Blasphemie ein zweites Mal zulassen? Ich weiß, so sollte ich nicht fragen. Alles hat einen Sinn, und die Leiden deines Sohnes sind mit den meinen nicht zu vergleichen. Aber mir will scheinen, die Menschen in diesem Kirchspiel sind nicht bereit, deinen Worten zu folgen. Vielleicht bin ich auch nicht stark genug, gegen ihren Querkopf anzukommen!«

Langsam ging er weiter.

Jeder Schritt bereitete ihm Qualen. Sein Gesicht brannte, wenn die Zunge durch den Mund tastete, kam es ihm vor, als stieße sie an mehreren Stellen überraschend ins Leere, sein Magen krampfte bei jedem zweiten Schritt.

Als er die Umrisse der Kirche schon zu erkennen glaubte, lief er Thetlef und seinem Freund in die Arme.

»Holla, Herr Pfarrer. Ihr habt aber gewaltig einen weggeschluckt, wie? Ihr torkelt.«

Mit einer schnellen Bewegung riss Thetlef den Sack von Asmus' Schulter. »Lass uns mal sehen, ob er wieder den Leib Christi dabeihat. Wisst Ihr, der hat meinem Hund so gut geschmeckt, dass er ihn am liebsten jeden Tag fressen will.«

Enttäuscht starrte er in das leere Behältnis. »Oh, Roerd Asmus, habt Ihr Euch etwa selbst über den geweihten Leib hergemacht? Tztztz, das wird dem Herrn aber gar nicht gefallen!«

»Sieh mal, Thetlef. Der Kelch!«

»Ich muss mal! Du hältst!«

»Das dürft ihr nicht!«, nuschelte der Pfarrer undeutlich.

»Halts Maul, Asmus!« Thetlef sang laut, während sein Urin im Becher aufspritzte.

Dann stellte er ihn neben Asmus auf den Weg, deutete eine übertriebene Verbeugung an. »So war er doch mal für eine gute Sache nützlich!«

Die beiden Männer gingen johlend weiter.

Asmus kippte den Kelch aus.

Wenig später kniete er vor dem Altar.

Betete voller Inbrunst zu seinem Herrn. Wie immer.

Nur der Text war gänzlich neu. »Herr, ich flehe dich an, schick eine große Flut und spüle all diese Menschen von Rungholt in die Tiefe des Meeres. Besser noch: Versenke die ganze Insel! Reiß sie in den Tod. Sie haben nur noch das Verderben verdient!« Vielleicht, weil ihn diese Worte zu sehr nach persönlicher Rache klangen, setzte er hinzu: »Erst Aug in Aug mit dem Tod werden sie möglicherweise eine Läuterung erfahren, ihren Irrweg erkennen und zum wahren Glauben zurückkehren!«

Er bekreuzigte sich ein letztes Mal, bat den Herrn um eine schützende Begleitung auf seinem Weg, nahm den großen Leinensack auf, der seine persönliche Habe enthielt.

Brach auf.

Erreichte den Hafen im frühen Grauen des Morgens.

Die Princess, ein starker Dreimaster, bereit zum Auslaufen, würde ihn bis zum nächsten Hafen mitnehmen.

32

Veronika erwachte.

Fror.

Tastete mit den Händen über den Boden. Nass. Auch von oben.

Mühsam und stöhnend rappelte sie sich auf.

Fiel vornüber in eine tiefe Lache.

Verlor die Orientierung, drückte den Kopf ins Wasser, bekam keine Luft mehr.

Wurde, dem Erstickungstod nahe, von starken Händen gepackt und emporgerissen. »Holla, Alte. Was treibst du denn da für einen Unsinn?«

Nach Luft ringend, kämpfte sie gegen die helfenden Hände, versuchte sich zu befreien, begann, kaum zu Luft gekommen, schrill um Hilfe zu schreien. »Helft mir! Lass mich sofort los! Nimm deine Pranken weg!«

Der Schmied setzte die zeternde Alte an eine Hauswand, lehnte sie an. »Dann schau zu, wie du nach Hause kommst. Ich lass mich doch nicht für meine Hilfe beschimpfen.«

»Du weißt gar nichts. Ich habe den Herrn gehört. Er spricht mit mir durch den Regen.«

»Ach? Und was hat er dir gesagt? Du sollst den Kopf in die Pfütze drücken, bis du tot bist?« Der Schmied sah Veronika grinsend an. »So einem Rat solltest du besser nicht folgen, ist gesünder!« Das schallende Gelächter des Mannes war weit durch die Gassen zu hören.

Veronika sah sich unruhig um.

War sie hier schon einmal gewesen?

Heulend wie ein Wolf, der den Mond meint, drückte sie den Rücken an die Hauswand, zog die Knie an und bettete die Stirn darauf. In dieser unbequemen Haltung für eine Frau ihres Alters wartete sie darauf, dass ihre Welt wieder in Ordnung käme.

Shahid erfuhr ebenfalls vom Verschwinden des Pfarrers.

Seine Predigten hatten die Menschen aufgerüttelt oder geärgert – doch nun so plötzlich ohne göttlichen Beistand zu sein, empfanden die meisten als beunruhigend.

In der Schänke spekulierte man laut über den Grund.

»Die Haushälterin meint, er sei schon seit Längerem unglücklich gewesen. Und ganz ehrlich, die Sache mit dem Schwein ... also, das hätte nicht sein müssen.«

»Meine Güte! Der Pfarrer war auch nicht zimperlich, wenn er uns die Strafe des Herrn androhte. Da muss er so einen harmlosen Streich schon wegstecken.«

»Nein, es ging nicht um das Schwein. Die Hostien waren das Problem. Ihr habt sie an das Schwein verfüttert. Für ihn sind sie heilig. Das muss schlimm für ihn gewesen sein.«

»Na, komm. Das kann doch nicht so schlimm sein. Sie sind doch nur Symbol für den Leib Christi.«

»Nun, wie dem auch sei – er ist weg.«

»Man wird uns einen neuen schicken. Vielleicht einen, der mehr ertragen kann. Einen standfesten Kerl.«

»Wenn niemand mehr eine Fürbitte für uns sprechen kann, wird Rungholt untergehen?«, fragte einer der Würfler besorgt.

»Wir gehen nicht unter! Der Deich hält die Wasser fern!«

»Ich meine ja nur – so ein Pfarrer ist doch der direkte Gesprächspartner für Gott. Der Übermittler unserer Nachrichten an den Herrn. Und wenn nun die See anläuft, ist es vielleicht schwieriger für uns, Gottes Aufmerksamkeit zu bekommen.«

»Na ja, ich denke, so ein Pfarrer dringt schnell bis ans Ohr durch. Der einfache Mann wird nicht so gut gehört.«

Der Schmied brauste in die Schänke. »Die Veronika ist wieder da. Aber jetzt spinnt sie mehr denn je. Als ich sie nach Hause bringen wollte, hat sie so geschrien, dass ich sie habe sitzen lassen.«

»Sie hat dir berichtet, wo sie war?«, fragte Shahid schnell, bevor nun die Hälfte der Leute loslaufen würde, um der Frau zu helfen.

»Nein. Sie hat behauptet, der Herr habe ihr befohlen, den Kopf tief in eine Pfütze zu drücken. Als ich sie fand, war sie fast erstickt.«

Eine halbe Stunde später wusste man in Rungholt von seltsamen gesichtslosen Wesen, die lange Nadeln in Menschen stießen.

War der Mörder am Ende doch einer von ihnen?

Shahid beobachtete Ruben.

Während die meisten dem Schmied folgten, schlug der einen anderen Weg ein.

Geräuschlos schlich der Fremde ihm nach.

Wohin mochte sich der Aufwiegler wohl wenden?

Auf seinem Weg hielt er an verschiedenen Türen an, klopfte kurz, huschte weiter. So trommelte er innerhalb kurzer Zeit eine erstaunlich große Gruppe von Männern zusammen, ausgerüstet mit Fackeln, Mistgabeln und gar Schwertern.

»Silja. Ein neuer Versuch.« Shahid schüttelte den Kopf.

Die Meute formierte sich, suchte mit handlichen Parolen nach innerem Zusammenhalt.

»Nadelstecherin, Mörderin!«

»Ein Ende diesem Treiben!«

»Unsere Frauen wollen nicht sterben!«

»Finger weg von deinen Nadeln!«

Der Gelehrte aus dem Orient kannte all das nur zu gut. Ihm fielen auch Sätze ein, die man gegen ihn richten könnte wie Messer. Es half nicht, dass man ihnen erklärte, wie sinnlos es wäre, wenn Silja die Frauen getötet hätte. Darum ging es nicht. Sie sollte verschwinden und jeder noch so fadenscheinige Grund konnte nun ausreichen, um die Menge in Bewegung zu setzen. Shahid bekam eine Gänsehaut.

Er verließ die wütenden Männer und näherte sich Siljas Hütte von hinten.

Umrundete sie.

Nirgendwo brannte Licht.

Die Tür öffnete sich mit leisem Quengeln. Dieses Geräusch war ihm bei seinem ersten Besuch hier gar nicht aufgefallen. Schnell huschte Shahid in alle Ecken und Winkel – es war niemand hier.

Seine Besorgnis stieg.

War jemand den Männern zuvorgekommen. Der Mörder?

Nein, überlegte er, warum sollte der Täter Silja töten wollen? Sie konzentrierte den Zorn Rungholts auf sich, lenkte so von der wahren Person ab, die diese Verbrechen begangen hatte.

Die Männer waren nah.

Er konnte die Fackeln direkt vor den Läden erkennen. Besser, sie würden ihn nicht hier finden!, beschloss er und verschwand auf dem Weg, den er gekommen war.

33

DER MORGEN BEGANN überraschend ruhig.

Veronika war gefunden aber verrückt geworden, Silja verschwunden, der Pfarrer getürmt – und es lebte nach wie vor ein Mörder unter ihnen, dessen Identität nicht geklärt war.

Und doch, es lag eine sonderbare Erleichterung über den Menschen, fast so, als habe sich nun alles erledigt und das Leben gehe unbeeinflusst weiter.

Es war Markttag.

Wie gewöhnlich strömten die Händler herbei, priesen schon auf dem Weg zum Platz ihre Waren an.

»Krüge aus Spanien! Besonders gut für Wein! Die haben die Sonne in sich gespeichert und geben sie langsam an das Getränk ab. Das steigert seinen Geschmack und seine Bekömmlichkeit!«

»Hier, Leute, kommt mit mir! Ich habe wunderbare Pelze aus Schweden! Endlich nicht mehr frieren in diesen lausigen Zeiten. Nur bei mir! Das wunderbare Winterfell der Wölfe und Bären!«

»Ach, lasst euch nicht das Geld aus dem Beutel quatschen. Tragt es zu mir! Frisches Fleisch! Eingelegt, wohlschmeckend. Frauen von Rungholt! Eure Männer werden begeistert sein. Jedes Stück ist sein Geld wert!«

Liese machte sich mit bangem Herzen auf den Weg zur Hütte der Jolande.

Diesmal durfte ihr kein Missgeschick unterlaufen, Elisabeth von Eichwald hatte ihr unmissverständlich klargemacht, was sie sonst erwartete. Die Schuld musste nun, wenn auch mit deutlicher Verspätung, beglichen werden.

Als sie sich der Hütte auf Sichtweite genähert hatte, entdeckte sie den Comte, der breitbeinig in der Tür stand und wohl auf sie wartete. Ihr wurde bang. Die Wäscherinnen taten so, als sei diese Form der Begleichung von Rechnungen keine Sache, über die man auch nur ein Wort verlieren sollte, doch Liese wusste nicht, ob das lockere Reden nicht nur Schauspielerei war. Sie selbst war bisher unberührt gewesen, die Erinnerung an ihr letztes Zusammentreffen mit diesem Mann nur verschwommen, die Schmerzen allerdings deutlich.

Zu ihrer Überraschung hielt der seltsame Mann den Tiegel bereits in der Hand, für den er noch nicht entlohnt worden war.

»Gott zum Gruße, mein Herr, möge dir der heutige Tag viel Freude bereiten.«

»Dir auch, meine Liebe. Hier ist die Salbe für deine Herrin. Gib sie ihr und versichere ihr, die Schuld sei beglichen.«

»Aber …«

Der Comte strich Liese die Kapuze aus dem Haar. Küsste sie leicht mit bebenden Lippen auf den Scheitel. Die junge Frau registrierte den widerlichen Geruch, der ihn umwehte, der sie an vermauste Keller und Verderben erinnerte.

»Nimm den Tiegel und bringe ihn deiner Herrin. Ich weiß, sie wartet schon darauf.« Seine Hände zitterten, als er ihr die Salbe reichte.

Liese knickste artig, steckte das kleine Gefäß in die Tasche ihres Umhangs, knickste noch einmal und wandte sich um.

Als sie einen Blick zurückwarf, sah sie den Comte mit unnatürlich breit gespreizten Beinen in die Hütte wanken, hörte sein Ächzen. Sonst doch eher eine mitfühlende Seele, gönnte sie ihm die offensichtlich heftigen Schmerzen aus tiefstem Herzen. Mit schnellem Schritt eilte sie zum Herrenhaus zurück.

Von Bergfels stieß an einer Hausecke beinahe mit Shahid zusammen.

»Oh!«, entfuhr ihm vor Schreck, dann setzte er doch freundlich hinzu: »Gott zum Gruße. Möge dieser Tag ein guter werden.«

»Euch auch einen gesegneten Tag«, gab der Orientale höflich zurück.

»Es ist gut, dass ich Euch begegne, gibt es doch ein paar Dinge, die Euch womöglich ein falsches Bild vorgaukeln. Begleitet mich doch in Richtung Hafen, so will ich Euren Eindruck geraderücken.«

Neugierig folgte ihm der Fremde.

»Ihr führtet noch ein kleines Gespräch mit meinem Hausdiener über die Nacht, in der Arnft auf so tragische Weise den Tod fand. Euer Geschick ist ganz bemerkenswert. Ihr entlocktet ihm einige Worte, die Euch sicher zu falschen Schlüssen verführen könnten«, begann der Siedereibesitzer weitschweifig. »Es ist bedauerlicherweise nicht von der Hand zu weisen, dass meine Tochter von diesem jungen Mann sehr angetan war. Er erdreistete sich doch tatsächlich, bei mir vorstellig zu werden und sein

Werben um Nienken zu erklären. Selbstredend lehnte ich ab! So ein Tunichtgut, Mitgifterschleicher, durch und durch sündiger und verdorbener Mensch kommt für meine Tochter nicht in Betracht. Dies machte ich deutlich.«

»Und er fügte sich nicht.«

»Woher wisst Ihr das?« Von Bergfels' Atem ging stoßweise vor Zorn, seine Lippen bekamen einen deutlichen, bläulichen Schimmer. »Er verkündete, er würde sich nehmen, was er wolle, wenn ich es ihm nicht freiwillig überließe! Stellt Euch das nur vor! In meinem eigenen Haus, solch eine Unverfrorenheit! Also bestellte ich ihn in die Siederei. Um das Gespräch dort fortzusetzen, wo nicht so viele neugierige Ohren mithörten und schwatzhafte Mäuler davon in der Stadt künden würden. Nienken verbot ich, ihn jemals wiederzusehen, verlangte, sie möge die Straßenseite wechseln, wenn sie seiner ansichtig würde, und habe sich sofort in den Schutz ihrer Mutter zu begeben.«

»Daraufhin begann sie zu weinen, schluchzte ihre Verzweiflung in die Nacht.«

»Nun, das vergeht«, tat der Vater das Leid der Tochter ab. »Ich sandte meine Frau an ihr Bett und ging.«

»Um Arnft zu treffen. Ihr wolltet ihm den Umgang mit Eurer Tochter ein für alle Mal verbieten.«

»Genau! Ich schloss auf und ließ ihn ein. Befahl ihm, einen deutlichen Abstand zu Nienken zu wahren, sie nie mehr anzusprechen und ihren Weg nicht mehr zu kreuzen.«

»Er widersetzte sich. Das Ganze endete in einem Handgemenge.«

»Ja. Ja, was sollte ich denn tun? Er war eine blutsaugende Wanze und ich bereit, ihn zu zerquetschen«, presste der Vater hervor und deutete mit seiner Faust unmissverständlich an, was er damit meinte.

»Ihr habt ihn niedergerungen?« Der Fremde war erstaunt.

»Natürlich. Wollt Ihr andeuten, das erschiene Euch unglaubwürdig?«

»Nun, Ihr tragt eine tödliche Waffe an Eurem Gürtel. Warum solltet Ihr Euch auf einen Händel mit Arnft einlassen?«

»Ich hatte nicht vor, ihn zu töten. Und ich möchte ausdrücklich darauf hinweisen, ich hätte es gekonnt. Man darf einen Mann von meiner Position und meinem Stand nicht beleidigen und verhöhnen!«

»Ihr fühltet Euch also beleidigt. Es gab eine wilde Prügelei. Aus der Ihr als Sieger hervorgingt. Und danach habt Ihr ihn in …«

»Aber nein! Eben nicht!«, fiel ihm der andere vehement ins Wort. »Deshalb wollte ich ja mit Euch sprechen. Ich ging. Arnft war zu Boden gegangen, ich zerrte ihn vor die Tür und ließ ihn liegen. Machte mich auf den Heimweg.«

Shahid verzog das Gesicht zu einer kritischen Grimasse.

»Ich kann nicht glauben, dass Ihr davon ausgegangen seid, Arnft würde sich nun Euren Geboten entsprechend verhalten. Er war ein unbeugsamer Gesell.«

»Dennoch. Er gab mir sein Wort, als er sich geschlagen geben musste.«

»Und Ihr seid gegangen, habt ihn sich selbst überlassen. Ja?«

»Genau, so war es, wie Ihr sagt. Als ich am nächsten Morgen von seinem Tod erfuhr, glaubte ich zunächst, ich hätte wohl in der Hitze nach dem Kampf vergessen, die Siederei abzuschließen. Möglich, dachte ich, dass er hineinging, sich aufzuwärmen, und dabei in eine der Pfannen stürzte. Erst vor Ort wurde mir bewusst, dass der Ablauf anders gewesen sein muss.«

Ich weiß nicht genau, was ich denken soll. Die Geschichte klingt glaubwürdig, er würde auch die Tötung zugegeben haben. Ihm kann nichts geschehen. Wenn seine Geschichte wahr ist, verändert das alles. Aber ehrlich gesagt, sie deckt sich mit dem, was ich in der Siederei gesehen habe. Keine manipulierten Beschläge, kein Nachschlüssel. Der Mörder kam nach ihm. Es wäre besser gewesen, er hätte mir das gleich erzählt. Und so ist es doch wieder möglich, dass ein und derselbe Täter für die drei Morde verantwortlich ist! Ich muss ihn nur noch überführen!

»Seid Ihr jemandem begegnet, als Ihr Euch auf den Heimweg machtet?«

»Nein.« Er klang unsicher, überlegte noch einmal neu. »Ja! Ich erinnere mich, dass es mir seltsam vorkam. Witta! Sie ritt mir entgegen, auf dieser Stute von Silja. Das Pferd hat große weiße Flecken, von den Nüstern bis zur Stirn. Als ich sie ansprach, ritt sie grußlos weiter, rief aber dann, das Tier brauche Bewegung, es sei sonst die ganze Nacht unruhig und lasse Silja nicht schlafen.« Von Bergfels' Augen weiteten sich. »Meint Ihr, sie hat den Mörder gesehen? Weiß vielleicht gar nicht, dass sie den

Schlüssel zur Lösung des Rätsels besitzt. Dann schwebt sie in großer Gefahr!«

»Möglich.« Shahid wirkte mit einem Mal sehr besorgt. »Ich werde mit ihr sprechen.«

»So glaubt Ihr mir? Daran tut Ihr recht.« Von Bergfels nickte dem Gelehrten kurz zu und hielt auf eines der Handelsschiffe zu, die im Hafen lagen.

»Witta. Nun gut, so werde ich sie besuchen, danach Silja. Und mit Veronika muss ich auch noch sprechen. Ich sollte mich besser sputen.«

Er beeilte sich, in den Stall neben der Schänke zu kommen, um die brave Stute auszuleihen, die ihm inzwischen gut vertraut war. Während er mit dem Burschen dort über den Preis verhandelte, kam Liese hereingehuscht.

»Shahid, stellt Euch vor, ich habe den Tiegel mit der Salbe ganz ohne Dienst erhalten«, strahlte sie und präsentierte das kleine Gefäß.

»So hat man dich trotz der schrecklichen Erfahrung wieder zu ihm gesandt?«, knurrte der Orientale. »Ich hatte gehofft, man würde dir das ersparen.«

»Ach, Shahid. Unsere Bräuche und Sitten unterscheiden sich wohl deutlich von denen, die Ihr sonst lebt.« Sie zuckte mit den Schultern. »Wie geht es Edgar?«, flüsterte sie dann.

»Gut. Der war schon erfolgreich auf der Jagd. Er ist schlau und gewieft. Keine Möglichkeit für die Mäuse, ihm zu entkommen.«

Shahid bekam die Zügel in die Hand, bezahlte den Lohn und führte das Tier hinaus.

Seine Augen forschten über den Himmel.

»Es wird dunkel – schon am Vormittag. Geh schnell nach Hause. Es sieht aus, als braue sich ein schreckliches Unwetter zusammen.«

»Mir kommen die letzten Tage wie ein einziges Unwetter vor. Die Sonne haben wir schon so lange nicht mehr gesehen, dass ich schon fürchte, sie wird nie mehr zurückkehren«, seufzte das Mädchen, winkte zum Abschied und wandte sich in Richtung Herrenhaus.

Shahid saß auf und führte die Stute aus der Stadt heraus.

Es waren kaum Menschen unterwegs.

Das Klappern der Hufe klang lauter als gewöhnlich und kündete in seinen Ohren von Untergang und Tod.

Witta war im Stall und legte neues Stroh für die Tiere ein.

Sie war konzentriert bei der Arbeit, hörte nicht, dass ein unerwarteter Besucher sich hinters Stroh drängte.

Gelegentlich warf sie einen Blick in den Hof hinaus.

»Seht ihr das? Es ist dunkel, als wolle die Nacht zurückkehren und dem Tag die Stunden rauben!« Die Hühner gackerten aufgeregt zwischen den Schafen umher, die sich blökend beschwerten. »Gleich wird es wieder zu regnen anfangen. Ist ein seltsamer Beginn des Jahres.« Sie seufzte. »Manchmal fürchte ich, die Sonne kommt niemals zurück. Und ohne Tilda wird es nicht mehr dasselbe Leben sein wie zuvor.« Sie schniefte, band die Schürze neu und packte wieder energischer zu.

Shahid trat aus seinem Versteck.

»Oh, mein Gott!«, schrie die junge Frau auf. »Habt Ihr mich jetzt erschreckt. Ich fürchtete schon, meinem Mörder zu begegnen!«

»Nein, das fürchtetest du nicht.« Der Fremde sprach leise, kam langsam näher.

»Wie meint Ihr das?«

»Du hast dir manchmal Siljas Pferd geliehen, nicht wahr?«

»Ja. Ich bin eine sehr gute Reiterin und darf ihr Pferd manchmal bewegen. Wenn es den ganzen Tag nur im Stall steht, wird es übellaunig«, lachte sie warm. »Aber bei Kälte und Sturm hält die Stute es nicht lange draußen aus.«

»Als du von Bergfels begegnet bist, in jener Nacht, in der Arnft den Tod fand, ist dir außer ihm noch jemand entgegengekommen?«

Witta überlegte, schüttelte dann den Kopf.

»Und Arnft hast du auch nicht getroffen?«

»Arnft!«

»Tilda mochte ihn.«

»Was wisst Ihr schon von Tilda!«

Die Bewegungen der jungen Frau wurden energischer. Stroh flog hoch durch die Luft.

»Du hast deine Schwester geliebt«, flüsterte Shahid. »Es war für dich unerträglich, sie so traurig zu sehen.«

»Mag sein. Wer möchte nicht gern helfen, wenn der andere unglücklich ist.«

»Witta, ich weiß, dass deine Schwester Siljas Dienste in Anspruch nahm.«

»Wie so manche andere Frau auch.«

Draußen hob ein gewaltiger Sturm an, die Stute wieherte leise und Shahid machte lockende Geräusche, damit sie Schutz im Stall suche.

Göran Hildesmann, der Shahid auf Schritt und Tritt gefolgt war, konnte sich nur so eng wie möglich gegen die Wand pressen, um sich wenigstens ein bisschen vor dem Wetter zu schützen.

Er presste ein Ohr gegen das Holz, steckte den Zeigefinger tief in das andere, um das Heulen des Sturms zu dämpfen, damit er nur keine Silbe von dem verpasse, was dort drinnen besprochen wurde.

Wassermassen ergossen sich auf den Boden, als sei eine Sintflut losgebrochen.

Unbeeindruckt setzte der Fremde drinnen im Stall die Unterhaltung fort. »Ich weiß, was passiert ist.«

Die junge Frau schüttelte den Kopf. »Das kann niemand wissen. Tilda war verschwiegen. Weihte selbst mich nicht in ihr Vorhaben ein.«

»Tilda erwartete ein Kind. Als Hein sie freite, hätte sie doch einfach nur einschlagen müssen! Er wäre davon ausgegangen, dass es seines ist.«

»Ja, so ist es in vielen Ehen. Doch Tilda war anders. Der Vater des Kindes sollte ihr Gatte werden. Doch der lachte sie nur aus.« Witta konnte vor Wut kaum mehr sprechen. Sie presste die Zähne fest aufeinander. »Also verfiel sie in Trauer.«

Göran Hildesmann versuchte, sich noch dichter anzuschmiegen. Er war fasziniert von den Neuigkeiten, die er hier erfuhr. Allerdings würde es von Eichwald wohl nicht gefallen, er wollte Shahid hingerichtet sehen.

»Silja riet ihr, das Kind nicht auszutragen, damit ihr Ansehen keinen Schaden nähme. Doch auch ihre Hilfe konnte deine Schwester nicht mehr aufheitern.«

Witta schüttelte nur den Kopf. So heftig, dass ihre Haube herunterfiel und sich die Haare aus dem Band lösten. Hastig versuchte sie, die blonde Mähne einzufangen und unter die Haube zu schieben, doch es wollte nicht gelingen.

»Tildas Kind war von Arnft, nicht wahr? Er wollte keine Verantwortung übernehmen, gab ihr die Schuld, behauptete, wäre sie achtsamer gewesen, hätte das nicht geschehen können. Wahrscheinlich beschuldigte er sie, ihn in eine Ehe zwingen zu wollen. Tilda tötete sich selbst. Ich nehme an, mit einem giftigen Trank. Du fandest ihre Leiche. Um zu vertuschen, dass sie selbst Hand an sich gelegt hatte, stahlst du eine von Siljas Nadeln, stachst sie in ihre Brust. Man entdeckte die Wunde. Entschied auf Unfall. So war es wenigstens kein sündiges Ende.«

Die Schwester begann zu weinen.

Shahid musste nun die Stimme erheben, damit er über das Heulen des Windes noch zu hören war.

»Die Wahrheit ist noch schmerzhafter, nicht wahr? Die Familie wollte dich zuerst verheiraten. Doch um dich freit niemand. Nicht einmal in Zeiten wie diesen, wo Frauen unbedingt für die nächste Generation sorgen sollen. Du bis nicht makellos genug. Tilda sollte warten, lehnte deshalb eine Heirat ab. Mit Arnft änderte sich alles. Ihn hätte sie gern genommen, er sie auch. Doch was wäre aus dir geworden? Du wärest auf dem elterlichen Hof geblieben, als Arbeitskraft, ohne die Aussicht auf ein Stück vom Glück der Liebe, der Ehe, der Mutterschaft. Als sie starb fühltest du dich schuldig. Tilda konnte ohne Arnft nicht das Kind in ihrem Leib retten – weil sie es von Silja töten ließ, beschloss sie ihrem Leben ein Ende zu setzen.«

Der Lauscher vor der Tür war dankbar dafür. Woher wusste dieser Mann um all die unglaublichen Verwicklungen?, überlegte er angestrengt, schließlich waren das alles Geheimnisse, die man nicht einfach jedermann anvertraute. »Schon gar nicht mir!«, zischte Hildesmann dann wütend. »Unfassbar. Wie viele Menschen wussten wohl um die Schwangerschaft Tildas?« – Und niemand hatte es für nötig gehalten, mir, dem offiziellen Ermittler, auch nur ein Sterbenswörtchen davon zu verraten!

Witta schrie ihren Schmerz heraus, laut und anhaltend.

»Die Kleider zogst du ihr aus, damit sie im Kleid der Unschuld …«

»Nein. Ich wollte, dass die Menschen sehen, dass sie wegen ihres Körpers gestorben war, dieses Körpers, der von Arnft geschändet und missbraucht worden war!«, weinte die Schwester.

»Er hat es nicht verstanden.«

»Nein. Hein begann, um Enken zu werben. Er hatte Tilda sehr schnell vergessen. Enken wollte ihm ihren Körper schenken, mit ihm glücklich sein, doch eigentlich gehörte Hein Tilda. Sie hatte ja nur meinetwegen abgelehnt, hätte vielleicht sogar in seinem Arm alles andere vergessen können. Deshalb betäubte ich Enken, brachte sie ins Moor, warf ihre Kleider in den Wald. Kam im Geheimen zurück und stieß ihr die Nadel in die Brust. Jeder sollte sehen, dass man sich nicht einlassen durfte. Im Grunde war Enkens Tod auch Arnfts Schuld!«

Shahid fühlte fast Mitleid mit der jungen Frau.

»Und Arnft?«

Die Augen Wittas bekamen einen intensiven Glanz, ihr nicht gerade anmutiges Gesicht verzog sich zu einer grauenvollen Fratze.

»Er lag vor der Siederei. Rührte sich nicht. Erst dachte ich, er könne hier draußen sterben, einfach erfrieren. Aber ich war mir nicht sicher, ob er mir den Gefallen tun würde. Er war von kräftiger Statur, wirkte abgehärtet. Die Tür war nicht verschlossen, so machte ich Feuer unter einer der Pfannen, gab Sole hinein.«

»Du konntest doch den schweren Körper nicht allein hineinziehen!«

»Nein«, strahlte sie, »er wachte auf. War benommen. Torkelte in die Wärme. Er stützte sich mit den Händen neben der Pfanne ab, verbrannte sich, es war ganz einfach, ihn kopfüber hineinzustoßen! Er fiel fast schon von selbst. Die Holzlatte hatte ich in der Hand, musste sie nur noch unter dem Rand der Pfanne einklemmen. Es war wundervoll!«

Wahnsinn leuchtete aus ihrem Gesicht.

Shahid fror. »Du hast zugesehen. Und es hat dich erfreut, ihn sterben zu lassen.«

»Ja!«, jauchzte sie. »Dieser Unmensch erlitt höllische Qualen, versuchte, die Latte zu greifen, trat nach hinten aus, um den vermeintlich dort stehenden Gegner zu treffen. Nach einer Weile wurde er still. Ich legte Holz nach und ging, brachte das Pferd zu Silja zurück.« Plötzlich brachte sie ihr Gesicht ganz nah an das des Mannes. »Wisst Ihr, am meisten bedaure ich, dass er vielleicht gar nicht mehr bemerken konnte, wer ihn da kochte!«

Die Bewegung war zu ahnen.

Shahid gelang es im letzten Moment, ihren Arm zu packen und den Schlag mit dem Stiel der Forke abzufangen.

»Lass das. *Ich* bin nicht so leicht zu überwältigen.« Er erhob sich. Entwand ihr die Mistgabel, warf Witta ins Stroh.

»Du musst ihn unermesslich gehasst haben – und jeden anderen, mit dem er zu tun hatte.«

»Silja! Diese Verräterin! Sie führte heftige Rede gegen ihn, klagte ihn seiner Verführungskünste wegen vor allen an, wurde nicht müde, vor ihm zu warnen. Und selbst?« Der Ton wurde höhnisch. »Ich sah sie mit ihm. Auch sie war ihm verfallen, er schlief bei ihr. In ihrem Bett gab sie sich ihm hin!«

Silja! Shahid wurde unruhig. War auch ihr etwas zugestoßen? Hatte Witta selbst ihre Freundin auf dem Gewissen?

Ein Blitz erhellte die Schwärze. Wittas Gesicht, aus dem der Irrsinn sprach. Er griff nach einem Strick. Band ihre Hände so, dass er sie am langen Ende führen konnte. Sie ließ laut lachend alles geschehen.

»Du hast getötet, weil Arnft *dich* verschmähte! Mit jeder Frau begann er eine Liebelei. Nur dich mied er. Möglich, dass er die Verwirrung in deinem Geist früher erkannte als alle anderen.«

In diesem Augenblick traf ein harter Gegenstand Shahids Kopf.

Das Seilende entglitt seinen Fingern und er sank ohnmächtig zu Boden.

Hildesmann lugte vorsichtig um die Ecke, als er keine Stimmen mehr hörte.

Hans!

Er hielt das Seil, das Witta band, und beugte sich über den leblos am Boden liegenden Orientalen.

»Na, Ketzer!«, zischte er böse. »Habe ich dich! Du bist der, der all das Unheil über uns bringt! Dem werde ich nun ein Ende bereiten.«

Witta zerrte am Seil, versuchte die Fessel zu lösen. Doch Hans schlang sein Ende um einen der Stützbalken und zurrte es fest.

»Nein, du wirst mir nicht entkommen. Du hast gemordet, wirst deiner gerechten Strafe ebenfalls nicht entgehen. Du bist nichts anderes als das willige Werkzeug des Ketzers hier, deine Seele ist längt verloren und kann nicht mehr gerettet werden!«

Hans griff nach einem groben Holz, wog es in seiner schwieligen Hand. »Das ist schwer genug.«

Göran Hildesmann hatte genug gesehen und gehört.

Voller Freude über die Entwicklung trat er den Rückweg an. So lösten sich alle Schwierigkeiten schlicht auf. Hans tötete den Fremden, die Mörderin wurde ebenfalls bestraft. Von Eichwald würde ausgesprochen zufrieden mit ihm sein.

Als er die Warft hinunterstieg, versank er bis zum halben Unterschenkel im Wasser.

»Gleichgültig«, meinte er. »Nasser als ich es ohnehin schon bin, kann ich gar nicht mehr werden.«

Er rief nach seinem Pferd, das brav zu ihm trat.

Doch als er aufsteigen und zurückreiten wollte, um Joachim von Eichwald Bericht zu erstatten, zeigte sich das Tier unwillig. Der vom Sturm aufgepeitschte Regen verursachte ihm wohl Schmerzen auf der Haut.

Göran Hildesmann war nicht willens, sich den Befindlichkeiten des Pferdes unterzuordnen, er trat kräftig in die Flanken, versuchte, es gewaltsam anzutreiben.

Schließlich drängte es ihn, seine Informationen weiterzugeben und das ihm zustehende Lob zu empfangen.

»Vielleicht wird die Bezahlung sogar üppiger ausfallen, weil ich so gute und schnelle Arbeit geleistet habe! Wenn das Wetter sich wieder beruhigt hat, werde ich mit dem Lohn …«, träumte er noch, als das Pferd, das den Weg nicht erkennen konnte, strauchelte und stürzte.

Hildesmann versank.

Kämpfte sich an die Oberfläche zurück, schluckte eine Welle nach der anderen, erkannte, dass der Boden unerreichbar tief unter ihm liegen musste. Weggespült. Sein Pferd hatte sich aus seiner Reichweite entfernt, offensichtlich war es mit vier Beinen leichter, nicht zu ertrinken, als mit zweien.

Seine Erfahrungen mit so viel Wasser waren beschränkt, tatsächlich konnte er sich nicht erinnern, je in einer solch verzweifelten Lage gewesen zu sein. Was nun? Treten? Strampeln? Zappeln? Konnte man sich mit einem Trick an der Luft halten?

Nein, musste er wenig später einsehen.

In der Kirche herrschte bereits großes Gedränge.

»Wer soll nun für uns Fürbitte leisten? Wir sind ohne Pfarrer!«, jammerten die einen.

»Der Herr sieht unsere Not auch ohne dass einer wie Asmus ihm davon erzählt! Kniet einfach nieder und betet. So werden wir schon Gehör finden!«, behaupteten die anderen selbstbewusst.

Plötzlich wurde die Tür mit so viel Schwung aufgerissen, dass der Sturm ungebremst hineinwehen konnte, der Regen, der horizontal in das Gotteshaus gepeitscht wurde, die Menschen sofort bis auf die Haut durchnässte.

Berthold drängte herein. Blutverschmiert, die Kleidung zerrissen.

»Rungholt wird untergehen!«, schrie er schrill. »Ich habe es gesehen! In der letzten Ratte von Utz. Ganz klar! Wir werden alle sterben. Es gibt kein Entrinnen!«

Johann, der längst in einer der Bänke saß und gehofft hatte, das Problem Berthold mit dem kräftigen Schlag für immer gelöst zu haben, stöhnte gequält auf. Der Bruder, unverwüstlich! Er trieb sie in den Ruin mit seinem Gerede.

Vom Hafen her drängten auch die Seeleute nach. »Los, lasst uns ein. Unsere Schiffe werden im Hafen versinken! Die Landung ist verloren! Wo ist denn euer Pfarrer?«

Alle redeten durcheinander.

Die Stimme der alten Veronika setzte sich durch.

»Herr im Himmel, wir flehen dich an«, begann sie und die Menge wiederholte ihre Worte inbrünstig. »Sieh her auf unseren Flecken, wende die Wasser ab, lass nicht zu, dass der blanke Hans unser Schicksal besiegelt.«

»Wir haben einen Deich! Niemand wird untergehen! Unserer Hände Werk wird uns beschützen!«, rief einer der Männer.

»Das wird sich jetzt erweisen!«, grölte ein anderer.

»Herr im Himmel, wir flehen dich an«, begann Veronika wieder mit der Litanei und alle fielen ein.

»Silja ist nicht in ihrem Haus!«, wusste eine andere Stimme.

»*Sie* hat das Unwetter über uns gebracht!«, empörte sich ein anderer.

Wieder ging die Tür auf.

Utz.

»Der Deich! Das Wasser schwappt über die Krone! Wird in gewaltigen Wellen über die Krone geweht! Eine Wand aus Wasser rollt auf uns zu«, brüllte er über das allgemeine Gemurmel und das Brausen des Sturms hinweg. »Draußen fliegen Kutschen umher. Pferde können sich kaum mehr gegen diese Urgewalt stemmen. Das ist die Strafe des Herrn! Meine Ratten haben es gewusst!«

»Herr im Himmel, erhöre unser Flehen!«, begann die Gemeinde erneut.

»Solange es nur rüberschwappt, passiert doch nichts! Ein bisschen nasse Füße!«, brüllte einer der Männer. »Halten muss er, der Deich. Dem blanken Hans trotzen. Und das wird er auch!«

Utz packte den Sprecher, hob ihn hoch, bis er dessen Ohr direkt vor seinen Lippen hatte. Dann wütete er: »Eine Wand aus Wasser habe ich gesagt! So hoch wie ein Schiff mit Mast, vielleicht gar doppelt so hoch. Und sie kommt auf uns zu, frisst alles an Leben, Hab und Gut auf ihren Weg. Es bleibt nichts zurück!«

»Wo ist von Eichwald?«, wollte plötzlich eine Frau wissen.

»Der wohnt in einem Haus aus Stein. Der wird nicht so einfach weggeschwemmt.«

Wieder drängte jemand in die Kirche nach.

Als sich die Ersten umdrehten, ging ein entsetztes Raunen durch die Reihen.

»Silja! Um Himmels willen, was ist Euch nur geschehen?«, fragte eine Stimme schrill. »Ist Euer Haus eingestürzt?«

Nun drehten sich alle um. In der Tür stand die schlanke Frau, die Haare aufgelöst und verfilzt, vom Regen an den Kopf geklebt. Blut auf ihrer Schürze, dem Kleid, es sickerte immer weiter aus einer Wunde nach, die unter den Haaren verborgen war, selbst Hände und Arme zeigten noch Spuren von Blut, das selbst der heftige Regen nicht hatte abwaschen können. Einen schützenden Umhang trug sie nicht, die Haube hatte sie wohl verloren. Kleidung und Schuhe waren durchnässt. Sie bebte vor Kälte. Helfende Hände streckten ihr einen wollenen Mantel mit Kapuze zu.

Die Frau konnte sich kaum noch auf den Füßen halten, einige der Versammelten sprangen ihr bei, führten die blutüberströmte Heilerin zu einer Bank.

»Ich wurde überfallen«, hauchte die Verletzte.

»Wegelagerer? Die haben selbst jetzt nichts Besseres zu tun, als andere zu berauben?«

»Nein. Jemand verfolgte mich, versuchte mit seinem Schwert ...« Ihre Stimme versagte.

»Konntet Ihr denjenigen erkennen?«, wollte jemand wissen.

Silja schüttelte schwach den Kopf. Schloss die Augen, verzog das Gesicht in heftigem Schmerz.

»Herr, wir flehen dich an! Schütze uns!«

Vor der Tür wurden Stimmen laut, Schmerzensschreie drangen bis zu den Versammelten, unter das stetig zunehmende Heulen des Sturms mischte sich das Geräusch von umherfliegendem Gut, das die Wände traf, erschreckte alle, Kinder begannen zu weinen, konnten von ihren Müttern nicht mehr getröstet werden.

»Die Schiffe sind nicht mehr sicher! Das Wasser drängt

in den Hafen, sie werden mitgerissen!«, war deutlich zu hören.

»Ich sage doch: Rungholt wird untergehen! Ich habe es gesehen! Tatsächlich gesehen, habe sogar eure Schreie gehört, gesehen, wie das Wasser Häuser mit sich riss und von Rungholt nichts mehr blieb!«, rief Berthold laut. »Wir sterben! Alle!«

»Glaubt ihm kein Wort!«, riet Johann. »Bestimmt hat er gar nichts gesehen und will sich nur wichtigmachen, dieser Idiot!« Seine Faust versuchte, den Bruder zu treffen, wurde aber von einem der anderen aufgehalten.

»Hört auf zu streiten! Im Angesicht des Todes sollte Friede unter den Menschen herrschen.«

Hein musste mitansehen, wie der blanke Hans sich über seine Felder hermachte.

Immer mehr Wasser umspülte die Warft. Wenn der Sturm sich nicht bald legte, war der Hof nicht mehr zu retten, das Vieh müsste jämmerlich ertrinken, er hörte das angstvolle Blöken der Schafe und das laute Muhen der Kühe. Nicht lang und auch für ihn und seine Mutter konnte es gefährlich werden.

Er war zur Tatenlosigkeit verdammt.

Unerwartet sah er eine Gestalt, die sich gewaltsam den Böen entgegenstemmte, sich beharrlich vorankämpfte. Direkt auf die Warft zuhielt.

»Vater?«

Die Gestalt erreichte die Warft, kam zum Hof hinauf.

»Vater!« Hein konnte es kaum fassen.

»Komm, Junge, aufs Dach! Das ist die einzige Möglichkeit zu überleben! Ich nehme deine Mutter.«

Und so stiegen sie auf das torfgedeckte Dach, das durchzuweichen drohte.

»Hein, wer ist dieser Mann?«, fragte seine Mutter immer wieder. »Es ist nicht gesund, bei solch einem Wetter draußen zu sein. Wir werden ja nass bis auf die Haut. Es ist besser, am Feuer zu bleiben.«

»Die See will uns vernichten. Wir können nur hoffen, dass der Hof dem Angriff von Wind und Wellen zu trotzen vermag. Sonst werden alle sterben. Ganz Rungholt im Meer versinken!«, erklärte der alte Bauer.

Vom Dach aus war die nahende Katastrophe besser zu überblicken.

Hein starrte in die Finsternis, ahnte, dass sie schon gänzlich von Wasser umgeben waren.

Sein Vater legte ihm die Reste seiner Hand auf die Schulter. »Mein Sohn, ich glaube, Rettung wird es diesmal nicht geben. So werden wir wenigstens vereint in den Tod gehen.«

»Du meinst, die Warft wird uns nicht schützen?«

»Sieh in den Himmel! Höre das Meer! Nein, diesmal hat es vor, uns zu vernichten. Die ersten Schiffe sind schon gekentert. Der Hafen wird zum Grab für Männer und Waren.« Der Vater zog ein Seil aus der Tasche. »Wir werden uns nun aneinanderbinden. So wird uns auch der blanke Hans nicht voneinander trennen können.«

Und so geschah es.

Shahid blinzelte.

Sein Kopf schmerzte gewaltig. Beim Betasten fanden seine Finger eine feuchte Stelle.

Mühsam versuchte er sich zu erinnern, was geschehen war.

Langsam fiel ihm das Geständnis von Witta ein, nur, wo war die junge Frau? Er hatte sie gefesselt, wusste er, doch nun lag er hier allein.

Regen stürzte auf ihn herab.

Was aber nicht sein konnte, schließlich hatte er mit Witta im Stall gesprochen. Eisigkalte Luft peitschte über ihn hinweg, zerrte an seiner Kleidung. Also lag er nun wohl draußen?

Er tastete um sich.

Fand nur Trümmer. Holz und Torf, Stroh war dabei.

Und ganz langsam wurde ihm bewusst, dass die Scheune eingestürzt sein musste! Wie durch ein Wunder war er nicht von den schweren Balken erschlagen worden!

Wo war Witta?

Er rappelte sich ächzend auf, sah sich um. Konnte ob der Dunkelheit nur Schemen erkennen.

»Witta?«

Keine Antwort. Eigenartig. Warum waren denn weder Brüder noch Eltern hierhergeeilt, um nach der Tochter und dem Vieh zu sehen? Seine Füße traten auf einen Widerstand. Er bückte sich, fand das Seil. Tastete sich daran entlang. Witta war weg!

Als er weiter durch die Trümmer kletterte, stieß er auf einen leblosen Körper.

»Ihr wart es also, Hans, der Schrecken der Ketzer. Ihr habt mich niedergeschlagen, kurz bevor das Dach einstürzte. Oh ja, ich erinnere mich. Ihr wolltet Witta und mich töten! Dabei«, er suchte mit den langen Fingern nach dem Puls an der Kehle des Mannes, »dabei bin ich ganz gewiss kein Ketzer, Ihr habt Euch getäuscht.«

Je mehr sich sein Denken aufklärte, desto deutlicher erkannte er, was hier geschehen war.

»Dank Eures Einsatzes konnte die Mörderin entkommen – und Ihr selbst fandet den Tod. Ich bin diesem Schicksal knapp entronnen. Aber mir scheint, auch die Naturgewalten arbeiten an der Vernichtung.«

Bretter wurden vom brüllenden Sturm von den Wänden gerissen, flogen wild umher, Fässer rollten rumpelnd über den Hof. Shahids Augen suchten nach dem Hof, fanden nur Trümmer.

Ebenfalls eingestürzt, erkannte er, eilte hinüber, schrie gegen die entfesselten Elemente an, fand nur tote Körper.

Liese, dachte er voller Angst, Liese, ich hoffe, du hast irgendwo sicheren Schutz gefunden.

Er stemmte sich gegen den Sturm, versuchte zu gehen, wurde zu Boden gedrückt, krallte sich mit den Fingern in den tiefen Boden.

~⊚~

خواننده

Ich bin weder unverletzlich noch unsterblich!

Als ich das erste Mal in einer fremden Zeit erwachte, schien mir, nun könne mir das Schicksal nichts mehr anhaben, schließlich, so dachte ich, hätte ich den Tod überwunden. Doch schon bald wurde ich eines Besseren belehrt, musste erkennen, dass nur meine Reisemöglichkeit mich von den anderen Menschen unterschied. Das ist nicht viel, wenn man bedenkt, in welche Abenteuer ich seither verwickelt wurde. Mein Leben war mehr als einmal in Gefahr, und Narben zeugen von den bedrohlichen Situationen, die ich überstehen musste. Mörder empfinden ihre Schuld nicht immer als Last, von der man sie durch Enttäuschung befreien wird. Im Gegenteil. Den meisten war es nicht recht, dass sie von mir der Tat überführt werden konnten. Was dazu führte, dass sie sich mit erheblicher Vehemenz der Überstellung an die zuständigen Richter oder Ältestenräte widersetzten – was dann wiederum mein eigenes Leben in Bedrängnis bringen konnte. Mir bleibt nur die Hoffnung, dass mich das Schicksal noch an einem weiteren Ort benötigt und mir ein Entkommen ermöglicht.

❧

Liese fand das weinende Mädchen in einer Zimmerecke.

Käthe zitterte vor Angst und Kälte, die Feuer waren längst qualmend verloschen und so konnte sich der Winter selbst hinter den dicken Mauern breitmachen.

»Käthe, hat sich denn niemand darum gekümmert, dass du etwas Warmes anziehst?«

Das Mädchen schrie leise auf, hatte in der Dunkelheit die Zofe nicht sofort erkannt.

»Schschsch. Ruhig, bleib ganz still.«

Käthe drückte sich fest in die Arme Lieses, weinte leise weiter, doch das Zittern nahm ab.

»Wo ist denn dein Bruder?«, fragte sie flüsternd.

Liese kämpfte gegen die aufsteigende Angst. »Entweder ist er noch bei der Köchin oder er ist zum Hafen gelaufen. Ich hoffe sehr, dass er irgendwo Unterschlupf gefunden hat. Im Verstecken und Verkriechen ist er fast so geschickt wie du!«

»Hast du je zuvor so ein Wetter erlebt?«

»Nein, Käthe, noch nie. Es gibt viele Geschichten, in denen davon Kunde gegeben wird, dass die See alles Gut wegschwemmt und so manche Seele mit sich reißt. Und du weißt, der Deich soll uns vor dem blanken Hans bewahren, unsere Häuser stehen auf Anhöhen. Das dient dem Schutz – und es wird uns auch schützen!«

Krachend schlug etwas gegen die Hauswand. Splitterte. Käthe schrie auf.

»Das sind Holzteile, die von anderen Häusern losgerissen wurden. Oder hölzerne Dinge, die auf einem Hof standen und mitgerissen wurden.«

Gerade als sie dem Mädchen erklären wollte, in diesem Haus könne all das nicht geschehen, hörten sie ein unglaubliches Poltern über sich. Etwas von ziemlichem Gewicht kollerte über den Boden, Weiteres folgte. Liese wusste, was das bedeutete.

Die Wand stürzte ein!

Energisch presste sie das Kind an sich, beugte sich schützend über seinen kleinen Körper, versuchte, ihm die Ohren zuzuhalten.

Ruben und die Seinen schafften es mit Mühe bis zum Hof.

Das Land um die Warft war bereits überschwemmt, ein Vorankommen außerordentlich beschwerlich.

Sie hatten von Roderich gehört, dass der Ketzer sich dort aufhalte, Hans ihm bereits auf den Fersen sei.

Zweifel hatten sich in Rubens Denken festgesetzt. Konnte Hans diesen Fremden wirklich allein überwältigen und Rungholt aus der größten Not erretten? Wäre es nicht besser, ihm stünden einige kräftige Arme mehr zur Verfügung?

Und so hatten sie sich auf den Weg gemacht.

Voller Zorn und bewaffnet.

Ihre Entschlossenheit wurde wankend, je nasser sie wurden, je höher der Wasserspiegel stieg, gegen den sie ankämpfen mussten.

Als sie die Warft erklettert hatten, fanden sie den Hof und den Stall vollkommen zerstört vor.

Schnell stießen sie auf den Leichnam von Hans.

»Der Schuft hat Hans erschlagen! Wenn es noch eines letzten Beweises bedurfte, dann wäre der hiermit wohl geführt! Er ist das Böse. Wir waren nur zu blind, es zu erkennen!«, brüllte Ruben in uferlosem Zorn.

»Weit kann er nicht gekommen sein. In unserer Richtung war er nicht unterwegs und in der anderen liegt der Deich.

Dort wird er nicht hingelaufen sein.«

Ich hörte ihre Stimmen, wusste, dass sie bereit waren zu töten. Mich zu töten. Einer musste die Verantwortung übernehmen, für die Morde, das Wetter und alle anderen Unbill des Daseins. Sieben gegen einen – ich hätte im offenen Kampf keine Aussicht auf Sieg. Natürlich würden sie mir nicht glauben, dass Witta … Und sie konnte nicht selbst Kunde ablegen, sie war verschwunden.

Eine vertrackte Lage.

Mir nicht unbekannt. Vielleicht gar vertraut.

Ein Sprung könnte mich retten.

Denn das ist die Krux: Ich weiß nie, ob ich durch eine

Dehnung springen werde, ob ich irgendwo erwachen konnte, um mich einem weiteren Rätsel zu stellen. Falls es nicht funktionierte, wäre dieser Sprung mein letzter.

Shahid sah sich um.

Rubens Spießgesellen fackelten über die Warft, suchten in jeder Ritze.

Fanden die Brüder und Eltern Wittas.

»Er hat auch die ganze Familie ausgerottet. Wenn Witta das erfährt, wird sie nie wieder lachen können!«, rief einer der Männer.

»Und seht mal, dort. Treibt da nicht der vom Gericht bestellte Ermittler? Der hieß doch Göran. Wie lange mag dieser Shahid hier gewesen sein, um all die Morde zu begehen?«, fragte ein anderer und deutete vage über die Warft hinaus. »Das ist doch unfassbar.«

Ruben gesellte sich dazu, ging in die Knie, hob einen Balken an.

»Nein, ihr liegt falsch. Die Familie hat das Dach unter sich begraben. Ich glaube, sie starben daran, dass die schweren Balken sie erschlugen. Göran«, er machte ein zweifelndes Gesicht, »nun, ich kann es nicht ausschließen.«

Während die Gruppe in jeden Winkel stapfte, der Sturm versuchte, die Fackeln zu löschen, allgemeines Bangen die Männer ergriff, stieg Shahid hinunter und schob sich über den glitschigen Grund zurück in die Stadt. Der Regen fiel so unerbittlich, dass er ihm die Sicht raubte. Hinter ihm erscholl ein Ruf: »He! Halt! Er ist dort unten!«, brüllte Ruben über das Hintergrundheulen hinweg.

Shahid schob seine Beine schneller voran, keuchte, wurde atemlos.

Als die Tür zur Kirche diesmal aufgerissen wurde, stand Witta plötzlich mitten unter ihnen.

»Kind, wie siehst du nur aus?«, entfuhr es Martha, die sie zuerst erkannte. »Völlig durchgeweicht. Und woher stammen all diese blutenden Wunden?«

Doch Witta reagierte nicht.

Ging mit steinerner Miene voran.

Willig bereitete man ihr eine schmale Gasse.

Hände streckten sich ihr entgegen, wollten tröstend über ihre Schultern, ihre Arme streichen.

Doch es schien, als spüre sie die Berührung nicht.

Vor dem Kreuz wandte sie sich um.

Sah in die gespannten und ängstlichen Gesichter der Rungholter und der Seemänner.

Schweigen legte sich über all die Menschen, die hier Schutz gesucht hatten.

Mit klarer Stimme verkündete Witta: »Herr, ich habe gesündigt!«

Und als sie so vor allen stand und eine Beichte ablegte, zog ein Schaudern durch die Reihen.

Silja schrie auf, als sie erkannte, dass sie beim Beischlaf mit Arnft beobachtet worden war, empfand den Verrat durch Witta wie eine glühende Nadel, die man ihr in den Körper stieß – wie es bei den anderen Frauen geschehen war.

»Ihr hättet Tilda nicht beerdigt! Nur weil sie ihrem Leben ein Ende setzte, wäre sie für immer aus der Gemeinschaft der Gläubigen verbannt worden. Ihr versteht, dass ich das nicht erlauben konnte? Also stahl ich …«

Ruben und seine Gruppe holten stetig auf.

Shahid allerdings war ausdauernd und so hoffte er, die anderen doch bald abhängen zu können.

Er konnte die ersten Häuser schon erahnen.

Hielt auf die Kirche zu.

Konnte das Keuchen seiner Verfolger im Nacken spüren, als er ihn erreichte.

Ein Tritt und er konnte auf den Turm hinaufsteigen.

Das Schwert Rubens traf ihn beim Aufstieg in die Wade. Er strauchelte, stürzte.

»Mörder!«, grölte der andere. »Ich bringe dir den Tod!«

»Ihr irrt euch. Witta hat die Morde gestanden.«

Ruben holte zu einem weiteren Schlag aus. »Jetzt versucht Ihr auch noch, Eure Schuld auf eine junge, unschuldige Frau abzuwälzen!«

Shahid gelang es, wieder auf die Beine zu kommen.

Er nahm die nächsten Stufen, der Schmerz ließ ihn beinahe einknicken, nur die Selbsterhaltung trieb ihn weiter.

Außer Atem erreichten sie die Glocke.

Fassungslos starrte Shahid über Rungholt.

»Oh, mein Gott!«, entfuhr es ihm.

Ruben, der nun, ebenfalls nach Atem ringend, neben ihm stand, schrie entgeistert: »Der blanke Hans! Der blanke Hans! Rette sich, wer kann!«

»Wohin willst du dich bei solch einer Riesenwoge retten?«, fragte Shahid trocken.

Doch Ruben hörte ihn gar nicht.

Er fiel auf die Knie, begann hastig zu beten.

Das Bersten von Holz, die markerschütternden Schreie der Menschen! Das Vieh, das brüllend in den Fluten versank!

Das Wasser riss ohne Ansehen alles gnadenlos mit sich. Brachte Tod und Untergang über das gesamte Gebiet.

Doch dann traf Rubens eisiger Blick den Gelehrten aus dem Orient. »Aber vielleicht kann ich uns die Rettung bringen, wenn ich dich jetzt auslösche!«, schrie er und stürzte sich auf den anderen. »Noch ist es nicht zu spät!« Packte Shahids Kehle. Bog dessen Körper weit über die Brüstung. Presste seine Finger enger um den Hals. Shahid trat nach ihm, versuchte, mit den Händen das Gesicht des Gegners zu packen, seine Finger in dessen Augen zu drücken. Er röchelte. Wusste, dass er mit aller Kraft um sein Leben kämpfen musste. Es gelang ihm, einen schmerzhaften Tritt zu platzieren. Ruben gab einen sonderbaren Ton von sich, blies die Wangen auf, löste eine der Pranken und griff sich zwischen die Beine. Für einen kurzen Moment bekam der Fremde mehr Luft.

Es gelang ihm, seinen Körper zurückzukrümmen.

Sein Kopf ruckte schwungvoll vor, rammte gegen die Stirn Rubens. Wieder etwas mehr Platz zum Atmen.

Doch der Rungholter war zäh.

Er trat taumelnd einen Schritt zurück, packte ein Messer, das in seinem Gürtel steckte, schüttelte sich und sprang auf Shahid zu, rammte ihm die Klinge tief in die Seite. »Da! Nimm das! Stirb endlich, damit wieder Ruhe in unserer Mitte einziehen kann!«, hörte der Verletzte Rubens Stimme, die das Brausen des Sturms und des Wassers, die schrecklichen Schmerzensschreie kaum mehr übertönen konnte.

»Die Flut wird euch alle Verderben bringen!« Shahid war zu Boden gegangen. Zog sich mit Mühe an der Brüstung hoch, bis er schwankend aufrecht stand. »Es gibt kein Zurück. Doch wisse: Mit mir hatte es nichts zu tun.«

Shahid trat an den Rand, breitete die Arme aus und stürzte sich kopfüber in die Woge, die alles Leben mit sich riss, den Turm wie ein Stöckchen knickte. Sein letzter Gedanke streifte Liese und Hauke – sein allerletzter galt seiner Frau und seinem Sohn.

Würde er diesmal in den Tod stürzen?

Seine Liebsten wiedersehen?

Eisige Kälte, Stille und Dunkelheit umfingen ihn.

ENDE

LEGENDE UND WAHRHEIT

SCHON RELATIV KURZE ZEIT nach dem Untergang wurde Rungholt von der Welt vergessen.

Für eine Existenz der Insel oder der Stadt gab es keine verwertbaren Hinweise, weder archäologische Funde noch schriftliche Aufzeichnungen gaben Aufschluss über die geografische Lage. Das Watt gab nichts preis. Allerdings hielten sich hartnäckig Gerüchte darüber, dass es einst eine reiche Insel in der Nordsee gegeben habe, die bei einer verheerenden Sturmflut vollständig vom Meer verschlungen wurde.

Einige Menschen waren von dem Thema fasziniert, versuchten den Beweis zu führen, dass es dieses Siedlungsgebiet weit vor dem heutigen Küstenverlauf tatsächlich gegeben hat. So existierten ein Rungholtgedicht von Detlev Freiherr von Liliencron aus dem Jahr 1882 und einige Textpassagen, die sich mit der Insel und Geschichten über ihre Bewohner beschäftigten. Weitere Hinweise fanden sich im Verzeichnis der Kirchspiele aus dem 14. Jahrhundert, in dem Rungholt als Flecken benannt ist, was nahelegt, dass es sich um einen vergleichsweise großen Ort gehandelt haben muss. Falls es sich bei Rungholt tatsächlich um diese sagenhafte reiche Siedlung handelte, bei welcher der zahlreichen Sturmfluten wurde sie ausgelöscht, wo befand sie sich genau? Worauf sollte sich ihr sagenhafter Reichtum begründet haben?

Diese Fragen blieben lange Zeit unbeantwortet.

Heute wissen wir, dass die Küstenstruktur, wie wir sie heute kennen, das Ergebnis verheerender Sturmfluten ist, welche die Marschlandschaft von Grund auf umgestalteten, tiefe Priele aushoben und Landbrücken kappten, so dass die der Küste vorgelagerten Inseln entstanden.

Rungholt gehörte, so wie auch der nördliche Teil des heutigen Bundeslandes Schleswig-Holstein, zum Königreich Dänemark. Mit der Besonderheit, dass dort nicht zwangsläufig auch das dänische Recht galt. Die Gebiete waren weitgehend autonom, die Rechtsprechung konnte sich von Ort zu Ort unterscheiden, die dänische Krone mischte sich nicht ein.

Steuern und Abgaben wurden an das dänische Königshaus entrichtet.

Für das Gebiet, in dem Rungholt vermutet wird, die Edomsharde, wurden folgende Kirchspiele genannt: Gackenboll, Stinteboll, Odenbull, Helges vel Niendam, Rungholt, Ackenboll, Hereßboll, Emtsboll, Overmartfloth, Uttermartfloth, Feddrings Capell, Obbenbolt, Brunock vel Brunoctum, Siverts Capell.

Heute steht fest, dass die Siedlung Rungholt bei einer Sturmflut, der so genannten »Grote Mandränke«, am 16./17. Januar 1362 im Meer versank. Von der Landschaft Strand, deren Hafen Rungholt war, existieren heute nur noch die sehr viel kleineren Inseln Nordstrand, Pellworm und einige Halligen.

Worauf könnte der Reichtum Rungholts beruht haben?

War Rungholt wirklich so reich? Das »Atlantis des Nordens«?

An der Küste Nordfrieslands wurden im 14. Jahrhundert Salzsiedereien betrieben. Das »weiße Gold« war ein wertvolles Handelsgut. Viele Forscher sehen es heute als gesichert an, dass die Menschen auf Rungholt aus Torf Salz produzieren konnten und damit reich wurden.

In einem Torfvorkommen der Küstenlandschaft war durch regelmäßige Überflutung und Trocknung ein Salzreservoir entstanden. Torfstecher pressten den Torf in handliche Quader. Die Sieder wässerten diese Torfstücke mit Meerwasser und schwemmten diese dicke Flüssigkeit durch eine Art Sieb. Der Torf blieb zurück, das gelöste Salz floss durch das Sieb ab und wurde in einem Gefäß aufgefangen. Diese Sole konnte nun in großen Pfannen über dem Feuer eingekocht werden, bis alles Wasser verdampft und nur noch das Salz übrig war.

Doch ist nicht sicher, dass die Rungholter wirklich so reich waren, wie es die Sagen berichteten. Einige Forscher gehen davon aus, dass man in dieser Gegend von Ackerbau und Viehzucht lebte, Getreide, Vieh und Fleisch verkaufte Die Entwicklung Rungholts wurde begünstigt durch den Hafen am Heverstrom als Umschlagplatz für Salz und typisch bäuerliche Produkte.

❧

Funde im Watt

Die feste Überzeugung, dass die sagenumwobene Stadt an der Küste Nordfrieslands gelegen haben musste, ließ einige Küstenbewohner zeitlebens nicht los. Sie durchwanderten das Watt, um Anzeichen ihrer früheren Existenz zu entdecken.

Und einer von ihnen wurde fündig. Andreas Busch, Landwirt und von Kindesbeinen an vom Wahrheitsgehalt der Rungholt-Mythen überzeugt, entdeckte am Pfingstsonntag 1921 im Watt nahe der Hallig Südfall etwas, das er für eine Schleusenanlage hielt.

Später fand man gemauerte Brunnen, konnte so die Verteilung der Warften erahnen und festlegen, wie viele es gegeben haben muss. So lässt sich die Anzahl der Bewohner Rungholts vermuten. Schätzungen belaufen sich je nach Rechenmodell auf bis zu 2.000 Menschen. Dies ist bemerkenswert, wenn man bedenkt, dass eine Stadt wie Hamburg damals nur etwa 5.000 Einwohner hatte.

Heute füllen die Funde, die Rungholt zugeordnet werden können, unzählige Vitrinen im Nissenhaus, dem Museum Husums. Schwerter, Krüge, Gürtelschnallen, Schließen, Lederreste, Knochen …

Aus manchen Funden lässt sich schließen, dass die Einwohner Rungholts intensiv Handel getrieben haben. Einige der gefundenen Keramiken sind zum Beispiel spanischer Herkunft.

Funde im Watt stellen ein besonderes Problem für die Archäologen dar.

Sie müssen unverzüglich geborgen werden, da sie sonst mit der nächsten Flut weggespült werden und dann möglicherweise für immer verloren sind. GPS-Daten helfen dabei, den Ort später wiederzufinden.

Gezielte Ausgrabungen sind aufgrund der wiederkehrenden Flut unmöglich.

Die meisten Fundstücke sind Keramiken. Dies erklärt sich aus der Widerstandsfähigkeit der Scherben, die weder durch Salzwasser noch Sonneneinstrahlung oder Trocknung Schaden nehmen. Für den Transport aus dem Watt sind nur Behälter erforderlich, die einen weiteren Bruch der Keramikscherben verhindern.

Anders verhält es sich mit Metallen oder organischen Artefakten.

Diese Funde dürfen das Wasser nicht verlassen, müssen in geeignete, meerwassergefüllte Gefäße (»Umgebungswasser«) verbracht und so schnell wie möglich in kompetente Hände übergeben werden.

Dazu gehören insbesondere auch Lederreste von Kleidung und Schuhen, Holz- und Knochenfunde.

Wer sich vor Südfall ins Watt begibt, muss einige Regeln beachten.

Grundsätzlich ist es nicht erlaubt, sich zur gezielten Suche nach archäologischen Funden auf eine Wanderung zu begeben. Sollte man jedoch bei einem Spaziergang zufällig auf Artefakte stoßen, sind diese unverzüglich im Museum oder bei der Polizei abzugeben. Zuwiderhandlungen sind strafbar.

✎

Das Wetter im Januar 1362

Sturm entsteht auf Grund des Luftdruckunterschieds zwischen einem Hoch- und einem Tiefdruckgebiet. Zwischen den beiden Luftmassen kommt es im Rahmen des Sturms zu einer Druckanpassung. Je größer der Unterschied in hPa (Hektopascal), desto heftiger die Luftbewegung. Am 16. und 17. Januar 1362 trafen zwei Luftmassen mit besonders gravierendem Luftdruckunterschied aufeinander.

Die spontane Ausgleichsbewegung führte zu einem Orkan mit heftigen Böen.

Dieser Sturm peitschte die See vor Rungholt zu gewaltigen Wasserbergen auf, deren Höhe mehrere Meter über dem Deich lag und die das gesamte Siedlungsgebiet überschwemmten.

Die Situation für die Stadt und ihre Einwohner wurde noch dadurch verschlechtert, dass der vorherrschende Westwind der vorausgegangenen Tage einen vollständigen Rückgang des Wassers bei Ebbe verhinderte, so trafen die nächste Flut und der anhaltende Sturm auf einen höheren Wasserstand. Mit jeder weiteren Flut stieg der Pegel. Dies war in den Tagen vor dem Untergang ein zyklisches Geschehen, das die Überflutung zusätzlich begünstigte.

Die Böen drückten die Wände der meist aus Holz errichteten Häuser und Hütten ein, die daraufhin einstürzten. Die Flut riss Menschen, Tiere und Bauteile mit sich. Rungholt wurde vollständig überspült. Da die Siedlung auf Torf errichtet worden war, wurden nicht nur die oberirdischen Teile der Siedlung zerstört, sondern auch der Untergrund von der Flut abgetragen, so dass auch Fundamente, Dämme und Brunnen weitgehend zerstört wurden.

Es blieb zunächst nichts, was der Nachwelt hätte Aufschluss darüber geben können, wie der Alltag dort aussah, welche Wünsche, welches Sehnen die Menschen beschäftigte. Alles Leben und sämtliche Aufzeichnungen gingen verloren. Niemand überlebte den blanken Hans, mit einer Ausnahme: Der Legende nach konnte sich einzig der Priester retten.

Die archäologische Forschung geht heute davon aus, dass während der ersten Grote Mandränke in Nordfriesland zwischen 10.000 und 200.000 Menschen ums Leben kamen. Die Küstenlandschaft Nordfrieslands wurde dauerhaft verändert, große Teile der Landschaft Strand gingen an die Nordsee verloren.

◦◦◦

Warften

Um bei Überflutungen ein Wegspülen der Häuser zu verhindern, Hab und Gut zu schützen, errichteten die Bewohner rechteckige Erhöhungen, auf denen sie ihre Wohnstätten, Ställe und Werkstätten bauten.

Dazu schichteten sie meterhoch Erde auf, im Falle von Rungholt, sogenannte Kleierde, entwässerter Schlick.

Für eine solche Aufschüttung wurden ca. 3000 Kubikmeter benötigt.

Dieser Baugrund erhob sich etwa 3 Meter hoch über den Wattboden, war von Grabeneinfassungen begrenzt. Bei Ausgrabungen fand man eine parallele Ausrichtung der Warften zu Entwässerungsgräben, die den Archäologen Hinweise auf die Größe der jeweiligen Warft gaben.

Funde belegen dass es hier Brunnen gab und Besiedelungsreste beweisen, dass sie bewohnt waren.

Bevor man solche künstlichen Plateaus errichtete, lebten die Menschen in Flachsiedlungen.

Hier waren Mensch und Tier, Hab und Gut immer auch dem Risiko einer vollständigen Überflutung ausgesetzt, die nicht nur das Leben der Einwohner sondern auch deren gesamte Lebensgrundlage die ganzer Behausungen zerstören konnte. Doch auch beherrschbar erscheinende Hochwasser forderten den Menschen viel ab.

Alle beweglichen Dinge des Hauses, zu dem auch der Stall gehörte, wurden durcheinander gespült, die Menschen waren gezwungen in Nässe, die auch schon mal bis zum Hals reichen konnte, und Kälte darauf zu warten, dass sich das Wasser wieder zurückzog, mussten dann mit Aufräumarbeiten beginnen.

Das Wort Warft stammt aus dem mittelniederdeutschen. Es gibt im deutschen Sprachraum unterschiedliche Schreibweisen, die Bedeutung ist aber ähnlich. Warf, Werf, Wurt, Werft oder Warft bezeichnet einen künstlich angelegten Wohnhügel.

Vom Rungholtgebiet sind nur wenige Kenntnisse über Flachsiedlungen überliefert.

Wahrscheinlich wurde mit der Besiedelung auch die Notwendigkeit von Erhöhungen des Baugrunds zum Schutz vor dem Wasser berücksichtigt, wobei möglicherweise zuvor vorhandene zerstörte Flachsiedlungen überbaut wurden.

Während die Warften generell einen rechteckigen oder quadratischen Grundriss aufweisen, stellt die Kirchwaft eine Besonderheit dar. Sie wurde rund angelegt. Andreas Busch nimmt an, dass der Durchmesser des Kreises deutlich mehr als 50 Meter betrug und diese Warft alle anderen weit überragte. Statt der für Warften üblichen Bodenerhöhung um etwa 3 Meter, mag es sich bei der Kirchwarft um eine von circa 4,5 bis knapp 5 Metern gehandelt haben.

In vielen Gebieten ist bei den Orten direkt an der Küste die Kirche auf einem so hohen Hügel erbaut, dass sie den Bewohnern der Umgebung auch dann noch Schutz bieten kann, wenn ihre eigenen Häuser längst vollständig überflutet sind.

❧

Wohnen

Vergleiche mit den Bauten des Hochmittelalters auf anderen Inseln, lassen eine Ahnung zu, wie man in Rungholt und auf Strand gelebt hat.

Die Häuser waren weitgehend aus Holz errichtet,

mit Grassoden oder Reet gedeckt, wobei sich das Dach durchaus vom First bis zum Erdboden erstrecken konnte. Eine Rauchöffnung sorgte für Entlüftung und Zug über der Feuerstelle, gestattete auch einen Lichteinfall.

Die Menschen verwendeten unterschiedliche Materialien, um die Wände zu errichten, zum Beispiel Reisigbündel und Astgeflecht oder stabile Holzwände, in die Fensteröffnungen eingefügt wurden. Ob es damals auch in den einfachen Hütten und Häusern Glasscheiben gab, wie sie aus Burgen und Schlössern bekannt sind, ist nicht mit Sicherheit zu sagen. Wohl aber kann man davon ausgehen, dass sie für die einfachen Bauern und Handwerker nicht erschwinglich waren. Wahrscheinlicher ist, dass man zu jener Zeit Holzläden verwendete, in die Öffnungen gesägt wurden, damit Licht ins Haus fiel. Möglicherweise nutzte man auch in Rungholt ausgespannte Kuh- oder Schweineblasen oder dünne Tierhäute, wie sie aus anderen Gegenden nachgewiesen wurden.

Mensch und Tier lebten unter einem Dach, zumindest in der kalten Jahreszeit. Gelegentlich war der Bereich für das Vieh vom Wohnraum abgetrennt, aber nicht in jeden Fall vom Boden bis zum Dach.

❧

Essgewohnheiten

Allgemein ist man der Auffassung, dass auf Rungholt gut gegessen wurde.

Dies legen die vielen aufgefundenen Reste von Tierknochen nahe.

Getreide und Gemüse standen auf dem Speiseplan und wurden in der Nähe der Warften angebaut. Aus Dinkel bereiteten die Menschen einen Brei zu, Gemüse, z. B. Dicke Bohnen (Pferdebohnen), wurde zu Eintopf oder Suppe verarbeitet. Da im Mittelalter die Ansicht verbreitet war, dass grünes Gemüse giftig sei, wurden alle »Grünen« besonders lange gekocht, um das Gift zu zerstören. Gemüse in Suppen wird im Mittelalter daher nicht mehr bissfest gewesen sein.

Fisch war an der Küste eine wichtige Proteinquelle.

In den warmen Monaten direkt aus dem Wasser, ansonsten gepökelt und ganzjährig erhältlich.

Auf den Märkten größerer Orte wurde lebender Fisch aus großen, wassergefüllten Fässern angeboten. Die Menschen sammelten wohl auch Muscheln und Schalentieren. Die Funde auf Rungholt legen allerdings nahe, dass Fisch bei den Bewohnern den Speiseplan nur bereicherte, nicht dominierte. Auch Geflügel spielte wohl bei der Ernährung nur eine untergeordnete Rolle.

Übers Jahr hielten die Bauern Vieh (Fettochsen, Kühe, Ziegen, Schafe, Hühner, Gänse) auf Weiden in der Nähe der Warft. Mit dem Näherrücken des Winters wurde der Viehbestand dezimiert (verkauft, geschlachtet), nur die Zuchttiere belassen, die im kommenden Frühjahr wieder für Nachwuchs sorgen würden. Die Nahrungsvorräte waren bei den meisten Bauern knapp und mussten für Mensch und Tier gleichermaßen ausreichen.

Wasser gewann man bei Regen als Ablauf von den Dächern oder aus Traufen, fing es in geeigneten Behältnissen auf. Das Grundwasser war salzig und konnte nicht getrunken werden. Das gewonnene Regenwasser war voller Keime und konnte in der Regel nicht getrunken werden, ohne dass die Gefahr einer Magen-Darm-Infektion bestand. Frische Milch war Kindern und alten Menschen vorbehalten.

Das wichtigste Alltagsgetränk war Bier, das aufgrund des Gärprozesses keimarm und daher bekömmlich war. Der Alkoholgehalt ist mit heutigen Bieren allerdings nicht zu vergleichen, wenngleich er ausreichend war, um bei entsprechendem Konsum für einen Rausch zu sorgen. Manche Autoren meinen, der Alkoholrausch sei häufig im Mittelalter zu beobachten, geschlechterübergreifend fast schon Normalzustand gewesen.

∼⊚∼

Der Untergang

Die »Grote Mandränke« von 1362 forderte in der gesamten Region Opfer. Literaturangaben schwanken, gehen von bis zu 200.000 Toten allein bei dieser Sturmflut aus.

Trotz des Deichs, der Warften, der besonders hohen Kirchenwarft – Rungholt wurde »ertränkt« und vollkommen zerstört.

Schutt und Schlamm deckten alle Reste dieser Besiedlungsphase zu, die nur über etwa 150 Jahre gedauert hatte, zu und gaben Rungholt beinahe dem völligen Vergessen preis.

Wäre Rungholt erhalten geblieben, wenn das Wasser nicht alles weggeschwemmt hätte?

Nein – meinen einige Archäologen. Rungholt hatte schlechte geologische Voraussetzungen, um dauerhaft bestehen zu können. Der Untergrund, der aus mehr oder weniger harten Gesteinsarten bestand, geriet durch die tektonischen Bewegungen ausgelöst durch die Gezeiten, die Erdanziehung und die Mondphasen, in eine Bewegung, die einem Schütteln nicht unähnlich war. So verdichtete sich der Boden zusehends, sackte in sich zusammen, weil die nach unten durchsinkenden Gesteinsteilchen vom Gewicht der darauf lagernden schweren Gesteine zermahlen wurden. Der Grund versank. Deiche hätten durch eine kontinuierliche Erhöhung diesen Gegebenheiten angepasst werden müssen – doch die Menschen wussten nichts von diesem Phänomen, das in der Tiefe gegen sie arbeitete.

Damit die Felder bewirtschaftet und Weiden für die Viehhaltung genutzt werden konnten, wurde der Boden trockengelegt. Entwässerungsrinnen durchzogen die Landschaft. Die Austrocknung des Bodens sorgte ebenfalls dafür, dass sich die geologischen Gegebenheiten veränderten, verstärkten den Prozess des Zusammensackens der Gesteinsschichten durch den Volumenentzug des Wassers.

Ein weiterer Faktor der Destabilisierung war der Torfabbau. Er führte durch metertiefes Abgraben zu einer Absenkung der Landschaft, die in der Folge unter dem Meeresspiegel lag und aus der eingeflossenes Wasser nur sehr langsam verschwand. Dies war eine der Ursachen dafür, dass das gesamte Siedlungsgebiet nachhaltig durch die Wassermassen getroffen wurde. Manche Autoren nehmen an, dass bei der Sturmflut im Januar 1362 die Torflinse unter Rungholt ausgespült wurde und deshalb das gesamte Gebiet vom Wasser verschlungen wurde.

Es gab in den nachfolgenden Jahrhunderten immer wieder Siedlungsversuche auf den verbliebenen »Inseln«. Wiederkehrende verheerende Sturmfluten zum Teil im Abstand nur weniger Jahre erschwerten jedoch eine dauerhafte Nutzung.

INFORMATIONEN ZUR ZEITGESCHICHTE

Mortimer, Ian: Im Mittelalter, Piper Verlag GmbH, München/Berlin 2015. (ISBN 978-3-492-30713-0)

Fossier, Robert: Das Leben im Mittelalter, Piper Verlag GmbH, München/Berlin 2015. (ISBN 978-3-492-25720-6)

Großbongardt, Annette; Saltzwedel, Johannes (Hg.): Leben im Mittelalter, Goldmann, München 2015. (ISBN 978-3-442-15870-6)

Geo Epoche, Magazin zur Zeitgeschichte: Die Pest, Gruner und Jahr, Hamburg 75/2015. (ISBN 978-3-652-00444-2, ISSN 1861-6097)

Der Spiegel, Edition Geschichte: Wie die Menschen früher lebten, Spiegel-Verlag, Rudolf Augstein GmbH & Co. KG 1/2016. (ISSN 2367-2765)

Informationen zu Rungholt

Henningsen, Hans-Herbert: Rungholt, Der Weg in die Katastrophe, Husum Druck- und Verlagsgesellschaft mbH u. Co. KG, Husum 2002 (2. Auflage), Band 1. (ISBN 3-88042-853-0)

Henningsen, Hans-Herbert: Rungholt, Der Weg in die Katastrophe, Husum Druck- und Verlagsgesellschaft mbH u. Co. KG, Husum 2000, Band 2. (ISBN 3-88042-934-0)

Duerr, Hans Peter: Rungholt, Die Suche nach einer versunkenen Stadt, Insel Verlag, Frankfurt (Main) und Leipzig 2005. (ISBN 3-458-17274-2)

Newig, Jürgen, Haupenthal, Uwe (Hrsg.): Rungholt, Rätselhaft & widersprüchlich, Katalog zur Sonderausstellung im Nissenhaus, Husum Druck- und Verlagsgesellschaft mbH und Co. KG, Husum 2016. (ISBN 978-3-89876-824-5)

Fischer, Doris: Mittelalter selbst erleben, Konrad Theiss Verlag GmbH, Stuttgart 2011 (2. Auflage). (ISBN 978-3-8062-2522-8)

∽⊙∼

Allgemeines

Karger-Decker, Bernt: Von Arzney bis Zipperlein, edition q, Berlin 1992. (ISBN 3-928024-79-5)

Leisering Dr., Walter (Hrsg.): Historischer Weltatlas, Marix Verlag GmbH, Wiesbaden 2004. (ISBN 3-937715-59-2)

ERGÄNZUNG
ZUR SCHREIBWEISE:

Mein Name ist Shahid. Das bedeutet Sänger und tatsächlich gab es in meiner Familie viele Künstler aus dem musischen Bereich. In meiner Muttersprache schreibt man ihn so:

Auf Persisch

Als Name:
   Shahid خواننده

Bedeutung:
   Sänger خواننده

֍

Auf Arabisch

Shahid مطرب bedeutet Sänger.

DANKSAGUNG

Ich möchte die Gelegenheit nutzen, mich bei meinem Mann zu bedanken.

Er hat mich bei der Recherche tatkräftig unterstützt, fand immer ein Buch, das meine aktuelle Frage beantworten konnte. Sei es nun zur Geografie, der Historie oder den vorherrschenden Krankheiten um 1360.

Inzwischen kennt auch er sich gut mit der Groten Mandränke aus!

Ein herzliches Dankeschön gilt meiner Lektorin Claudia Senghaas. Auch bei diesem Buch haben wir uns prima ergänzt und sehr vertrauensvoll zusammengearbeitet. Ohne ihre Aufmerksamkeit hätte Shahid so manches Mal sein Pferd an einem unwirtlichen Ort zurückgelassen und wäre ganz in Gedanken zu Fuß nach Rungholt zurückgekehrt!

Das Neueste aus der Gmeiner-Bibliothek

Unser Lesermagazin

Bestellen Sie das
kostenlose Krimi-
Journal in Ihrer
Buchhandlung
oder unter
www.gmeiner-verlag.de

Informieren Sie sich ...

www ... auf unserer Homepage:
www.gmeiner-verlag.de

@ ... über unseren Newsletter:
Melden Sie sich für unseren Newsletter an
unter www.gmeiner-verlag.de/newsletter

f ... werden Sie Fan auf Facebook:
www.facebook.com/gmeiner.verlag

Mitmachen und gewinnen!

Schicken Sie uns Ihre Meinung zu unseren Büchern
per Mail an gewinnspiel@gmeiner-verlag.de
und nehmen Sie automatisch an unserem
Jahresgewinnspiel mit »mörderisch guten« Preisen teil!

GMEINER SPANNUNG

WWW.GMEINER-VERLAG.
Wir machen's spanner.

FSC
www.fsc.org
MIX
Papier | Fördert
gute Waldnutzung
FSC® C083411

Zeitfracht Medien GmbH
Ferdinand-Jühlke-Straße 7
99095 Erfurt, Deutschland
produktsicherheit@kolibri360.de